THE CIPHER

掠食者真相

[美国] 伊莎贝拉·马尔多纳多 —— 著

龙梅 —— 译

译林出版社

图书在版编目（CIP）数据

掠食者真相 / （美）伊莎贝拉·马尔多纳多
(Isabella Maldonado) 著 ; 龙梅译 . — 南京 : 译林出
版社，2024.6
（后窗文库）
书名原文 : The Cipher
ISBN 978-7-5447-8674-4

Ⅰ . ①掠 … Ⅱ . ①伊 … ②龙 … Ⅲ . ①长篇小说 - 美
国 - 现代 Ⅳ . ① I712.45

中国国家版本馆 CIP 数据核字（2024）第 068967 号

著作权合同登记号 图字：10-2021-122 号

掠食者真相 ［美国］伊莎贝拉·马尔多纳多／著 龙梅／译

责任编辑 赵 奕
装帧设计 胡 苨
校 对 施雨嘉
责任印制 闻媛媛

原文出版 Picador, 2020
出版发行 译林出版社
地 址 南京市湖南路 1 号 A 楼
邮 箱 yilin@yilin.com
网 址 www.yilin.com
市场热线 025-86633278
排 版 南京新华丰制版有限公司
印 刷 江苏凤凰通达印刷有限公司
开 本 880 毫米 × 1240 毫米 1/32
印 张 9.625
版 次 2024 年 6 月第 1 版
印 次 2024 年 6 月第 1 次印刷
书 号 ISBN 978-7-5447-8674-4
定 价 69.00 元

致迈克，
我的另一半，
我爱你。

1

十年前

费尔法克斯县未成年人与家事法庭

弗吉尼亚州法院

尼娜·埃斯佩兰萨抬头看着那个掌握自己命运的人。艾伯特·麦金太尔法官默默地审阅着提交上去的文件。她用力控制住自己的一条腿，不让它在长长的橡木桌下发抖，又尽量让自己的表情显得乖巧些。所有的文件都呈上去了，证词也都提供了，就等着最终的裁决。

法官不再看文件，他抬眼注视着她，把她打量了一番才开口，“针对你提出的申请，我要宣布裁决结果了。在这之前，我想确认一下你是否清楚这个裁决将会带来的后果。裁决一经宣布，将无法撤销。此后你的一切行为以及你接受的所有协议，都将由你自行承担全部责任。”

尼娜的诉讼监护人卡尔·威瑟斯一边把一根手指伸进衬衫衣领里，一边说：“法官大人，所有条件她都接受。”

威瑟斯是法庭指派给尼娜的律师，因为她只有十七岁，不能自行向法庭提出申请。他头发灰白，皱纹深锁，行事有条不紊，很明显是一位经验丰富的律师。但他的憔悴也是显而易见的，毕竟多年来一直经手未成年人法庭里的各种纠纷，太多案情没有定数，能不能伸张正义由不得他。

法官扫了威瑟斯一眼，继续看着眼前的姑娘——她的命运即将被他改变，再无回头路可走。他说：“我明白你为什么要向本庭提出自立申请，尤其是在当前的情况之下。”

这一刻，这场非公开听证会仅有的几个获准出席者都有些坐立不安，但尼娜依旧笔直地坐在椅子上。那件事情发生以后，她对自己发过誓，这辈子绝不再回到寄养系统。要是法官的裁决不是她想要的结果，她还会再逃，在她满十八岁前，谁也别想找着她。

“你已经展示了自立的能力，”麦金太尔法官说，“但你今后有什么计划呢？对于未来，你有什么目标吗？”

她还没来得及回答，威瑟斯就先开口了：“法官大人，我们递交的材料里有乔治梅森大学的提前录取通知书。她获得的奖学金和补助金可以用来支付学费。她有一份兼职，住在学校宿舍里……”

法官抬起一只长满老年斑的手。“我想听这位年轻女士自己说。”

威瑟斯试过介入干预，想帮尼娜躲过这样的时刻。听证会前，他还跟她的社工一起对她进行了辅导。他们的建议是，如果法官问起她的职业规划，她就说想当护士、当幼儿园老师或者加入“和平工作团”，说得越感人越好。严格来说，这不算撒谎。这些想法她的确有过。也就一闪念的工夫。之后她已经想好了今后应该做什么。不过，法官会不会认可她的选择呢？

威瑟斯在桌下用脚轻轻撞了她一下。她明白他希望她说什么。可是，她从来都不是一个人家怎么说她就怎么做的人。要不然，她估计也不会辗转于一个又一个的寄养家庭里了。

她拿定了主意，把肩一挺，选择说出自己的真实想法。“我正在努力加入乔治梅森大学的‘刑事司法计划’。毕业以后，我会加入警局，努力成为一名警探，用我的全部职业生命去逮捕那些把魔爪伸向儿童的禽兽，将他们送进大牢。”

威瑟斯一巴掌按住脸。郡里安排的社工在摇头。

尼娜没理睬他们的反应，只看着法官。“先生，不知道我的计划够不够长远？”

麦金太尔法官眯上双眼说：“你会继续接受心理辅导吗？”

“会的，先生。”

“成长的环境让你年纪轻轻就非常独立了，埃斯佩兰萨女士，”麦金太尔法官说，“可是当你需要帮助的时候，请允许别人来帮你。记住了。”

法庭里一时间鸦雀无声。每双眼睛都看向了法官。大家都在等待。

她的神经紧张到几近崩溃。刚才说的那些话会不会让他觉得她无法正确面对过去？她有点喘不过气。

等了仿佛有一辈子那么长的时间，法官深沉的声音终于打破了沉寂。“同意申请。”

她长长地舒了一口气。

“还有一件事。”法官的严肃的声音又响起来，笑容顿时从她的唇边消失了。“关于更改姓氏的申请，”他拿起一份公证过的文件，“你要求把‘尼娜·埃斯佩兰萨’改为‘尼娜·格雷拉’。文件上说，你不想继续用指派给你的姓，而是希望自己选一个。明年满了十八岁再改吧。着什么急呢？”

威瑟斯又开口道：“法官大人，我的当事人现在的合法姓氏是由最初接手她的社工给她定的，那个时候好像没人——”他抱歉地扫了她一眼，“愿意领养她。”

她埋头盯着自己握紧的双手。她小的时候既没有蓬松的金色鬈发，也没有明亮的蓝眼睛。她的皮肤一点儿也不柔嫩，小脸也没什么血色。那些社工从来没说过她“可爱”或者“害羞”。她偶尔听到他们提起她，说的都是“犟脾气”或者“油盐不进”。那个时候她也许没有太懂他们的意思，但她明白，这些形容词——还有她深色的头发、棕色的眼睛、黝黑的皮肤——把她跟其他小姑娘区分开了。那些小姑娘都有人领养。

威瑟斯赶紧开口，以免这无人说话的场面太尴尬。“以前她在这个事情上没有什么发言权，现在她从弗吉尼亚州联邦的监护中自立出来了，她觉得这一刻特别适合她选择一个姓氏，作为新征途的起点。”

法官看着她，扬起了一条灰白浓密的眉毛。“新征途？”

她抬起头迎向他的目光。“您会说西班牙语吗，先生？”

“不会。”

她深深吸了一口气。和盘托出是她最好的选择。“我找到了十七年前我进入系统时第一个接手我的社工。”

法官的表情黯淡下来。“我了解……当时的情况。”

当时的情况。一个用于保护她感情的、没有什么情感色彩的说法。法官可能觉得这样说很友善，可是他并不能就此把事实洗白。

她才一个月大，就被扔进了垃圾箱里等死。

尼娜强忍住喉咙里的哽咽，接着说：“她的名字叫默纳·冈萨雷斯。她告诉我，最初大家都叫我‘无名女婴’。她觉得应该给我起个能彰显民族色彩的名字，就给我起名叫‘尼娜’，这个名字在西班牙语里就是‘女孩’的意思。她还希望我也能像其他孩子那样拥有圆满的结局，能被一个幸福的家庭收养，所以她用‘埃斯佩兰萨’来做我的姓，意思是‘希望’。”她说到这里已经哽咽难言，用了好大力气才讲出最后一句话：“可我还是没等到圆满的结局。”

“是啊，”麦金太尔法官说，“你没等到。”

他没再说什么空话来安慰她，这让她很感激。

“可你为什么选了‘格雷拉’？”他还是想知道。

“西班牙语里，‘格雷罗’是指‘战士’‘斗士’，‘拉’字结尾的‘格雷拉’表示是女生。”

法官消化了一下她说的内容，带着会意的眼神说：“女战士。”

她低下头表示同意。“我已经放弃了希望，”她淡淡地说了一句，随后扬起下巴，“从现在开始，我要去战斗。”

2

如今

弗吉尼亚州斯普林菲尔德，阿科汀克湖公园

瑞安·谢弗强忍住心里的激动。要玩好这一把，他得保持清醒淡定。为了这一刻，他前期做了相当多的精心准备。时间已近傍晚，阳光透过浓密的树冠洒下来，斑斑点点地落在下面的跑道上。秋日的暖风吹得树篱沙沙作响，若有若无的杜鹃花香能偶尔盖住他的铁哥们儿身上传来的刺鼻汗臭味。

齐波从灌木丛里探出头来看那个跑步的人。“她过来了。”他把双筒望远镜举到眼睛前面，对焦到阿科汀克湖岸边蜿蜒的跑道上。“我认得出她穿的那件亮蓝色的背心。”

“让我看一下。”瑞安骂骂咧咧地把望远镜从齐波手里扯过来。“哦耶！”他把画面调近了一看，心跳顿时加快了一拍。“身材挺火辣啊。”

跑步的女生一头深色的短发，全被汗水浸透了，贴身的运动衣套在健美的身体上，整个人看起来很性感。他看着她越来越靠近他的藏身位置，考量了一下她稳定的跑步节奏，顿时觉得全身热血沸腾。

“她个子很小啊，”齐波说，“最多五十公斤。她能反抗几下啊？”他用干瘦的胳膊肘杵了一下瑞安的胸口，“你轻轻松松就能搞定啦，兄弟。”

瑞安是东斯普林菲尔德高中的高三学生，个头比他爸还高。他打了四年橄榄球，阻截抱摔一个跑动中的人根本不在话下。齐波说得没错——搞定她简直不费吹灰之力。他们每天练完橄榄球就到公园里来狩猎。今天可算是找着了一个绝佳的……齐波叫她啥来着？猎物。他们俩是猎人，她就是他们的猎物。

他瞄了一眼齐波。“你不会打退堂鼓吧？”

齐波一把抓住自己的裤裆。“兄弟，我的子弹可都上膛了。”

瑞安点点头。“你会弄吧？”

齐波掏出他上周买的一次性手机。“放心。”

他们计划瑞安先上，让齐波来全程直播。瑞安跟齐波打了包票，警察绝对查不到他们头上来。瑞安给他俩都准备了滑雪面罩，他一完事儿他们就可以交换。

瑞安给他竖了个大拇指。这计划简直绝佳。他又拿起望远镜看了一眼。“再过三十秒她就到了。赶紧就位。”

他俩把面罩拉下来套上。齐波蹲在树篱后面，把手机从一个窟窿里伸出来。

瑞安猫着身子躲在树叶最密的一处、形成一个橄榄球的三点站位。这样，等她看见他的时候，她根本就来不及跑了。他盯着她一点点靠近。他们选的地方离跑道的终点很近，如果她跑完全程，到这个位置的时候就已经很累了。不过累不累都一样，她个子又不大。她越来越近了，小小的脸蛋上挂着一双棕色的大眼睛。待会儿他会让那双眼睛睁得更大的。他满心期待、血脉偾张，目不转睛地盯着、等待着。

她刚跑到他身边，他立刻弹起来，带着全身的重量用肩膀向她的后背撞过去。

她张着双臂扑了出去，脸朝下闷声砸在跑道外的草地上。他这一下虽然把她撞得喘不过气来，但是很可能几秒之后她就会有力气尖叫救命了。

他不能给她这个机会。

她翻身的同时，他又一次扑上去，把自己全身的重量都砸在了她身上。他听见她闷哼了一声，仿佛肺里的空气全被挤了出去，心知她又会有几秒钟发不出声音来了。

她出乎意料地开始了反击，一个巴掌拍过来，正中他的鼻子。他一声惨叫，把她的手挡开。他正要去抓她的胳膊，她的膝盖却已经朝他的裆部顶上来了。他拼命咬紧牙齿才没让自己翻身下去蜷成一团。

他突然意识到：如果不赶紧重新控制住局面，这个疯丫头可能会让他没法收场。他用大腿死死压住她的腿，伸手去抓她的手腕。这两个手腕细得可以让他一只手就一起捏住。他抓住一个、正在探手找另一个的时候，突然感到耳垂下方、下颚骨后的那块软肉火辣辣地痛。

他把头仰起来，身体也略略从她身上抬离了一点，一下看见她那只还没被抓住的手上握着个黑色的东西。她是用刀扎了他吗？没有流血啊。他怒火中烧、血气上涌，紧紧捏住她的一个手腕，同时抡起另一条胳膊朝她的脸打下去。她又把那个黑色的东西往他身上扎进来。

一阵前所未有的剧痛顿时让他的脑子一片空白。这种撕心裂肺的疼痛让他整个人都动弹不得。

齐波去哪儿了？残存的意识告诉他，得找个帮手来把这个不到他块头一半大的女的拿下。他到底招惹上什么人了？他向左边瞄了一眼，正好看见齐波跑远的背影和他翻飞的灰色T恤下摆。下次看见这个兔崽子，一定要宰了他。他神经的抽搐稍稍缓解了一下，突然听到被他压着的这个女的在说话。

她那双棕色的大眼睛眯成了两条缝。“你叫什么名字？”

剧烈疼痛让他的思考能力退化到了最原始的水平，他的神经元突触只能感知到当前最明显的想法。“你把我弄痛了。”

“是吗？”她发力一按，他顿时痛得两眼发黑。“那我可太激动了。听我一句话：不要在公园里扑女生。”

他哆哆嗦嗦地辩解着：“我没有……闹着玩的。不是真扑。”

“少废话。”她撇了撇嘴，“你被捕了。”

她的话瞬间击垮了他，也断送了他曾经一片光明的前途。不到五分钟之前，他还有希望拿着全额奖学金去上大学。这下他只能在监狱的操场上打篮球了。

他流着泪的双眼对上了她坚定的目光。“警……警察？”

“特工尼娜·格雷拉。”她压低声音说，“联邦调查局。”

3

第二天

联邦调查局华盛顿特区分局

尼娜在特工主管汤姆·英格索尔办公室外面的等候区找了一把椅子，塑料椅子很硬，她就在椅子边上坐着。特工主管已经跟特工督察亚历克斯·康纳——她的顶头上司——在办公室里关着门谈了半个小时了。

康纳在前台给她留了条消息，让她今天上午一来上班就到特工主管办公室去。她加入联邦调查局后的第一次分配就是到华盛顿分局，来这儿已经两年了，还从来没有被英格索尔召见过。这肯定跟她昨天下班后在公园里的跑步有关系，可她已经在脑子里把整个过程回放了一百遍，也还是想不出究竟哪里做错了。

她轻轻碰了一下自己的侧边，顿时痛得龇牙咧嘴。难道是被那个白痴撞倒的时候压断了一根肋骨？他实在是太沉了，砸在她的小身板上简直压得她每块肌肉都发痛。地方警局帮她叫了一辆救护车，可她说自己并不需要医护人员，他们才去检查了她的袭击者，确保他没有落下重伤。她也没让他们送她去医院，晚上一直在给以前费尔法克斯县警局的同事写报告。这会儿她开始觉得，当时去急诊室拍个 X 光片可能才是明智之举。

康纳打开门，打断了她的沉思。“你现在可以进来了。”

她站起身来，大步走进办公室，丝毫不露怯。进去以后，她朝英格索尔微微点头致意，然后就在他桌前摆好的两把椅子里找一把坐下了。

“我听说了昨天公园里发生的事情，我也很担心，”英格索尔开口道，“你没事就好。”

“我没事，长官。谢谢。”

康纳在她旁边的椅子上坐下。“警方报告里说，你对袭击者使用了战术笔。”

探员下班后携带武器一直是允许的，甚至是鼓励的，但是跑起步来就很麻烦。她不可能拿着手枪从公园里跑过去吧，肯定会有人报警，紧身的跑步背心里也藏不下一把枪。能用的武器没几个，她最好的选择就是在手心里藏一个小工具。

她从上衣内袋里掏出笔来递过去。“我跑步的时候都会带个东西防身。”

康纳接过她递上来的工具，扭动笔身转出了笔尖。“独自……一人在树木特别多的公园里采取一些防范措施，我是赞成的。”

她很确定康纳差点就说出一个女生了，好在他及时顿住，免得他的嘴里被塞进他 11 码的皮鞋。

英格索尔从康纳伸过去的手上拿起笔来仔细看着。“这些不是标准配置。”

“我来局里之前干过巡警，那个时候就带着了。用过一次，拿后面碳化物的尖把一辆起火汽车的窗玻璃敲开，及时救出了司机。”她耸耸肩。“小工具挺好用的。”

黑色的铝合金外壳，只比普通的圆珠笔稍微粗一点，看起来根本没有攻击性。可一旦到了训练有素的人手里，这个小玩意的杀伤力不是一般的强。

“警方报告说，你还采用了下巴攻击术。”英格索尔边说边把笔递还给她。

这一招轻而易举就能把对方制服。她把笔尖按在下颌线后面靠近耳根的一个点位，产生的剧痛会像电流一样顺着他的下牙槽神经蔓延开去。这个时候，她会给出非常简短的命令。他的大脑已经被疼痛接收器官刺激得超载了，没办法处理复杂的指令。他乖乖听话的时候，她一直控制着他，还是一个过路人报的警。她的手机在他的袭击过程中已经摔碎了。

英格索尔从桌上拿起文档，迅速换了话题。"这是一份费尔法克斯县的警察提交的案件报告。"他翻开文件夹。"你有没有跟进电视新闻或者网上对这件事的报道啊？"

她看看英格索尔，又看看康纳，再转过眼来。"我的手机碎得不成样子了，今天早上我也还没看过新闻。有什么情况吗？"

英格索尔低头扫了一眼他手上的文件。"瑞安·谢弗袭击你的时候，并不是一个人。"

"当地警察跟我说了，他还有一个同伙，"她说，"谢弗把他供出来以后，他们就找到他了。"

英格索尔把文件翻了一页。"你知不知道这个同伙在逃跑之前直播了整个事件？"

她觉得自己下巴都惊掉了。"不知道。"

英格索尔似笑非笑地看了她一眼。"用我女儿的话来说，你现在已经是网红了。"

她有点蒙，就好像中场休息以后走回剧场，却发现看不懂剧情了。"等会儿。什么情况？"

康纳开口了。"有人重新剪辑了视频，还配上了《神奇女侠》的音乐。"他轻轻摇了摇头，"视频一下就火了。"

"你居然还没看过？"英格索尔满脸惊讶。

"您让我今天上午直接过来。"她两手一摊，"我都还没来得及换手机，也没时间去办公室上网。"

"给视频配乐的那个家伙还发起了竞赛，看谁能先找出视频里的女主角是谁，"英格索尔说，"一直到今天大清早，终于有人认出你了。很多记者在要求局长发表意见,公关部一直在处理这个事情。”

她整个人都傻了。联邦调查局的局长，手底下有三万八千多名联邦雇员，现在被人追着要求针对她发表意见。“我的天哪。”

英格索尔接着说：“不过这并不是我们叫你过来的原因。”

她又盯着他，完全想不出还发生了什么事情。

“昨晚在M大街背后的巷子里发生了一起凶案，杀手在案发现场留下了一张字条。我们有理由相信，字条里提到的人是你。”

她的全身一阵发凉。“什么凶案现场？”

英格索尔抬起手，不让她问问题。“我想先确认几件事情。”他皱起了眉头。“十年前，你是不是通过法律程序，把名字从尼娜·埃斯佩兰萨改成了尼娜·格雷拉？”

她脑子里的疑问像坐着旋转椅一样换了个方向。“那是我的自立程序中的一个环节。我当时十七岁。”

英格索尔和康纳意味深长地对视了一眼。很明显，她刚刚确认了某件事情。她无比沮丧地看看这个，又看看那个，耸起眉毛无声地要求他们给出答案。

“我知道这完全是你的私事，”英格索尔说，“但是它直接关系到我们接下来要讨论的问题。”

“未成年人法庭的档案是封存了的，”康纳补充道，“我们已经开始申请传票，不过我们希望能先从你这里了解事情的经过。你从寄养家庭跑出去以后，有没有向法院请求自立？”

“有。”她舔了舔发干的嘴唇。

“那是在你被……绑架之后？”英格索尔没有看她的眼睛。

这就说明他已经知道了。她放在大腿上的双手攥紧了拳头。他俩都知道了她遭遇过什么。

“我当时十六岁。”她尽量保持冷静，不流露一丝情绪，开始讲述自己一生中最惨痛的经历。“我从集体之家跑出来以后，就一直在街头流浪。一天半夜，一个男的开车经过。他停下车……抓住了我，把我绑起来塞在他的面包车后面。”

她没有讲之后发生的事情。她跟绑架者待在一起的那几个小时的细节无声地悬在他们之间的空气中。

“第二天早上，我想办法逃掉了。”她草草讲完那段经历，直接问了英格索尔一个问题，“这件事为什么现在重要起来了？”

“昨晚一个十六岁少女在乔治城被杀害，”英格索尔低声说，“她是从寄养家庭里跑出来的。”讲到最后，他的声音已经低不可闻。“她的尸体被抛在了一个垃圾箱里。”

康纳接着讲。“大都会警局在处理这个案子。他们的犯罪现场技术人员发现她的嘴里塞了一张纸条，还是封在一个小塑料袋里的。”

她想象着当时的场景，深埋在心底的痛楚开始浮上心头。一条年轻的生命就这样没了。一个恶魔还在街上游荡，搜寻着下一个猎物。

英格索尔从文件夹里抽出一张纸。“纸条上的信息是印在标准打印纸上的。”他从衬衫口袋里扯出一副阅读眼镜，甩开镜腿戴上。他低头看着那张纸，清了清嗓子。

她按捺住狂跳不止的心脏，听他读出杀手留下的信息。

“找寻了这么多年，我以为再不会有希望了。可是今天，一切都变了。她现在自称战士了。但对我来说，她始终只是……那个逃掉的人。”

英格索尔抬起头，目光终于对上了她的。“他空了三行，又加了四个黑体字。”

她等待着英格索尔读出信息最后的字。

“别想逃了。”

4

尼娜呆呆地接过英格索尔递过来的那张纸。她的目光缓缓扫过纸上的信息，手中的纸也随之微微颤抖，她知道这条信息就是留给她的。

一刹那间，她仿佛又被塞回了面包车里那个漆黑一片、令人窒息的空间里，嘴上贴着胶带，呼救无门。

她知道两位上司都在近距离看着她，赶紧调整下巴，就像是要从紧贴的胶带上松开来一样，接着用力问出了她唯一关注的问题。

“他们昨晚逮着他了吗？”

“没有在押的嫌疑人，”康纳说，“也没有任何线索。”

这一刻是她多年以来的梦魇。她一直在努力说服自己：那个魔鬼已经死了。现在她不能再骗自己了。他已经从她的噩梦中潜入了她的现实生活。

虽然还没从震惊中回过神来，她还是问了英格索尔一个问题。“你们怎么知道这个纸条跟我有关？这上面并没有提到我的名字。至少是没有明确提到。”

“你的名字是犯罪行为分析三组提供的。”

她没再说话，分析了一下这个信息。犯罪行为分析组里有联邦调查局最出名的侧写专家和心理分析专家。三组则是整个组里专门负责针对儿童的犯罪行为。

“三组有一名探员……之前了解你的案子。”英格索尔小心翼翼地挑选着合适的字眼。

“谁能把信息拼凑起来呢？”她边说边想他们提到的探员会是谁。“那次绑架已经是十一年前的案子了，一直也没破。”就是她自立听证会的前一年。

英格索尔移开目光，揉了揉自己的后颈。“是杰弗里·韦德。”

她闭上双眼，想要把脑子里汇聚的形象全都屏蔽。探员杰弗里·韦德博士，她曾经希望再也不要听到这个名字。“我以为他彻底离开犯罪行为分析组了。”

韦德因为一次严重的侧写失误导致了一个女孩死亡——至少钱德拉·布朗的家人在提请诉讼的时候是这样说的——之后就被调去了培训学院。钱德拉向当地警方报案说有一个男的在跟踪她，警方又把情况报告给了联邦调查局，因为这一起报案跟几个月前在邻近辖区发生的一桩尚未侦破的杀人案很相似。韦德一直在跟进那一起谋杀案，认为性质属于连环少女遇害案。韦德研究了钱德拉的跟踪报案，认为跟他手头的调查并无关联，又把案子返回到了当地警方。二十四小时之后，钱德拉死了，而她的遇害后来被证实与韦德跟进的连环案有关。

韦德身为联邦调查局首席侧写专家，因此身败名裂，局里的声誉也遭受重创。本已经与钱德拉疏远的家人多次出现在镜头前——身边跟着律师——公开指责执法部门办事不力。韦德休了一段时间的假，把手头的调查移交给了犯罪行为分析组的另一个成员，假期结束回来以后，又申请了调职。很多人都在传，说传奇人物韦德博士追捕儿童掠食者二十年，终究还是扛不住压力崩溃了。看来大家都没传对，他已经回来了。

“他只调去了学院半年而已。”康纳说。

英格索尔一时没说话，似乎也在追忆韦德跌下神坛的往事，但很快他又继续讲起了眼下的案件。“由于字条措辞古怪，大都会警局重案组把信息输入到‘暴力犯罪逮捕计划’库里去查是否有其他单位处理过类似的凶杀案。韦德也就了解到了这份报告。”

“他也跟局里的人一样看过那个爆火的视频，所以对你有印象。”

康纳又补了一句。

能把信息碎片拼凑到一起的人只可能是韦德了。他对她可不止熟悉背景那么简单，这个人差点挡住了她成为探员的路，就因为他对她的情况太过了解。

就她所知，没有谁在申请过程中接受的审查比她多。当她被问到一个关于过往经历的问题时，测谎仪显示她可能在撒谎，于是执行助理局长肖娜·杰克逊介入，把韦德博士请过来对她进行评估。执行助理局长是为数不多的几个直接向联邦调查局局长汇报的人之一，这么高层的人一般情况下并不会参与申请人筛选环节，但是肖娜跟这一次的筛选结果有一定的私人关联，因为尼娜是她招进局里来的。

重审了测谎结果和尼娜的背景调查员提交的报告以后，韦德把她叫进一间面试室，让她讲出她要求自立的原因以及她自己选的新姓氏的意义，最后直问得她彻底崩溃他才收手。

他逼着她回忆在寄养系统里挨过的打，那些大孩子觉得她个子小，好欺负。他让她一点点讲述她被绑架的那个夜晚发生的痛苦经历，生生撕开她记忆里结下的硬痂，任由往事血淋淋地往外淌。他全程紧盯着她，当她在描述火烫的烟头如何灼烧她的皮肤时，他却在笔记本上写写画画。

虽然她讲得断断续续，几度哽咽抽搐，他却始终沉默冷静地听着，没有流露丝毫情绪，一直在审视着她。他的任务是要判断她有没有在接受测谎时试图隐瞒什么，她觉得他应该是在等着她彻底崩溃，痛哭流涕，歇斯底里甚至拿他撒气。他剖开了她的灵魂，望向最深处，检视她埋藏的秘密。

最后，韦德告诉她，他认为她没有撒谎，但是测谎仪暴露出她在刻意压抑创伤中的某些细节。她的回忆中存在着暗影，他认为这会让她成为一个不利因子，就像一枚定时炸弹一样，遇到合适的情况就爆炸。多亏有执行助理局长杰克逊插手，他的报告才没能阻止她进入局里的学院。自从录用那天起，尼娜比其他人都更努力，一心要证明杰弗里·韦德博士的判断是他职业生涯中的第二次出错。以及他是个恶心的假正经。

“我们派你去与韦德直接合作。”英格索尔说。

她差一点就冲出办公室，直奔回家躺床上去了，只希望等她一觉睡醒，发现这一切不过是一场噩梦。

“你只管幕后工作，”康纳跟她说，“把自己隐藏好，谁也看不见你。韦德是从匡蒂科开车去乔治城的。他大概半小时前就到达案发现场了。你过去了可以向他了解情况。”

这个男人曾经像病理学家做尸检一样，用他无情的效率将她生生剖开，他根本不相信她能成为探员，可现在他们希望她去跟这个男人合作。她心里有个声音在喊拒绝。就算她不答应，也没有人会责怪她。

她控制住表情，让自己保持淡定。她绝不会让上司知道这次的任务将给她带来多大伤害。“我现在就开局里的车直接去案发现场。”

5

尼娜向看守警戒线的工作人员亮了一下证件。

他扫了几眼她的工作证。“你来晚了啊。”

黎明时分就一直喧闹的案发现场，现在只剩几个人了。

“今天讨论清理现场。”她俯身从横贯小巷的黄色警戒线下面钻过去。

大都会警局的几辆鉴证技术车中有一辆靠在路边，中网对着一个画满涂鸦的垃圾箱。一个高一米二的便携屏风后面站着一群男人，她仔细看着他们，有的身着大都会警局的制服，有的套着特卫强防护服，还有的穿着商务装。

她毫不费力就找到了韦德探员。他高高的个子，套着深蓝色的冲锋衣，背后金黄色的几个大字“联邦调查局”特别显眼。他转向她的时候，深邃的目光透着看透人世的黯淡苍凉。他那双蓝灰色的眼睛捕捉到了她，又一次审视着她，莫名地跟两年前他们的上一次面对面时一样。

她大步走到他面前，伸出一只手去跟他打招呼。他控制了她对这起案件的参与程度，但她不会受他摆布的。“早上好，韦德博士。”

她猜想大部分煞费苦功拿到博士学位的人都希望自己的名字后面能带上这个正式头衔。

“就叫我韦德吧。”他的声音低沉沙哑，跟他一脸的沧桑很配。

他的握手很有力量，掌心的茧子让她吃了一惊。她发现他让她直呼其姓而不是名，保持了一定的职业距离。她也愿意这样。

“格雷拉。”她自报家门。

他朝他左边不远处的一个男的歪了歪头。“麦克·斯坦顿警探，大都会警局重案科。”

斯坦顿快速摆摆手向她致意。

韦德压低声音：“任何时候你只要觉得不舒服，我都希望你能告诉我。”

她直直地盯着他的眼睛，说了句违心的话。“好的。”她的难受已经离“不舒服”有十万八千里了。

“我们没时间矫情了，”韦德说话间已经切换到了侦查模式，“现场已经不再新鲜。我们需要你能提供的所有信息，现在就要。”

她转向屏风，既回避了他锐利的目光，也便于检查现场。“那我就开始了。”

斯坦顿警探走过来拦住她。“去看尸体之前，你能不能先描述一下那辆他用来……”他的身体重心左右切换，透着明显的不安。“装你的车？”

有道理。一辆专门改装用来绑架受害者的面包车，很可能会用好多年。

“蓝色的福特厢型车。”看到他质疑的表情，她又继续解释，“我是在事件后通过警方给我看的图片才判断出的品牌和型号。”

事件。她特意选了这个平淡的词。

他朝她轻轻点了一下头。“还有什么信息吗？”

“外观很普通，没什么特别的迹象。至少，从外面看不出什么来。”她咽了一下口水来润润发干的喉咙。“车内就像一个空壳，就连垫子都扯掉了。我躺的地方他铺上了黑色塑料来盖住下面的金属。我的手腕被拉到背后用胶带缠在了一起。还有脚踝。”

她说完，韦德和斯坦顿都没有接话，她才意识到，他们在等她接着说下去。

“车身后部有些这样的圆形小窗。”她用双手在面前大致圈出一个餐盘大小的形状，“他用深色的喷漆把它们都遮住了。”

斯坦顿想了解更多信息。“车后部怎么打开？”

“是对开的两扇车门。他把我锁到车里的时候，是先关的左边车门，再关的右边车门。”

“报告里没有出现这一条。”韦德说。

“这样的小细节有很多，”她耸了耸一边的肩，“这些事情没人问我，或者没人记下来，不过我很清楚地记得大部分细节。”

韦德缓缓扬起了一道灰白的眉毛。“大部分细节？”

两人一言不发，互瞪了一眼。她就是因此差点没当上探员。她拒绝道歉。“有些事情我不记得了。至少我从来没想记住。”

她转身对着斯坦顿继续描述面包车的情况。“发动机很正常，没有回火，排气管声音不大，没有任何会引人注意的异常。”她挖掘着记忆中的断层，扯出了更多碎片信息。“他载着我开了大约半小时才停下来。车身中间有一个隔断，所以他必须先下车才能绕到后面去开门。”

“你看见了什么？”韦德问。

一个衣冠禽兽。

“我们好像是停在哪个树林里了，”她说，“太阳还没出来，我就只看见一片黑压压的树。什么都看不清。”

斯坦顿警探摸出手机，背过身去压低嗓子很快地讲起来。她猜测他应该是在派人去发布通缉令，寻找与她的描述相匹配的车辆。虽然机会渺茫，还是值得一试。

“好了，”韦德说，“罪案现场科已经收工了。我们一直留着尸体在等你来。”

他侧身慢慢绕过遮住尸体的屏风。她跟着他绕过去，立刻明白了为什么他们会支起一个视线屏障。女孩脑后深色的长发披散在地上，右侧的头发上缠满凝结的血渍。她四肢摊开、仰天躺着，赤裸的身体在肮脏的路面上显得不堪入目。

尼娜俯下身凝视着那双浑浊的棕色眼睛，它们也茫然无神地回望着她。她一点点往下检查，发现女孩的上唇还残留着银色胶带的痕迹。

站在她身后的韦德很快给她补充了信息。“尸体是巷子对面餐馆里的一个小工发现的。餐馆打烊后，他出来倒当晚的垃圾，时间大概是凌晨三点。他在垃圾桶里看见了她，以为她还活着，就把她拉了出来。他把她嘴上贴的胶带撕下来以后才发现她已经断气了。”

斯坦顿警探打完电话走过来。“凶手先把字条装在塑料袋里放进了她嘴里，再用胶带封住她的嘴。可能是为了防止袋子掉出去。”

她觉得没错。他是要确保字条一定能够被她看到。她突然产生了一个念头，这让她不寒而栗。她问斯坦顿：“你们罪案现场科的人有没有翻动过她？”

斯坦顿扫了韦德一眼，然后回答：“大概在你来之前半小时的时候，我们把她摆回了发现她时的样子。”

她仔仔细细地搜集着她的特征，把现场情况和凶手留给她的那张晦涩难懂的字条放在一起思考已经观察到的内容。他肯定已经知道了联邦调查局会让她加入调查，他就是在给她发信息。

“找寻了这么多年，我以为再不会有希望了，”她低声念着，歪着头从另一个角度去观察女孩的尸体。“可是今天，一切都变了。”她不再念下去，而是抬头望着韦德。“那就是说，他又有希望了，可他是怎么有希望的？有什么希望？”

他若有所思地看着她。“说说你的想法呢。”

他不愿意让她先知道他自己的分析思路，很明显是想先了解她对案件的看法。她转身不再看他们俩，又把头埋下去了。他还对这个可怜的女孩做过什么？一道金属的闪光突然引起了她的注意。她深吸了一口气。

“你没事吧，格雷拉？”韦德的语调带着担忧。

“项链。”她只讲得出这两个字来。这个魔鬼再一次证明，他能随时让她失控。

肮脏的路面上躺着一条挂着钻石形状饰物的银链子，就在女孩黏结着血污的头发旁边，长长的链子绕在她纤细的喉咙周围。尼娜被他抓走的时候，就戴着这条项链。项链上的塑料珠子串成了彩色的同心钻石，她目不转睛地盯着它们，确认了心里的疑问。

她拼命控制住自己，不让眼圈变湿。“那个项链是我的。”她喘了口气。

“你确定吗？”斯坦顿说。

“那是我十五岁的时候，在一次艺术课上自己做的。那个图案很古老了，”她立直身体，指着那个饰物，“叫‘上帝之眼’。”

斯坦顿示意鉴证技术科的一个人过来。“给项链再多拍几张照片，发到我的手机上，好吗？”

尼娜转过头，装作在留意尸体另一侧的路面，抓紧时间整理了一下情绪。她的脸上还没摆好客观的表情，没办法去看韦德。她没料到这个过程会如此艰难。

“要不要喝点水？”韦德柔声问，“我还有一瓶。”

“我没事。”又是谎话。她知道韦德能看穿她在说谎，但她无所谓了。此刻她只关注眼前的事实，而且得出了唯一合理的结论。“他是在重现跟我一起的经过。”

斯坦顿不再看那个技术科人员。“什么意思？”

她抱住双臂。“你们在她的后背上找到了多少印记？”

“你怎么——”

韦德打断了他。“二十七个。”

跟抽在她背上的伤疤一样多。这个魔鬼怎么把她挨过多少鞭打记得这么清楚？他并不是抽她鞭子的人，却对这些伤痕无比着迷。她一想到他的指尖顺着她的背心一路往下，又一点点抚过她凸起的伤痕，只能强忍住浑身的战栗。

“她的背上还有三处烫伤？”她问他。

韦德没有回答。

他的沉默像是一场测验。他还在评估她对调查的作用。她看着他，仔细解释。“烟头烫出的一个三角形的三个点。就跟他在我背上烫的一样。”

她转过身，装作在仔细检查每一寸地面。“我得继续找。说不定还有别的线索。”她漫无目的地看着，突然目光落在了画着涂鸦的垃圾箱上。满是刮痕、凹陷的金属箱面左下角，有四排荧光蓝喷涂的数字和字母。第一排写的是“4NG”，后面一个冒号。她心里一震，蹲下身去眯上眼睛仔细看起来。

韦德在她身边蹲下的时候，膝盖咔咔作响。“喷漆好像还没干。”

“他戴过亮蓝色的乳胶手套，”她说，“就是这个颜色。”

他满腹疑惑地扬起一道眉毛。“你觉得他在用密码传递信息吗？”

“字条和项链就是他在传递的信息。两样都是针对我的。”她偏过头来。“要是4NG的意思是‘致尼娜·格雷拉’[1]呢？后面还有个冒号，意思就是剩下的内容就是信息。”

他俩都再往前凑了凑。第二排的数字是8、15、16、5。下一排是9和19，最后一排写着4、5、1和4。

“他留下的其他沟通方式都在尸体上。感觉他是要确保我们能够找到。”韦德挥手指着垃圾箱。“这个不符合他的风格。垃圾箱上的胡乱涂鸦跟整条巷子很和谐，只有数字和字母的颜色有所不同。我们不一定能够找得到。”

“说实话，是我们看得不够仔细。”斯坦顿说着，又示意罪案现场科的一名技术人员过来。

1　4音同for，意为“致某人”，NG是尼娜·格雷拉名和姓的首字母。

她没注意到这位大都会警局的警探走近的声音，只听见他在懊恼地命令技术人员把巷子的大小角落仔仔细细全拍下来。

韦德站起身来。“妈的。”他低声骂了一句。

她站起来的时候，他正从衣袋里抓出手机。“怎么了？”

他没理她，拇指在手机上一阵输入。他灰色的眼睛飞快地又看了一眼喷涂的数字，再转回到手中的屏幕上。“王八蛋。”

她差点就要去拽住他的外套衣领摇晃他了。“怎么回事，韦德？”

他终于回答她的问题了。“这就是简单的替换式密码，根本不难。但这绝对是他留的。”

“说的什么？”

“拼出来就是*希望已死*。”

“天哪，”斯坦顿说，“格雷拉探员，你刚到的时候我就注意到了另一件事情，但我怕是自己想多了，没想说出来。”

“注意到什么了？”她说。

“你看她。”斯坦顿示意她看旁边一动不动躺着的尸体。“她跟你很像。”

尼娜站在原地，尽量不偏不倚地看着女孩。她是拉美人，个头不大，身材苗条。跟她一样。斯坦顿说得没错。她起初没看出来，可能是因为她看到的是一个比她年轻、完全陌生、已经离世的人。

“不过受害者是长头发，”韦德说，“如果他想让她跟格雷拉一样，就该把她的头发剪短。”

“不是的，”尼娜安静地说，“不需要。”她回想着那天晚上的经过。“他绑架我的时候，我也跟她一样是长头发。”她定定地望着女孩。“他扯着我的马尾把我拉进面包车里去的。”

那天晚上从医院出来以后，她回到集体之家，站在淋浴间里一直冲洗到水变凉才出来。接着她站在浴室镜子前面，满头的水滴混着泪水往下淌。她一把一把地抓起长鬈发，操起厨房剪刀狠狠地剪下去，最后把长发全部剪掉了。直到今天，她始终留着短发。

“那，可能他就此收手了，”她的思绪回到了此刻，听见斯坦顿正在说话，“他觉得自己杀不了联邦调查局的探员，所以挑了另一名受害者来代替她。这样就算完结了。”

“我以前遇见过这种类型的迷恋，”韦德摇着头说，“这不是单纯的谋杀。这是偏执。”他与尼娜对望着。“他才刚刚开始。”

6

埃尔莫萨比斯塔公寓

弗吉尼亚州斯普林菲尔德

尼娜把辣酱肉馅玉米卷饼的焙盘从烤箱里拉出来，先检查了一下烤得焦黄稀软、贴着锅边冒泡泡的奶酪，然后扭头看了一眼身后的肖娜·杰克逊。“你当时没在。我看得出来，韦德完全不想让我参与。他全程冷着脸。我发现喷漆的字迹以后，他也不相信它们跟案子有关，后来他自己破解了密码才信。”

“目前对他来说，你就是个破案工具。怎么改变局面，要靠你自己。”尼娜的公寓小厨房里有张玻璃面的餐桌，肖娜就在桌边坐下了。

这是在斯普林菲尔德－弗朗科尼亚地带的非官方拉美裔聚居地，尼娜的公寓就在一幢四层小楼的顶层，房产中介说它朴素又温馨。楼里的业主大都是清洁工、厨师和园艺师，尼娜跟他们一样，愿意住在这样一幢历经风雨、已有四十年历史的老楼里，因为这里距离美国的首都很近。

她把康宁烤盘放到吧台上面的隔热垫上等它降温。“老实说，你是怎么做到跟他天天共事的？”

肖娜那双深棕色的眼睛里闪过一丝忧伤。“他以前不是这样的。韦德也曾经是个暖男，很会关心人。”

尼娜坐在餐桌对面。“你是说在钱德拉·布朗案之前。”

“在局里拿他去当挡箭牌之前。”

“你当时就是执行助理局长啊，”她说，“你是帮得了他的。”

“执行助理局长又不是局长。我尽力了，可他……”肖娜犹豫着，没想到合适的词。

“崩溃了。”尼娜帮她找了个词。

肖娜皱起眉头。“有些时候，我们对自己比罪犯对我们还狠。钱德拉死后，韦德非常自责，觉得是他的责任。”

“我知道的情况就是，钱德拉说有个男的在跟踪她的时候，韦德不信她的话。他明明可以做点儿什么的。说不定还能阻止——”

“你跟媒体一个腔调。”

“因为我也是他错误判断的对象之一啊，”尼娜说，“我只是不明白你为什么会救他。”

肖娜长长地叹了一口气。“很多事情你都不知道，所以我今天才会过来。我们得好好谈谈。”她意味深长地看了尼娜一眼。“远离所有窥探。”

尼娜上一次看见她的导师露出这样的表情也是在这张餐桌边，但那已经是三年前导师招她加入联邦调查局的时候了。她们的初次见面比那时还早好几年，当时尼娜才十六岁，肖娜则刚刚分进犯罪行为分析小组。

费尔法克斯县警局请联邦调查局帮忙给绑架尼娜的男人做个侧写。从匡蒂科开车过去只要半个小时，肖娜做出了一个难得的举动——去和尼娜面对面谈话。尼娜从来没见过谁像眼前这位身材高挑、气质优雅、神色淡定的联邦探员那样令人折服，顷刻之间便喜欢上她了。

在确定尼娜的案件抓不着罪犯之后，肖娜一直与她保持着联系。她担心绑架尼娜的人仍然逍遥法外，于是跟儿童保护服务处联手，在尼娜的信息归档时，确保她的新姓氏和新地址不再出现在最终的报告中。作为一名法律认定的自立成人，尼娜不再接受社工的家访，存在网络风险的数据库也不再有她的相关条目，她的合法改姓会进入未成年人法庭听证会的封存档案。这是她想要抛诸脑后的一部分过往。

肖娜的专业水平和她的善良激励着尼娜，年龄一到，她就考进了执法部门。当尼娜在警局学习成长的时候，肖娜在联邦调查局也在步步高升。自始至终，肖娜对她都是亦师亦友，激励着她从受害者慢慢地转变为守护者。

“原来你不是过来享受美食的啊？”尼娜问。

肖娜没理睬她的诱惑。“我要跟你讲讲韦德的事。以前没打算跟你说，但是现在你要跟他共事了，我——”

门铃响了。

尼娜着急打发掉上门的不速之客，轻手轻脚地走到门口把门拉开。

“*你好啊，亲爱的。*[1]”她的隔壁邻居戈麦斯夫人站在门口，手上捧着一个陶瓷盘子，身边还有她十七岁的养女比安卡。“我不知道你吃饭了没，就给你拿了点特蕾斯莱切蛋糕来。”

戈麦斯夫人总是担心尼娜会饿肚子，经常送些自己做的菜和点心过来给她。比安卡则是只要家里的六个寄养兄妹有谁让她不开心了都会过来，所以她一周至少会来三次。

尼娜老老实实地接过食物，向她们道谢：“*谢谢啦。*”

“哦，可你还有客人呢，”戈麦斯夫人说，“我不想拿我的问题来烦你的。”

她当然想。“是什么问题啊，戈麦斯夫人？”

戈麦斯夫人面色微窘，朝她笑了笑。“我准备做点肉馅卷饼，可是炉子坏了。”

比安卡很明显受不了养母的吞吞吐吐，挤出半个身子来直说了。“我们需要你帮忙给海梅打个电话。”她扭了扭打着眉钉的眉毛。“我

1 此处和下文邻居间的对话夹杂着西班牙语，用斜体标注。

们叫不动他，可你叫的话他就会来。”

尼娜叹了口气，后退几步把门完全拉开。“进来吧。”

戈麦斯夫人走进厨房，把蛋糕放到了吧台上，然后扣着双手满心期待地站在一旁，等着尼娜给楼管打电话。

电话才响一声海梅就接起来了。“怎么了，尼娜？”

“你好，海梅，有个问题——”

戈麦斯夫人使劲儿摆手摇头。

尼娜赶紧换了个说法。“需要你来处理一下。你能过来吗？”

“我两分钟就到，美人儿。”

尼娜翻了个白眼，挂了电话，转身看着她的邻居。“等他发现我是帮你打的电话，他会气死的。下一次这招就不好使了。”

“我两天前就给他打过电话了，”戈麦斯夫人说，“我们吃微波食物都吃恶心了。”她的嘴唇噘得好像在说什么有毒的废物。也说不定真是。

“嘿，”比安卡突然说话，她打量着尼娜周围，这才有了机会好好看看肖娜。“你是不是上过电视还是什么的？”

“肖娜·杰克逊，”她起身说，“我昨晚上了新闻。”

六个月前肖娜离开了联邦调查局，尼娜感到无比失落。探员都要在五十七岁时退休，最多可能延迟到六十岁。肖娜在五十二岁这一年看到了另一个事业机会，立刻抓住了它。局里很多人退休后都去当顾问、安全专家、权威人士，他们辛苦积累的专业知识也能派上用场。但有一些人不走寻常路，他们的才华与魅力能让他们以执法专家的身份在全国新闻节目中谈吐自如。

几个月前，一连串的白人警官射杀无武器黑人的事件在全国范围内引起了强烈关注，肖娜被无数的访谈请求搞得不胜其烦。这位联邦调查局有史以来级别最高的非裔美籍女探员，她所处的位置和调查此类侵犯公民权利案件的经验，都让她的发言有了权威性。最近，她受聘成为一家全国主流新闻媒体的高级顾问。

戈麦斯夫人冲上去跟肖娜握手。“你本人更漂亮呢。”

肖娜还没来得及回答她，门外又响起了响亮的敲门声。尼娜咬咬牙，一下拉开了门。

“你好啊，美人儿，”海梅说着，浑身都是“老香料”古龙水的气味，“什么出问题了？”

尼娜的眼睛都被古龙水的浓香熏出泪来了，她使劲眨了眨眼。“炉子坏了。”

他皱起眉头。“四个炉嘴全坏了还是就坏了一个？”

“你得问戈麦斯夫人。”

她就看着海梅正在检查厨房，然后慢慢回过神来，表情逐渐变僵。

比安卡对着他摆了摆手指。“你好啊，海梅。”

他转过身来，皱起眉头看着尼娜。“这样没意思呀，美人儿。这样没意思。”

比安卡直接顶回去。“你又不愿意给我们修炉子。我们一直在吃微波食物啊，海梅。你想想。”她压低了声音，让情况听起来真的很吓人、很严重，“包装好的卷饼，用微波炉加热。”她竖起两根指头。“连吃了两天。”

海梅愁眉苦脸地说：“嗯，好吧。”

他跟着她俩出去了，嘴里咕哝着，像是在说“去它的炉子”。

尼娜关上门，却发现肖娜正在憋笑。“我喜欢你的邻居。”

“你太不了解情况了。他们就像是乱七八糟的一大家子。”

“你跟我讲过的。你完全买得起市中心的高级公寓啊。”肖娜睁大眼睛说完，又赶紧补一句，“别介意啊。”

这一次轮到尼娜笑了。“我不介意的。我就喜欢住这儿。我小时候就经常住在这种公寓里。”

在拉美地带挑住处，是为了跟自己的社区保持联结，这一点她没有提。成长时期最关键的那几年，她一直在一个又一个的家庭之间辗转，常常觉得自己与传统脱节了。为了弥补家庭的缺失，她在学校学了西班牙语，还跟危地马拉人、波多黎各人、萨尔瓦多人、秘鲁人、墨西哥人、哥伦比亚人这些当时特区最主要的拉美人一起玩。

尼娜搬进公寓楼以后，智利来的戈麦斯夫人时不时地就来扮演一下代理母亲的角色。她给尼娜传授了好多食物和烹饪的知识，还介绍了很多智利葡萄酒，声称能甩“法国货”好几条街。尼娜敢拿一个月的薪水打赌，戈麦斯夫人从来就没喝过法国葡萄酒。

尼娜一边拿刀切着卷饼，一边把话题引回了先前的内容。“你是来说杰弗里·韦德的事情的？”

肖娜的表情严肃起来。“你走申请流程的时候，他才刚被调离了犯罪行为分析组。”

这样说很委婉了。有人说他已经一蹶不振，也有人说他瘦了将近三十斤，已经瘦脱了形，还有人说他的假期有一部分是在精神病院里过的。她不确定这些说法有多少是真的，但是他肯定是已经声名狼藉了。

肖娜望着远处，陷入了沉思。尼娜觉察到记忆的洪流马上就要决堤了，并没有去干扰她，只是静静地把香气四溢的食物分进两个盘子里，然后端到了餐桌上。

终于，肖娜又开口了。“他不推荐你加入局里，还有一个原因。除了我以外，没几个人知道整件事情的经过。”

尼娜重重地坐到椅子上，心里升起不祥的预感。

“他有个妹妹，”肖娜说，“她在十四岁的时候被人抓走了。几天后警察找到了她。她的身体没怎么受伤，但是……”

尼娜低头看着自己的双手。她一直想知道为什么韦德会加入犯罪行为分析组的儿童罪案小组，他去的时候这个小组才成立没多久。至少现在她得到答案了。“他妹妹遭遇了什么？”

“她在二十岁的时候服药过量死了。”肖娜摇摇头。“韦德说，事情发生后她就跟以前不一样了。”

又一块拼图归了位。“他觉得我也会那样。”尼娜肯定地说，“我在局里的工作会让我失控。”

肖娜抬起手让她别激动。“你从他的角度来想想。一个申请人，经历过的虐待和施暴比他经手过的一些受害者还惨。”她吸了一口气。“比他自己妹妹遭受过的还惨。”

“所以就算我没有自甘堕落，还努力当上了警察，他仍然看我不顺眼。”她拿叉子指着肖娜。“我申请加入联邦调查局之前已经在执法机关干了四年，没有出过任何问题。”

“他觉得自己是在照顾你。”肖娜切开卷饼。

“他是不希望签署了我的精神健康评定后，过了五年，我疯了。”她不屑地哼了一声。“他比我预想的还讨厌。”

“不止这一个原因。”肖娜犹豫了一下。“从你的档案里可以看出，你会比较……难相处。你不大擅长与人合作，总是愿意单打独斗，当警察的时候就是这样。可我们在局里不这样。”

这一点尼娜没有反驳，她很不开心，居然还有她不知道的隐秘档案存在。那些档案从她一个月大就开始详细记录她的一举一动。这样的档案别人看得到，她自己却根本不知道。大部分的孩子都没有文档仔仔细细地记录他们一生的行为和环境，领养的孩子就有。而所谓的“不好带”的领养孩子有最厚的文档记录。

“你知道我分进犯罪行为分析组的时候，韦德是我的搭档，”肖娜换了个话题，“但是你并不知道，几年后我升职离开了组里，我跟他又……有了一些关系。”

“等一下，什么？”她没法想象肖娜和韦德在一起过。

“我刚刚说过，他以前跟现在不一样。”肖娜吃了一口菜，很明显是在思考究竟要跟她分享多少。“你申请加入联邦调查局的时候，我们已经分手了，不过他知道我鼓励过你递交申请。他觉得有义务告知我，他不支持你的任命。”她的表情不再柔和。“所以我直接去找了局长。”

“我知道，”尼娜说，“局里有些人知道你插手了这件事，一直很针对我。韦德肯定就是其中之一。”

肖娜放下叉子，眯起双眼看着尼娜，两人之间飘浮着孜然与洋葱的混合香气。“我这样做是因为联邦调查局需要你。”她用食指轻点自己的胸口。“需要我们。”尼娜没有作声，她又抬高了嗓门。“联邦调查局至今仍然是基本上由白人男性组成的机构。我刚受聘的时候，他们几乎都没有全职的女探员。你想想当年，一个黑人女性要付出多少才能走进这扇门。可是我跟你一样，下定决心要比所有人都更努力，一定要证明给那些怀疑过我的人看看。我接受过最烂的岗位、最烂的任务、最烂的装备。我全都忍了，一心一意要干到可以帮别人铺平道路的位置上去。我为你做的就是这个,我不需要为此道歉。不用向你道歉，也不会向任何人道歉。”她的呼吸有些沉重。

肖娜从来没有讲过她的事业刚起步时的情况。她承受过的偏见，以及为了登上美国执法部门最顶层，她这一路披荆斩棘打破的玻璃天花板。

“我没有那样想过，”尼娜平静地说，“谢谢你。”

肖娜点点头接受了她的谢意，又接着说：“我告诉局长，你是一位幸存者，这是事实，我们不能因此而苛责你。我还提醒他，你当了四年警察，人事档案里全是嘉奖荣誉。”她拿起叉子戳着卷饼，好像它跟她有仇似的。“接着，我使出了最狠的一招。局长知道我前几年跟韦德搭档过。”她垂下目光，“我对韦德的判断提出了质疑。我告诉联邦调查局局长，作为一名前侧写人员，我认为韦德的个人问题扭曲了他对你的看法。”

“天哪，肖娜。”

“我背叛了我的搭档——这个男人我曾经爱过，现在也非常喜欢——因为我对你有信心，尼娜。”她的眼睛湿了。“重来一次我还是会这样做……因为这样做是对的。”

“你该有多痛苦啊。”她伸出手去紧紧捏住肖娜的手，她的人生导师对她如此信任令她深感震撼。“局长怎么说的？”

“他能怎么说？韦德的近期记录对他不利。他被强制调离了犯罪行为分析组，因为他的评定是‘不稳定’。而你的表现无懈可击，你的每一类测试成绩都名列前茅。韦德的总结里说的是，你的测谎结果显示你并没有撒谎，只是因为过去的创伤，对有些问题的回答不够清楚。另外，你在一所规模大、声誉好的警局一直有着出色的表现。”她耸耸肩。“局长直接让你通过了。”

“韦德对我的态度就好像我根本不算调查人员，这就是他的真实想法。”她愤愤不平。“他觉得我根本就不算联邦调查局的人。”

“我本来没想跟你说这些事的，可是现在你是他的搭档了，我觉得你应该知道。”

“我都没法信任韦德，要怎么跟他共事啊？”

“你别无他选，”肖娜说，“这个决定要你自己来做，但只要你选择当他的搭档，至少现在你知道自己的处境了。”

她梳理了一下肖娜说的话，心里很清楚，这一次的处境跟以往任何时候都一样。她是孤身一人。

加入此生最重要的调查行动需要付出的代价，就是与曾经想要阻挠她加入联邦调查局的探员搭档。她懒得说这样不公平了。她们彼此都心知肚明。

她的眼睛对上了肖娜坚定的目光。“是袖手旁观还是挺身而上，如果让我选，我一定选后者。一向如此。”

7

铁围笼中心搏击俱乐部
华盛顿哥伦比亚特区

人称“奥丁”的拳击手仔细分析了自己的伤，然后抬起针从左眼上方歪歪斜斜的伤口边缘穿了过去。锥心的疼痛在挑战他，恐吓他，试图打败他。他硬扛着，把手术缝合线从红肿的肉中扯了过去。

“妈的，”索伦蒂诺在他背后说，“你啥都感觉不到，是吧？”

奥丁紧盯着破裂的镜子，眼看着皮肤被针尖顶起来，然后推着针从伤口另一边穿出来。“我啥都能感觉到。”他扯住线，把伤口的两边拉拢。“但一切都由我说了算。做不做反应，我来决定。”他又把尖利的钢针扎了进去。“我的身体，我掌控。”

索伦蒂诺大笑起来。“就像你今晚掌控‘突袭者’那样。”

奥丁容许一丝得意的笑容扭曲了自己的双唇。“突袭者”安德鲁·本内特就是个傻子，居然跟他踏进了同一个围笼。这下本内特能尝到脾破的滋味了。

鲜血竞技就是这样。角斗士为荣誉而战，场外的人群则把压抑已久的怒气发泄在别人的搏斗中。不过，奥丁有一个制胜秘诀。他和其他人不一样。他和所有人类都不一样。基因优势是他生来就有的福气，他对自己也比其他人更狠。生理上的优势加上精神上的强大，让他变得与众不同。空中横飞的汗珠、嘴里尝到的血腥味、让人兴致盎然的恐惧的气息——所有这些都令他着迷。

“我在你身上下了大赌注的，”索伦蒂诺说，“我从来都是押奥丁赢。”

他没理睬他的奉承。索伦蒂诺的进化序列只能排在蟑螂和癞蛤蟆之间，但他有天生的商业直觉，每次都能押准赢家。

奥丁缝完了最后一针，开始打结。

索伦蒂诺凑近来看，两条一字眉挤到一堆。“缝得干净利落啊。你在哪儿学的功夫？”

他瞪着索伦蒂诺，冰冷的眼神让对方不安地后退了一步。他很满意中止了这场讨论，又接着去打结了。

“周五晚上你有空不？”索伦蒂诺换了个安全点的话题发问。

他贴着皮肤剪断了线，立起身瞥了一眼墙上贴顶挂着的一排平面电视机。“周五晚上我有事。等我有空打搏击了，我会给你发消息。”

索伦蒂诺明白自己被打发了，拖着脚离开了更衣室。

奥丁的目光又回到屏幕上。他没管文体频道和纳斯卡赛车频道的节目，全神贯注地看着正在播报当地新闻的那块屏幕。他把剪刀塞进医药箱，啐了一小口血在水泥地面上。当地新闻。如果媒体知道了小巷里那个无家可归的女孩跟走红视频中那个联邦调查局探员之间的联系，他他妈的就上全国头条了。每个频道都在报道尼娜，她成了全民英雄。要是大家发现他们的新宠儿要为那个女孩的死负责任，他们又会怎么想呢？

他回忆着她在公园里打那个袭击她的傻大个儿的视频。他已经看了一千遍了。她还是那么娇小，跟他记忆中的一样，但她显然一直在接受训练。她训练有素，如今还配了枪，戴上了徽章。

尼娜·格雷拉。女战士。

他一直不知道改姓这件事。他搜索尼娜·埃斯佩兰萨的时候，线索在她十七岁的生日那天就中断了。他估计改姓的事也封存到了未成年人法庭听证会的档案里，是他无法访问的记录之一。这么长的时间，她都从他身旁溜掉了。她欠了他整整十一年的惩罚。

这一次，在他跟她做了断之前，她得把欠下的债全部还清。

8

阿基亚商务中心，犯罪行为分析组
弗吉尼亚州阿基亚区

尼娜特别讨厌秘密。尤其是这一个，它就像一个藏在皮肤下面慢慢溃烂的脓疮，一点点侵蚀着她和韦德的每一次交流沟通，不知道哪天就会爆裂开来，喷出毒液，洒在他俩身上。

不管韦德以前做过什么，也不管他是为了什么，自己的所有顾虑都要给抓捕这个不明疑犯让位，于是，尼娜第二天早晨就跟在韦德后面走进了犯罪行为分析组的会议室，仿佛对两年前他往她背后插刀的原因毫不知情。

她观察了一圈坐在会议桌边的人。首位上坐着鼎鼎大名的杰勒德·巴克斯顿，她以前还从没见过他本人。

“格雷拉探员。”韦德顺着她的目光伸手为她介绍。“这是特工督察巴克斯顿，犯罪行为分析三组组长。”

巴克斯顿向她点头致意。“我召集了几名重要人员来参加本案的第一次情况说明会。”他转向右边，这边端坐着一个面容白皙的女子，一头红色的鬈发像瀑布一样垂在背上，海绿色的眼睛闪着好奇的光。

“凯莉·布雷克，”她说，“从‘网络科’借调过来的，之前在‘视频鉴证科’干过一段时间。”她略带拖腔的南方口音让技术词汇听起来都不那么生硬了。

尼娜选择不去质疑为什么一名网络犯罪专家会参加犯罪行为分析组的情况说明会。巴克斯顿在侦查中一向不走寻常路，还总能查出真相。

布雷克旁边坐的是一个剃着平头的金发男子，像是刚从海军陆战队基地出来，走了几英里路来执行侦察任务，一张棱角分明的脸上戴了一副看上去不太协调的黑框眼镜。

“杰克·肯特，”他说，“犯罪行为分析三组。”

尼娜跟韦德拉出椅子在这两位探员对面坐下。

“我们就从受害人研究开始吧。”巴克斯顿开门见山地说。

大家的目光集中到了韦德身上，看着他翻开一本皮面笔记本。其他每个人的面前都摆着电子设备。但大家似乎都不觉得韦德记笔记的古董方式奇怪。

“这个女孩名叫索菲娅·加西亚－菲格罗亚，”韦德开始讲了，“十六岁，拉美裔女性。母亲目前正在戒毒所戒冰毒。父亲因贩毒判刑十年，现已入狱两年。索菲娅五岁进入寄养系统，最近半年一直住在集体之家，两周前第三次逃跑。集体之家的管理员查床时发现她不在，把情况汇报上去了，但没有采取进一步的找寻行动。大都会警局的警探说，她是靠卖淫来养活自己的。”他抬起头没看笔记本。“她母亲也是这样。”

尼娜听着他讲述索菲娅的故事，只觉得撕心裂肺地痛苦。韦德短短几句话就概括了索菲娅一生中遭受的苦痛、抛弃和创伤。她本可以改变命运，可现在再也没机会了。

韦德翻开下一页。“最后看见她的地方是在距离 M 大街几个街区的地方，时间为尸体发现前一晚的七点。”

“她是跟嫖客一起的吗？”肯特问。

韦德还没来得及开口，巴克斯顿就认真地看了布雷克一眼。

她立刻接招。“我跟视频鉴证科一直在合作。我们从一家杂货店的监控摄像头里看到她进去买烟。”布雷克说，“她是一个人。”

“她买烟是用的假证件？”尼娜问。

“不需要，”韦德插话说，“那个时段上班的店员显然没把香烟销售法当回事。大都会警察正在处理他。”

“发现尸体的是谁？”肯特明显是才被拉进这个案子里的，很想了解情况。

“华金·奥乔亚。”韦德说着，又埋头去看笔记。“‘三重威胁夜总会’的小工。大约凌晨三点，夜总会打烊以后，他从后门出去扔垃圾。看见她的一只脚伸在外面。我们运气好，那个垃圾箱已经塞得比较满了，否则她陷到箱底，他就不可能看见她了。”

尼娜之前没有听到这一点细节。“不明疑犯并不想把她彻底抛尸。他就是想确保我能去现场。他肯定提前就知道垃圾箱差不多是满的。”她转身面向韦德。“当时是不是接近正常收垃圾的时间？”

韦德翻了几页笔记。“垃圾是每周收一次，预定时间就是第二天早上六点。”他点头同意她的说法。“他希望有人发现她。”

“他希望有人在垃圾箱里发现她。”尼娜说。这一点她确信不疑。这个凶手做的每一件事都不像随意而为。

“这一点我想不通，”韦德说，“他为什么要把她放置在垃圾箱里？如果他仅仅是想拖延发现尸体的时间，完全可以把她藏到垃圾箱后面的人行道上。这样就要等到垃圾车来收垃圾的时候，由液压升降机提起垃圾箱进行倾倒，才能发现了。如果他要确保有人看见她，那样做其实更合理。”他看着尼娜。“我在想，他是不是了解你的过去。”

他冷漠的评论透着一名老侦查员的客观，但他说出的每个字都打得她浑身发痛。他提出的看法是，这个不明疑犯呈现索菲娅尸体的方式是在拙劣地模仿婴儿时的尼娜，也就是说，他怀疑疑犯知道，尼娜是被扔在了垃圾箱里。

她拼命藏起自己的情绪，用最快速度恢复了正常。“我不知道他是怎么了解到的。他抓住我的时候，我肯定没跟他讲我的过去。”

“但是有其他人知道？”韦德继续追问。

“我的档案里记录了我进入寄养系统的详细情况，但是我没跟任何人提起过。”她避开韦德的目光。“从来没有。”

“凶手如何对待死后的受害者可以揭示很多信息。”肯特开口，让她免于继续解释。“有的凶手会仔细处理尸体，或者将它掩盖住，这说明他认识受害者或者对自己的所作所为略感愧疚。相反，对尸体心存轻慢的凶手在对待受害者时已经泯灭了人性。”他轻敲着笔记本电脑。“这个凶手完全不尊重索菲娅，对她也没有丝毫怜悯之心。这也许是他将她抛尸在垃圾箱里的原因。”

“没错，”韦德说，“但还有别的线索。他留在她嘴里的字条和喷涂在现场的加密信息怎么解释？这两条线索都提到了‘希望’，也算是证明了他知道格雷拉探员过去的姓氏。”他转回头看着她。“这个他是怎么知道的？”

她犹豫了一下，然后回答：“因为我告诉了他。”她等这句话在空气中发酵了一下，才开始解释。“他逼着我说的。一开始我报了个假名字，被他识破了。”她在椅子上坐直。谁他妈的愿意让别人来评判十六岁时的自己呢。“我不告诉他真名，他就一直折磨我。”那一天，他把她折磨到遍体鳞伤。而有些伤永远都无法愈合了。

韦德并没有因为她的明显不适而停止追问：“当时他有没有表现出懂得‘埃斯佩兰萨’是‘希望’的意思？他有没有做过什么评论？”

她回忆着，努力在脑子里整理，将记忆的碎片一点点过滤。“没有。他一定是事后才明白的。”

大家似乎都在琢磨着这个问题，直到巴克斯顿开口转移了这个尴尬的话题，让讨论继续进行。“索菲娅·加西亚－菲格罗亚有没有受到任何形式的性侵犯？”

“强奸。”韦德说着，不再看尼娜，又开始浏览他的笔记本。“她整个背上还有二十七道水平的割伤、三处疑似烟头的烫伤，脖子周围还有绳索勒过的印记。我们无法判定这些伤害的先后顺序，还要听听法医怎么说。”

尼娜的胃里一阵翻江倒海。“你的意思是，性侵可能发生在死后？”

“完整的尸检能提供更多的信息，”韦德说，“我们还在等毒药检验结果和 DNA 报告。”

“我让他们加急处理了。”巴克斯顿说。

“有谁知道谋杀发生的地点吗？”肯特问。

“我们只知道案发地点不是在找到尸体的地方，”韦德说，“法医的现场证据分析也许能帮忙鉴定。”

尼娜仔细思考着女孩的生活中有哪些线索可能导致她被害。她已经流落街头，靠什么生活？做妓女有多重危险。她可能需要保护伞，毁人无数的贩毒买卖很可能已经盯上了她。

“她跟哪个帮派有牵连吗？”她问。看到韦德竖起了眉毛，她又解释：“有没有人给她拉皮条？给她介绍生意？”

“大都会警察局正在从这个角度着手调查，”他说，“他们已经派出人手在周围探查情况了。今明两天内我就能从斯坦顿那里收到信息。我知道的就这些。”

巴克斯顿立刻转向布雷克。“说说视频的情况吧。”

布雷克明显被问了个措手不及，一个激灵坐起来，抓住面前的笔记本电脑。尼娜对她无限同情。巴克斯顿的开会节奏实在紧凑。

“我们分析了 M 大街上各个街景摄像头和商家的监控视频，”布雷克说，“但没有一个视频的角度能拍到夜总会背后的小巷。”

“我打赌他也知道这一点，”尼娜说，“既然他能把其他所有情况都策划好，提前找准位置也是合理的。”

“我们重点关注的是一个十小时的时间窗口，起始时间是有人看见她出现在杂货店的两小时前，终止时间是她的尸体在垃圾箱里被发现，”布雷克说，“不过我们可以拉长时间范围，再重新搜索一次。”

“你们发现什么了吗？”韦德问。

布雷克咧嘴笑起来。“看看这个。”

她把笔记本电脑转过来，屏幕朝外。大家都凑过去盯着视频，看着M大街笼罩在街灯和霓虹灯的怪异光芒里。这个深夜的派对区，周围一片乌烟瘴气，摩托车、行人在街上喧闹穿行，人们醉态各异。

布雷克敲了一个键，所有的车辆，连同它们浮在屏幕上的时间戳全都消失了。行人有的在人行道上溜达，有的在热闹的主道上奔跑，全都绕着此刻已经看不见的车辆在前进，街灯的光圈洒在他们身上，每个人头上都顶着一个专属的时间戳。

大家一边看，布雷克一边解释，她的南方口音因为激动开始变重。“我们用了面部识别的筛选程序来寻找受害者，但在我们核查的这十小时的时间窗口里，她没有出现在整条街上的任何一个视频片段中。”

“那么，她就不是自己走进巷子里去的，”尼娜说，“是有人把她带过去的。”

“我们已经确认，之前数日都没有倾倒过垃圾箱，”韦德说，“所以她不可能是用垃圾清运车运进巷子里去的。他还能有别的什么办法把她弄过去？”

尼娜思考着各种可能性。“你能不能把可视参数的范围缩小到提着箱子或者推着推车的人？所有运送东西的人。”

“完全可以，我还能让你们看得更清楚。”布雷克输入了一个指令。“看吧。”

推着小车或提着箱子的男人慢吞吞地走在异常空荡的人行道上。有一个人猛地停下，一阵挥舞双臂，大声嚷嚷，然后才过街。

尼娜看到那个人转身对着空气比中指的时候忍不住轻轻笑起来，那个男的肯定是差点被车撞上了，可数字技术把车抹掉以后，他普普通通的一个动作看起来就很滑稽了。

肯特凑得更近一些，目光锁定了屏幕。“能不能把其他人都删掉，只留下进入‘三重威胁夜总会’的人？”

布雷克白皙的手指在键盘上翻飞，更多的人蒸发了。大家都不作声，全神贯注地看着。

“那儿。”尼娜指过去。一个身材魁梧、穿着深色制服的男人一瘸一拐地推着一个手推车进了夜总会，推车上放着一个硕大的纸板箱。他戴着一顶鸭舌帽，帽舌遮住了他上半部分的脸，浓密的胡子又把脸的下半部分也盖得差不多了。视频快进到这个男人推着空推车出来又放慢下来，他慢吞吞地顺着 M 大街一直走出了画面。

“他的车在哪儿？”尼娜说。

“我来给他加上标记。”布雷克输入另一个指令。“好了，我们从这里接着看他。”

那个男人慢慢走近一辆福特厢型面包车，用力拉开后门，把推车塞了进去。

尼娜看见面包车的那一刻，全身的血液仿佛都凝固了。

他一瘸一拐地绕到驾驶室车门边，费劲地把身体撑进车里，然后开车离开。

“车牌？”肯特问。

布雷克拉近镜头。“面包车上没有挂车牌。”

“交通监控，”巴克斯顿紧张地说，“跟住他。”

“我们收集的录像只覆盖了事故现场周围以两英里为半径的范围。”布雷克洁白的脸上有点发红。“我这就扩大搜索参数。现在有了嫌疑车辆，我就可以倒回去追踪它。”

尼娜思考着其他的可能性。“还能不能在数据库中对这个送货员进行人脸识别？”

“我看看能不能再看清楚点儿他的脸，”布雷克说，“光线太暗，不过我们可以提高亮度，让图像更清晰。”

“有个地方不对劲，”尼娜说，“攻击我的人身体没问题，而且很强壮。”她指着肯特。“身材和他差不多。这个人看上去偏肥，右脚还是跛的。”

“你已经有十一年没见过他了。”韦德上上下下指着自己的身体。“你就说我吧，那么长一段时间，身体可能变差很多。尤其是在伤了腿，没办法锻炼的情况下。”

布雷克把笔记本电脑转回去面向自己，开始敲键盘。“我把他的走路姿态画出来，再输入系统。只要有可疑的人出现在录像里，我们就能把他的跛脚姿态跟他进行对比。”

肯特把眼镜摘下来。“如果我想骗过面部识别……贴个假鼻子、粘上胡子、戴上眼镜能不能干扰系统？”

布雷克摇摇头。“面部识别是通过面部骨架结构来进行识别的，整那些都没用。以我们现在的技术，要做很大的改动才能骗得过去了。”

“那是不是做整形植入或整形手术，就可以？”

她不确定地对他皱了皱眉。“理论上可以。”

“不管怎么样，我们现在有了第一条有用的线索。”巴克斯顿打断了他们的补充讨论。“布雷克探员会跟进这个问题。与此同时，我们来做一下侧写。”

尼娜顿时兴奋起来，她最想听的就是这个。尽管杰弗里·韦德博士的名声已经受损，他仍然是局里经验最丰富的心灵捕手。他会怎样从精神上解剖这个魔鬼的心灵呢？

“归根结底，动机最关键，”韦德说，“不明疑犯的行为反映了他的个性，个性都有对应的模式。这些模式可以帮助我们理解他做这些事情的原因。”他并拢几根手指，指尖轻轻敲着下巴。“这个凶手的思路很清晰。他刻意选择了索菲娅当他的受害者，把格雷拉引到调查中。他的字条表明，他把这桩罪案跟十一年前他试图完成的那件案子连在了一起。这是愿望的达成。我们完全有理由得出结论：他是在那个走红的视频里看见格雷拉之后才出手的。”

肯特蹙紧眉头。“你是说，视频是案情的触发点？”

“这是最符合逻辑的猜测。”韦德扫了尼娜一眼。“凶手在实施犯罪之前，都会先对犯罪行为幻想一段时间。通常是一系列的环境因素和事件以某种方式汇聚到一起，最终触发了犯罪行为。再次看到你——尤其是当你身处一个有一定权威的位置，果断地拿下了一个掠食者的时候——肯定会激发他的行动。”

她估计韦德是在给她（可能还有布雷克）提供更多的背景信息。会议室里只有她们俩没有侧写背景，更多的信息对她们会有帮助。

她抓住了这个机会。“什么样的掠食者十一年内才动手两次？”

“一个真正痴迷的跟踪狂，他终于找到另一个受害者来取代你，”韦德说，“这个人一直压抑着自己的冲动，直到某个刺激源唤醒了这些冲动。”

肯特又把眼镜戴上。“或者，这个掠食者这十来年里一直隐藏得很好，但已经杀了别的人。我们并不确定这桩凶案发生之前，格雷拉的案子就是他的第一个或最后一个。”

“这样一个犯罪模式独特且一致的罪犯居然没有引起系统的注意，我是不相信的。”韦德说。

巴克斯顿摇摇头。“‘暴力犯罪逮捕计划’中没有出现类似的案件，法医数据库里也没有现场痕迹物证能匹配上的，包括头发、纤维、液体，所有的。不过我也说了，目前只是初步的检查核对。等实验室那边把所有东西都检查完，我们很快就能看到更加完整的报告。”

尼娜问了一个大家似乎都在回避的尴尬问题。“有没有把 M 大街收集的证据跟我的案件中的样本进行过对比？”

“我们联系了费尔法克斯县警局，”韦德说，“他们正在从归档证据中提取相关证据。我们的实验室需要原件来做测试。同时，他们已经把数字档案发过去了。我们很快就能有消息。”

“打住，”巴克斯顿一边说一边埋头看手机。“‘公共事务部’刚给我发了条短信。让我们打开电视看新闻。”他拿起遥控器对准了尼娜身后墙上的屏幕。

她把椅子转过去看着屏幕。“发生什么事情了？”

“不明疑犯发布了一条信息。”巴克斯顿点击了一下遥控器。“是面向大众的。”

9

尼娜看着墙上挂的电视机，屏幕上是一位满头白发、身着深灰色西服的知名新闻主播。他对着镜头说话的同时，屏幕下方一条滚动的新闻闪了出来。

“……一条来自‘六频道新闻’脸书主页的信息。本着对观众负责任的原则，我们在直播本报道前进行了调查。我们也邀请了联邦调查局对此做出评论。下面由杰罗德·斯威夫特带来本条重大新闻的更多内容。”

画面切到双人特写镜头，一位不到三十岁的记者坐在主播身旁。

“谢谢史蒂夫。”杰罗德把一缕黑发从额前捋开，看着镜头。“将近二十分钟前，有人给我们的脸书主页直接发了一条信息，声称自己就是两晚之前在乔治城杀害了十六岁的索菲娅·加西亚－菲格罗亚的人。”

屏幕切到新闻频道脸书主页的画面，杰罗德的画外音仍然在后台继续。“联系我们的人用的假身份，声称掌握着只有案件凶手才可能知道的情况。我们可以独家分享信息的内容。”

“信息说的什么？”主播问道，屏幕又切回来对着新闻播报台。

“他提到执法部门在掩盖真相，对此他表示很愤怒。”

“他说的是掩盖什么真相？”主播把椅子转过来对着杰罗德。“我们的新闻团队是如何确认信息的合法性的？”

“我们联系了联邦调查局，把他发给我们的图片给他们看了。”屏幕上显示出一张照片，上面是一条装在塑料小口袋里的神秘信息。“他们未评论，不过据我们的可靠消息来源确认，这就是凶手留在现场的纸条。”

“这个混蛋。”韦德的声音立刻让尼娜分了心。她逼着自己把目光转回到眼前播放的噩梦上，继续听杰罗德的报道。

“无论给我们主页直接发信息的人是谁，此人声称该信息直指近日出现在爆红视频中的联邦调查局探员尼娜·格雷拉。他称她为‘女战士’，并说她的名字翻译过来就是这个意思。”

尼娜咬紧牙关，拼命忍住没说脏话，屏幕上显示的是阿科汀克湖公园的录像片段，杰罗德的画外音还在解说。

“我们在重看这段录像的时候，注意到一个有趣的问题，”杰罗德说，“我们来看一看静止的图像。”

这时，画面一分为二，一边是从走红视频中截出的尼娜的图像，另一边是索菲娅·加西亚－菲格罗亚中学时的照片。

“非常相似，”镜头切回来后，主播说，“联邦调查局告诉了我们什么呢？”

“他们尚未给出任何官方说明。”

“那么这个凶手想要怎么样？”主播问杰罗德，“他有没有透露，为什么要通过媒体发声？”

“他说，他不会让联邦调查局向公众隐瞒信息，”杰罗德说，“就像在为自己干出的事情邀功。”

韦德愤怒地低吼了一声。尼娜猜测，他不喜欢不切实际的分析。

“他还跟我们分享了一条加密信息。”杰罗德还在说。

尼娜屏住呼吸，看着屏幕上闪出的一张图，上面是一串字母加数字。它们跟他喷涂在罪案现场的垃圾箱上的不一样。

主播继续向现场记者发问：“这是什么意思，杰罗德？”

“我们还不知道，但正在努力破解。”

“凶手只联系了‘六频道新闻’一家？”

“是的。他并没有解释原因。”

“稍等，制片人给我传来了信息。”主播轻触了一下自己的耳朵。

"我们的脸书主页获得了大量点击。大家都在努力解码信息。"他看着杰罗德。"我们一定会与官方分享可能的解决方案的。"

杰罗德点点头，徒劳地想用忧郁的表情去掩饰自己的激动情绪。"不管还有什么事情，凶手似乎把重心都放在了格雷拉探员身上，"他说，"希望联邦调查局此刻正在追捕他。"

"谢谢杰罗德的报道，有任何后续发展都请告知我们。这个家伙就跟他留下来的线索一样是一串密码。"主播转过身来面向镜头。"稍事休息后，我们将跟进雷斯顿的一家害虫防治公司，看他们如何利用物理学和水晶魔法为您驱除虫害。"

"把那个破节目关掉。"巴克斯顿说完，环视了一圈会议桌。"有谁记下密码了吗？"

布雷克照着笔记本电脑念起来。"32、18、10、36，然后是一个 F 和一个 R。"

韦德抬头不看他潦草的笔记。"如果第一个数字是 32，那他这次就没有使用简单的替换式密码。"

"我把这个转给密码分析科，"巴克斯顿说，"游戏发生变化了。不明疑犯直接把大众拉进了我们的侦查中。"

"他想要掌控案件的每一个方面，"韦德说，"包括我们放出的信息。他正在享受这出大戏，因为是跟他有关的。典型的自恋狂。"

"我们能不能准确推断出他下一步会做什么？"巴克斯顿纠结的表情告诉尼娜，他害怕听到答案。

"他会双倍下注，"韦德说，"亲自对格雷拉下手，通过干掉一个联邦调查局探员来证明自己比别人厉害。"

尼娜绝不会让他得逞。这个魔鬼觉得跟她还没完，但他不知道现在的她是什么样。他俩的人生道路似乎注定要再次相交，但这一次她已经准备好面对他了。"要是他没成功呢？"

韦德的眼睛定定地看着她。"那么，就会有另一个人送命。"

10

尼娜听懂了他的暗示。索菲娅·加西亚-菲格罗亚是替她死的，如果她拦不住这个魔鬼，另一个女孩又会死去。罪恶感像一团黑雾罩下来，落在她的身上。

布雷克打破了沉默。“什么样的杀手会通过密码来交流？”

“我的经验告诉我，”韦德说，“连环杀手会。”

“但是我们只有一个受害者。”布雷克飞快地扫了尼娜一眼，又说，“至少，只有一个已逝的受害者。”

“这也是我对这起案件的另一个问题。”韦德一只手从乱糟糟的白发里穿出来。“这种类型的凶手以前就杀过人，但是物证——或者物证的缺乏——表明，他之前只有过一次未能成功的尝试。”

整个会议室又安静下来。

“希望已死。”尼娜边说边思索着第一条加密的信息。“这到底是什么意思？”

“如果受害者是你的替身，那就表示他已经完成了杀死你的仪式。”韦德说得波澜不惊。

“那你为什么说还有人会死？”布雷克问韦德。

“问得好，”巴克斯顿插话说，“韦德探员，你能不能根据我们刚才听到的信息，更新一下你对这名不明疑犯的评估？”

“一个凶犯脑子里最确定的路径就是他的行为，尤其是当他在犯罪现场动手时的行为。”韦德讲了起来，“通过格雷拉的案子和华盛顿特区的新案子，他已经在受害人心理学和方法论上形成了一个明确的模式。他戴着手套，作案时避开了摄像头，改变了自己的模样，还搞到一身送货员的工作服，这些情况都说明，他做事有条理，思路很清晰。跟媒体表演的这一出，证明他渴求关注，也进一步证明了他的控制欲。他想让全世界看到，掌控侦查的是他，而不是联邦调查局。”他突然看着尼娜。“还有，他对你很着迷。”

尼娜感受到聚光灯照到了她身上，就好像大家都觉得她隐瞒了什么关键信息，害得大家找不到他的家门。“我完全不知道为什么。”她尽可能不表现出丝毫防范地回答。

韦德继续盯着她。“对于惯犯，最需要彻查的案件就是最早犯下的那一起，作案地点一般都会比较接近作案者的住所，暴露更多作案动机。”他顿了一下，很明显是在斟酌言辞。“如果你是——如他的字条所说——逃脱的那一个，那也说明你就是他最初的受害者。他当时的技术还不成熟，所以你可能知道他的一些关键信息。你可能都没意识到自己知道这些信息。”

“你相信他是个连环杀手？”她抱起双臂。“我们的受害者还不到三名。”

她跟其他的探员一样，在学院了解了不同类型的杀人犯。连环杀手的定义就是至少有三名受害者，案件之间有时间或心理上的间隔。大规模杀人犯的特点是在一次事件中至少杀死四个人。还有一种，杀人狂，他们在各个地点都至少杀两个受害者，而且作案没有缓冲期。

韦德抬起一边肩膀。“我没说他是个连环杀手，但他绝对是个惯犯。很可能最初是你的什么事情触动了他，让他做出了反应。你的逃脱打击了他，说不定还动摇了他的自信。他可能一直压抑着自己的暴力冲动，直到看见你出现在视频里。”

肯特缓缓点头。“现在，这个不明疑犯又站出来向全世界，也向他自己证明，他能够得到她。”

“这对他来讲太重要了。”韦德说。

巴克斯顿把一根手指探进衬衫领子里，深深吸了一口气。“我们需要可靠的情报来查明这个家伙的身份。必须仔细核查涉及格雷拉探员的事件。”他迟疑了一下，又说，“仔仔细细地查。”

他凝重的表情告诉她，他是在给她机会优雅地退出。如果她没在会议室里、不是团队的一员，韦德就会私下向她问话，再把结果汇报给大家。所有信息都会经过一次过滤，也能让她免受同事的盘问和评判。如果她留下来，她就得反复讲述自己的经历，有问必答。她从基本的训练中学到的是，第一手的讯问永远是最佳的信息来源。目前，他们最宝贵的信息来源就是她了。

这是属于她的时刻。这个时候，她要把发生过的事情和所有的前因后果和盘托出，讲出她生命中最私密、最羞耻的几个小时。她要么勇敢面对，要么就置身事外，任由其他探员来处理这个案件。

尼娜的目光扫过会议桌边的同事们，回想起自己只有十六岁时就已经向侦查人员和法律顾问复述过自己的故事了。只要能帮忙抓到这个魔鬼，她就能重讲这些故事，更何况现在她已经不再是小女孩了。

韦德用轻到只有她一个人能听见的声音，从嘴角边对她讲：“你不想讲没关系的。”

韦德不明白，这一次她不讲不行。她挺直肩膀，直视巴克斯顿：“您想了解什么？”

巴克斯顿悄悄跟韦德交换了一个眼神。他们之前肯定已经计划好了，派出杰弗里·韦德博士——法证心理学专家——来带着她回忆整段经历。很明显，巴克斯顿知道在她的申请过程中，韦德已经跟她一起回顾过她的事件了。他肯定觉得对她来说，再次对韦德敞开心扉会比较容易。

才怪。

韦德把椅子转过来面对着她。“尼娜，要不你先讲讲你还记得哪些跟绑架有关的事情？”

他之前从来没有直呼过她的名字，他还用了“绑架”这个词来拉开她与攻击之间的距离。这一招，她在问讯罪案受害者的时候也用过。

“那天晚上挺晚了，”她开始讲起来，“我从集体之家跑掉以后，就在亚历山德里亚市路边商业区背后跟几个露天睡的女的一起凑合着过夜。”

他点点头，鼓励她继续说。

“我第一次看见那辆面包车的时候，它很慢地开过去了，接着又开回来停在我们对面的露天停车场。一个女的就走过去看他是不是想做生意。”

她清清楚楚地记得那个女的，仿佛这一切昨天才发生。她硬摆出站街女的走姿，夸张地拖着脚往前迈步，油腻的金发在脑后来回地甩。

“我只是跟她们混在一起，”尼娜说，“我没有毒瘾，所以不做生意。”她发现自己倒出往事的时候是紧盯着韦德那双浅灰色眼睛的。“那个女的走回来说，他感兴趣的是我，不是她。”

她的耳边还有那个女的的笑声，眼前还有她满口的黑牙和肿胀牙龈形成的深洞，衬得她月光下的皮肤毫无血色。

“那个男人毫无预兆地推开了驾驶室的门，跳下车朝我跑过来。”那一夜彻骨的恐惧像潮水一样裹着身心的疼痛向她涌来，尼娜努力稳住自己。“他戴了一顶黑色的滑雪帽和一副浅蓝色的乳胶手套。那天晚上有点凉，但并没冷到需要戴滑雪帽。我一看清他遮着脸就想跑，但是他已经冲过来了。他几步就追上了我，扯着我的马尾把我拽了过去。”她茫然伸手去摸了一下自己的短发。“他用一只大手使劲卡住我的喉咙。”

“其他人做什么了？”韦德问。

“都跑了。”

她本以为她们一定会冲上去帮她。总共有五个成年女性，她们合力肯定能把他赶跑。结果，她们眼睁睁看着她被拖走，无动于衷。她们跟她生命里的很多人一样，抛弃了她。那一刻，她深信不疑，自己是孤身一人，能依靠的只有自己。

"他连武器都没有，可她们还是跑了。"她用力咽下一口气，不让喉咙哽住。"抛下了我。"

"接下来发生了什么？"韦德柔声提醒她。

"他把我拎起来扛到面包车上，然后把我掐晕过去了。"

"你醒过来以后呢？"韦德波澜不惊的语调不流露丝毫情感。他已经进入了问讯模式。

"我想要反抗，他直接打我脑袋，打得我头晕目眩。"她继续盯着韦德，她正在往事中越陷越深，而他能将她牢牢稳在现实里。"我整个人都晕了，脑子也不好使。我记得他扒了我的衣服，用胶带把我的手腕跟脚踝捆在一起，还封了我的嘴。"

"你记得他用的哪种胶带吗？"

她努力从记忆中调取更清晰的画面。"不记得了。"

"是什么颜色的？"

"当时太暗了。我想不起来。"

韦德肯定是察觉到了她的不安，没再追问。"下一个问题，请你不要误解，我必须提出来，这样才能了解他的人格类型。"他等到她同意了才接着说，"你反抗了吗？"

"我拼死反抗。"

"他的反应呢？"

"我反抗得越厉害，他就越暴力。我其实觉得是我的反抗让他兴奋起来了。"

韦德朝她微微点头，似乎就在等着这个回答。"好的，然后发生了什么？"

“他打开了面包车的后厢门。周围全是树。很多树。他把我拖出去，像甩沙袋一样把我甩过肩，然后扛着我进了一个棚屋。屋子看着很小，但是很牢固。”

她停下来，鼓起勇气准备开始下一段回忆。韦德没有催她。大家都等着她继续讲。

“他扛着我进去以后，关上了门，把我脸朝下摆到一张钢桌上。他拿尼龙绳把我的左腕绑在左上角的一根柱子上。把我固定住以后，他割开了胶带，抓起我的右腕套到了另一角的柱子上。我的左右脚踝也都被绑了起来。”

“所以他能确保你全程都会被控制住？”韦德问。

“我根本跑不掉。”她的声音几不可闻。

“别难过，”韦德低声宽慰她，“接下来呢？”

“他消失了几分钟。再出现的时候，他披了一件黑色的斗篷，滑雪帽和手套还是戴着的。”

“他的斗篷是什么样子的？”

“我是趴着的，但看得到斗篷很长，是披风式的。他的腰上还系了条带子。”

“你讲得很好。继续说。”

她不确定除了韦德以外，还有谁看过费尔法克斯县警局的报告，知道她到底经历过什么。她本来打算安排好节奏，转换到侦查人员身份来保持情感距离。她之前的目标是把这一切当作是发生在别人身上的事情，她只需要像做报告一样讲出来，可是那一夜的画面一齐向她袭来，几乎要将她打垮。她想着索菲娅·加西亚-菲格罗亚来给自己打气，让自己奋力讲下去。

“他一直摸着我背上的伤痕，说他……他希望给我留下这些印迹的人是他。”她顿了顿，寻找着合适的词汇。“事实上，他说的是‘授予’我这些印迹，就好像是在说什么奖项一样。”

看得出来，这些模糊的记忆片段，在她的入职申请过程中曾让韦德觉得有问题，现在它们已经开始一点点变清晰了。

“我知道现在你很难受。”韦德的语调变得充满同情。“他之后又做什么了？”

她在便装长裤上搓了搓汗湿的手掌，鼓起勇气继续讲。“他抽出一支烟，点燃了。我从眼角观察着他。他一直在跟我讲话，问我皮带抽出的伤痕的问题，还问我挨抽的时候有没有哭。他也是在那个时候叫我跟他讲我的名字的。”

布雷克听到这里，不禁伸手捂住了嘴。

“他专门提到了皮带伤痕？”韦德问。

她闭上眼睛，在潜意识里搜寻着细节。“我确信他提到了。”

韦德的声音有点紧。“他怎么知道那些伤痕是皮带抽出来的？”

她知道韦德顺着这个思路提问有什么目的，他是假设这个不明疑犯在抓走她之前就认识她。她直接击破了他的论断。“抽打的痕迹还很新，我是几天前才挨的打。他可能都看得见皮带扣在皮肤上划出的伤口。很明显的。”

韦德换了个更直接的方式。“你想得起来那晚之前有没有见过他吗？”

这个问题警察问过上千遍。这个问题她也问了自己许多次。

“想不起来。”

韦德默默地观察、打量着她。空调开了机，在大家的耳边嗡嗡作响。“他拿烟干了什么？”

他明明知道得一清二楚，这个魔鬼拿烟干了什么。

“他在我背上烫了三下。”她的心脏猛跳起来，但她稳住自己，勇敢地说出了答案。“他烫出了一个三角形。每个角一个烫伤。”

她记得自己哭喊尖叫的声音盖过了发红的烟头灼烧皮肤时发出的嘶嘶声。皮肉烧煳的气味冲进她的鼻腔。烟头在她的两边肩胛骨和下背部正中各烫一次，每一次烟头触到她裸露的肌肤时她都会全身绷紧，胸膛直顶到冰冷的钢面上。

她说不下去了，可她知道自己非说不可。她回想起的事情，一些看似无关紧要、从没提起过的细节能提供线索制止这个魔鬼。这是她欠索菲娅的。而此刻，无论他已经盯上了谁，她都亏欠于她。

“他烫完以后，显得很……兴奋。他解开了系在斗篷腰间的带子，把斗篷敞开了。”她不顾心脏的怦怦猛跳，继续讲述了那个魔鬼对她的三次强暴。他控制了她好几个小时，每侵犯一次都要重新摆弄她的身体。

韦德一直听着，没有插话。等她讲完以后，他问：“他当时有没有跟你说什么？”

“他趴在我身上，对着我的耳朵说的。”她闭紧双眼，希望能想起他当时说的话来。“妈的，我就是想不起他说了什么。”

“没事的。”韦德满脸失望地说。

接下来，她一个个地回答了大家的提问。没错，他每次都戴了一个新的避孕套。没有，他没有咬她。是的，他打了她很多下。没，他没有打断她的骨头，但是她试图逃跑的时候扭伤了左腕。

她感到心力交瘁，仿佛身心都被榨干了。但还没完。

“你是怎么逃掉的？”韦德明显有些不情愿了，但还是继续问。

“他……跟我结束了以后，就出去了。我还被绑在桌上，只能稍稍挪动。他把我弄伤了。”她咽下喉咙里的哽咽。“伤得很厉害。我全身都浸在汗里。我的双手湿得能在塑料绳上滑动，我就一直扯。我的手比较小，我就这样缩紧。”她抬起胳膊，把拇指缩进掌心里给大家看。“我继续扯，左手就滑出来了。然后我就把绳子解开了。”

韦德的眉毛又立了起来。“你不知道他什么时候会回来，或者会不会回来，是吗？”

“我只能动作快点儿。解开右脚踝上的结最费时间。当时我已经恢复了平静，但是头痛得要命。我从桌上滑下来，踮着脚走到门口，把门打开。外面还是很黑，不过很快就要出太阳了。我一个人也没看见，面包车也不见了，我就朝着林子跑出去了。”

“还是没穿衣服？”布雷克终于开口了。

“棚屋里没有衣服，他肯定把我的衣服丢在面包车里了。不管怎么说，那个时候，我的命比衣着得体重要多了。”

韦德瞪了一眼布雷克，让她别说话。“你继续讲，尼娜。”

“我跑了很远，总算看到些房子。那一片我不认识，后来才知道，他把我带到了尚蒂利。这个地方在费尔法克斯县的西部，从他抓住我的地方过去大概要三十五分钟。”

她回想着自己当时一边疯了一样想求助，一边害怕在受伤、脆弱的时候敲开陌生人的门，却碰上一个比她刚刚才逃离的魔鬼更坏的陌生人。

“我找到一户亮着灯的屋子，过去按了门铃。一个男的出来开的门，他看了我一眼就把他妻子喊出来了。她给我裹了一条毯子，她丈夫报了警。”

“警察到了以后的情况呢？”

“常规操作。他们问了我话，几个急救员检查了我的伤势。我伤得很严重。”接下来的几个小时，在全身流动的肾上腺素和恐惧不安硬撑着她，让她熬过了无数次警探和医务人员的讯问。过了好久，她才有机会好好地冲个淋浴，也是在那之后，她终于放纵自己放肆地流下了眼泪。

“他们送你去医院了吗？”

“你是问他们有没有做性侵犯罪鉴证？”她提问的声调有些尖锐，她自己也没料到。“做过了。我并没有看过报告，所以你们可能比我更清楚结果。”又是一份包含信息的文档，她却从来没看过。

“罪案现场呢？”韦德问。

“我跟他们讲了棚屋的位置，可他们赶过去的时候，屋子已经被火烧没了。不到一个小时就已经烧得干干净净。”

“那片地的所有者是谁？”巴克斯顿问。

“是一对老年夫妇的房产，他们已经过世了，但没有留下遗嘱。他们几十年前在这片二十英亩的地上建起房子，子女成年后都搬出去了，但还在为房子争执不休。房产的遗嘱认证已经进行了一年多。警察说，攻击我的人很可能没有告知任何人或者没得到任何人同意，就自己搭了个棚屋。他们仔细搜索了大火之后可能留下的线索，可是所有的印迹、纤维或 DNA 都被销毁了。”

她讲完了自己的内容，突然想起之前韦德说过的话，又提了一个问题。“你一直在问他用的哪种胶带，”她问他，“为什么问这个？”

“也许能发现什么不寻常的情况。还有他用的什么工具来割开绑住手腕跟脚踝的胶带，也可能有用。有些军刀能够割断降落伞绳和韧性极好的布料。”

“我想不起来看没看见过他用的工具了。”

“我觉得差不多了。”巴克斯顿匆匆地说。他看手表的动作一下就让会议室里的紧张气氛得到了缓解。

她没理由怀疑，在她的记忆再次辜负她的时候，老大救下了她，而她算是让整个团队失望了。她恨不能挖出每一片信息，可她又不得不承认，心里有个小小的自己已经很擅长把这些细节推回到记忆最深、最暗的地方去隐藏了。要想抓住这个魔鬼，她必须把这些碎片从自己妥善埋藏的地方拽出来，不管有多痛，一定要让它们暴露在阳光下。

11

三个小时之后，肯特砰的一声将一扎啤酒摆到满是划痕的圆桌上，吓了尼娜一跳。韦德拿出四个空酒杯摆在酒壶旁边，自己在尼娜身边坐下。

布雷克拿起一个杯子倒满。“第一杯给格雷拉。”

尼娜握着酒杯冰冷的把手。“巴克斯顿不来吗？”

肯特朝屋子里指了一圈。“我觉得上级领导是明确过了的，他们都不会来看这里是什么情况。”

在犯罪行为分析组里熬过了让人身心俱疲的一天，他们挤进局里的一辆萨博班，开到离他们很近的匡蒂科中心，那儿有联邦调查局学院自己的酒吧。人们叫它会议室，从世界各地加入联邦调查局国家学院的人，不管是新进探员还是高级警局长官，最终都要来到这里。到了晚上，这里就会有舞会、卡拉OK和牌局，让大家释放压力。

她看了看周围。“今晚没多少人呢。一个吵吵的人都没有。”

韦德微倾酒壶，把琥珀色的液体倒进自己的杯里。“我觉得巴克斯顿是希望给我们机会好好聊一下。”

有道理。他们是硬凑成的一个团队，只有韦德和肯特长期在组里。他们需要好好相处才能更好地合作。这是一个好机会。

她把一个空杯子滑到肯特面前。“我看见你几个小时前在电脑上研究密码。有什么发现吗？”

“我是通过内部服务器在跟密码分析员一起研究。”肯特把杯子倒满，推给了布雷克。“破译密码是他们的强项，不过我想重点关注一下不明疑犯之前的措辞，看看能不能对破解新的信息有帮助。”

“肯特受过心理语言学分析的训练，”韦德边说边在桌子正中的一筐椒盐卷饼里翻来翻去，“多亏了‘山姆大叔’。”

她对着肯特竖起一条眉毛，希望他给出解释。

“我加入局里之前是在特种部队，”他说得很简单，“我的队伍需要一个人去协助审讯。”他抬起一只手。“不要问细节了。我的任务全是机密。我本身就有一个心理学本科文凭，所以他们挑了我去接受高阶培训，还帮我出了读研的学费。”

布雷克拿肘撞了一下韦德的胳膊。“你是在碗底找花生吗？”

韦德不再翻动椒盐卷饼了。“我想吃点蛋白质。”

“我也想，不过花生没用，”布雷克说，“我饿得能生吞一匹马，再去把骑手追下来吃了。”

尼娜微笑起来。“我喜欢听你讲话，可是听不出你是哪里的口音。”

“乔治亚州的，”布雷克说，“不过我也不是亚特兰大的。我是海边来的，我们那儿管寿司叫‘鱼饵’。”她站起来。“我去点个比萨来，大家一起吃。”

“你为什么会去学语言学？”尼娜问肯特，明显对他的背景比对吃的感兴趣多了。

“这是个自然的发展过程，”他说，“我会说四国语言，也喜欢读书。文字比较吸引我。”

“你从一个人说的话里能得出些什么关于这个人的信息？”

“不只是说的话，还有写的字。我能判断出这个人的教育程度、智商、成长的环境、世界观等等。有时候一些莫名其妙的词汇转变能带来新的视角，比如这个不明疑犯提到希望他自己是‘授予’你背部伤痕的人。”他放下啤酒。“抱歉，没想要提起这个的。”

她注意到韦德在观察她，用大拇指指指他。“你和布雷克还在忙的时候，他已经拉着我回忆过三次了。”她摆摆手，让肯特不用担心。“我现在都麻木了。”

这说不定是韦德计划之中的。通过反复地面对过去来让她对痛苦免疫，同时深挖她绑架过程中的每一个微小细节。

“我也在思考不明疑犯的怪异选词，”韦德说，“你知道谁授予别人东西吗？”

“国王？”布雷克说。她正好从屋子另一头的柜台那边回来了。

“某个组织？”肯特猜了一个。

尼娜说出了她想到的第一个答案。“神。”

韦德举起酒杯假装致敬。“完全正确。”

尼娜的指尖拂过自己裸露的前颈。“那条‘上帝之眼’的项链，这些年来他一直留着。是为了什么？他觉得自己就是神吗？”

“我们的信息不够，还确定不了，”韦德说，“他绝对是想行使终极权力和掌控的。今天他对媒体发表的评论也说明了这一点。”

“掠食者都是为了掌控，”肯特说，“他们的一部分人格拥有不切实际的优越感，另一部分人格又不得不去通过支配身边的每一个人，来掩饰内心深处的不安。”

“这不是自相矛盾嘛。”尼娜说。

“绝对有理由相信，他们不是你眼中的正常人。”肯特拿起一个椒盐卷饼仔细地看起来。“我有一个专业词语来形容他们：疯子。”

“有些人童年时期遭受了父母的虐待。”韦德双眉紧蹙，一脸沉思。“这个家伙的人格，我判断是父亲或者类似父亲的人。”

“你们挖他们的头盖骨，我挖他们的硬盘，”布雷克说，“还是我的工作好点儿。”

“正好说到这个。”尼娜转身对着她。“我今天下午看见你跟‘网络组’的凑在一块儿。你们有没有什么进展啊？”

“我要再来杯啤酒才有力气讲了。”布雷克又把酒杯倒满。“这个不明疑犯显然很喜欢新闻主播的评语——你们都听见的，说他怎么跟他留下来的线索一样是一串密码那句？”大家都在点头，她噘起了嘴唇。“现在他自称‘密码’了。”

“正合了他的自负，”韦德说，“他完全不可理喻。是个谜。”

“谜。”布雷克轻蔑地哼了一声。“他比松鼠屎还怪。”她灌了一大口酒。“他开了个社交媒体账号，头像是一幅远古密码卷轴。他就像是在给自己创品牌一样。”

“这就表示，他打算一直这样发展下去。”尼娜说。

“他已经有非常多的关注者了，”布雷克说，“大部分人只是翻翻首页，但也有几个是粉丝。”

尼娜差点被啤酒呛着。“粉丝？”

“他在‘脸书’主页上发布了一张线索图，还向大家发起了挑战，看谁能破解。”布雷克又喝了一小口酒。“得了好多赞。有人组了队，要比谁最快破解密码。有一组是 MIT 的学生，他们说已经算出好几个可能的答案了。”

韦德摇摇头。“现在他让各色各样的人都加入了他的游戏，都来谈论他。”

“我们不能向社交媒体平台发传票，让他们关掉他的信息吗？”尼娜问。

“我们已经提交了紧急传票，”布雷克说，“他们会给我们数据，不过情况并不乐观。他好像技术相当强。他肯定没用真名建个人信息，有可能还想办法隐藏了 IP 地址和位置。”

肯特骂了一句。“我们就把他的账号封掉。”

“不行。”韦德的声音出人意料地尖锐。“所有与他相关的信息碎片，他发布的每一条消息，都能让我们更好地了解他。”

“他现在让大众来干扰我们的调查，”肯特说，“万一有人比我们先破解了线索呢？我们的密码组还在研究。”

“最后的信息都是冲着格雷拉来的，”韦德说，“下一条可能更是如此。从既往行为中最能预测将来行为。”

一桌人都安静下来。大家显然都在等尼娜开口。她是“密码”之前那些信息的对象，也是他威胁的目标。上万人甚至可能是上百万人跟一个想要置她于死地的男人一起玩游戏，她会怎么想？

她干掉了杯中剩下的啤酒。“如果对抓住他有帮助，我赞成留下这些网址，让它们保持活跃。”

“这会让更多的公众关注你，”肯特说，“也更关注局里。”

她听懂了这句话的潜台词。案情的发展情况，到管理层那里可能不好交代。从约翰·埃德加那会儿成立联邦调查局之日起，所有探员都坚守着一条神圣的准则。

绝不能让联邦调查局蒙羞。

现在互联网上到处都是她，这算不算是让局里蒙羞了呢？

“我们要统一阵线面对巴克斯顿。”布雷克说，她的思路明显跟她是一样的。“他离开办公室之前，我向他做了一个简短的汇报。我们在传唤的物证有消息之前，先按兵不动，他的下一步计划是，如果我们没有可以追查下去的线索，就封掉‘密码’的社交媒体账号。一切准备工作都做好了，不过我还是说服了他再等等。我跟韦德的看法一样，不过我有别的理由。‘密码’的互动时间越长，我们就越有机会破解他安装的防护措施，找出他在网络空间的藏匿方式。”

肯特的一根手指绕着杯沿画圈圈。“我不喜欢这个做法，不过我很有团队精神。我们明天一起去见巴克斯顿。”他深蓝色的眼睛看着尼娜。“这个不明疑犯已经深深地伤害了你。我现在的感觉是我们给了他很长一根绳子，指望他能把自己吊死。可绳子似乎太长了些，我是这样认为的。”

她缓缓点头表示理解。“密码”是个危险人物，而他们选择了刻意容许他与全世界观众接触，他巴不得这样。冒险给他多余的绳子，到底值不值得？他会不会用多出来的绳子反过来对付他们？她比世界上任何人都更清楚，这个魔鬼能拿一段绳子来做些什么。

12

尼娜好不容易睡了个浅觉，邻居家的养女就不期而至，打破了她宁静的早晨。尼娜打开公寓门，比安卡就站在门口，怀里抱着一只硕大的灰猫。

“我发现互联网被你带崩了。”比安卡跟她打招呼说。

她迷迷糊糊地看了小姑娘一眼。“那只猫在这边是不是太舒服了点。”

“说真的，你看一下啊。”比安卡说着，直接无视她的暗示。她让大汤姆挂在一边肩头上，大步走进屋，另一只手拿着手机。“你是所有平台上的爆炸新闻，每个搜索引擎的头条都是你。”

比安卡这个社交媒体成瘾少女连珠炮似的念出一连串的状态更新，都是讲公众如何对凶手、他的密码和“女战士”（尼娜现在的称呼）越来越着迷的。

比安卡把手机递到她面前。“你知不知道，他现在用了一个诡异的连环杀手的绰号？”她顿了一下来增加悬念。“密码。”

尼娜没有反应，比安卡不耐烦地叫起来。“说话啊！你觉得这个名字怎么样啊？”

尼娜飞快地闭了一下眼睛。“我听说了。”她啜了一口咖啡。“这些对我们的侦查没有丝毫帮助。那些回应他帖子的人，有没有意识到他们是在满足他的自负？”

“我相信有些人是明白的，”比安卡说，“但是他们忍不住，你知道吗？”

她知道。“现在他有了观众，他会觉得自己一定要给大家看出戏才行。”

“但是你们会阻止他采取下一步行动的。我是说，联邦调查局调动了你们所有的电脑极客来追踪这个家伙，对吧？”

“第一，他们可不是极客。他们都是训练有素的探员和分析人员。”尼娜发现比安卡竖起了一道打着眉钉的眉毛，又说，“没错，他们中间是有些人上网时间过长，但他们都能把自己的事情做好。这也是我们觉得很沮丧的原因。”

“什么？联邦调查局的人全部加起来都没有这个疯子聪明？还是说他们的智商被一群大学生碾压了？”

她了解比安卡，她把关心深藏在讽刺挖苦下面。比安卡是个典型的寄养孩子，早就学会了用黑色幽默、外露的敌意或者伪装的冷漠来掩饰情绪。尼娜在寄养系统里的时候也是这样，她知道，比安卡很担心她。

“我有话要跟你说。”比安卡说着，不太看她的眼睛。

她的警察天线竖了起来。“什么事？”

“我召集了一个团队，都跟我一样是计算机专业的学生，精挑细选出来的。”她看着地面。“都是游戏高手、程序员、黑客，能把那些书呆子气死。”

比安卡十四岁就高中毕业了，拿着全额总统奖学金进了乔治·华盛顿大学。她的计划是这学期结束就拿到理学学士文凭，然后接着读研究生。

尼娜觉得事态不妙。她把杯子放在咖啡桌上，倾过身子对着比安卡，给了她一个最标准的联邦探员审讯嫌犯的怒视。“说清楚。赶紧的。”

比安卡扬起下巴。“我们要让他歇菜。”看尼娜没作声，她把猫搂紧一点，接着说，“他说了，等他一开通新的‘油管’频道就上传链接。”

布雷克头天晚上在“会议室”没提网上视频的事。“密码”能用更多的视觉内容吸引更多观众。她不想去思考他还想向公众展示什么。

晚点再跟布雷克谈谈。这会儿，她得担心别的事情。“你们打算怎么让他歇菜？”

“拜托，你还记不记得我说过我们都是计算机专业的？”比安卡觉得这个回答太多余。“我们黑进去把他整掉线。让他知道，他不能随心所欲，什么狗屎都往上传。”她眯起双眼。“我们要发起反击。”

她想找个好办法阻止他们的计划，但她也知道，比安卡跟她太像了，绝对不会轻易让步的。听起来好像比安卡的计划已经在推进了，没时间去匡蒂科讨论大方针了。

她有了主意。“我可以跟你讲几件事，但是你要是把我们谈话的任何一个字发到网上或告诉别人，我一定会开车碾碎你的手机。”她看着比安卡一边揉猫咪又短又厚的毛，一边消化她的威胁。

“不用跟我摆探员的臭架子，”比安卡说，“我谁也不会讲的。”

尼娜叹了口气。三十分钟前，布雷克给团队群发的轰炸短信已经开启了令人沮丧的一天。每个大型社交媒体平台都回应了他们的紧急物证提交要求，但是不明疑犯的个人信息都是伪造的，根本无法追踪，就跟布雷克预测的一样。

“真实情况是，我们对这个家伙的追踪毫无进展，”她告诉比安卡，“他心里很有数。”

“他肯定是在什么地方设置的账号。你们不能通过服务器抓住他吗？”

“他是个网络幽灵。”

“封掉他的账号就能阻止他。”

又提这个。“不行，小比。”

“我们肯定行。很简单，我们就——”

“我是说，我们不想让你们这样做。”她把手指插进头发里。“我跟你说这么多，就是想劝你和你的朋友们放手。我要是不劝你，你们一定会去做的，对吗？”

她们对视了好一会儿，猫咪在比安卡怀里不安地扭动起来。她弯腰把它放到地上。“你们为什么要让这个家伙发布那些乱七八糟的东西？太变态了。”

“我们昨天下午在匡蒂科讨论过这个问题，”尼娜说，“我们一致认为——暂时——让他继续发布更好。”她举起手掌。“说不定他就把自己出卖了。”

比安卡歪起脑袋想了想，乌黑的马尾垂到一边。“你们也在赌你们的人能够逮到他，对吧？”

这丫头真是个鬼灵精。尼娜伸出手指戳了她一下。“你和你的伙伴们别管这件事了，交给我们来处理。不要干扰联邦调查。”

比安卡一只手捂住嘴。“最新消息，格雷拉探员，全国人民都在干扰啦。这难道不就是你刚刚才说的，你们昨天讨论过的情况吗？”

尼娜没管她的怪里怪气。“我保护不了全国人民。但我绝对能保护一个十七岁的丫头，她在搅和什么事情，她根本没概念。”她的表情严肃起来。“这是一件……邪恶的事情。”

“噢，我懂邪恶的，”比安卡平静地说，“我可太懂了。”

她遇见比安卡是在四年前，当时她还是费尔法克斯县的警察，比安卡才十三岁，老是逃跑，浑身是刺。那次比安卡又第无数次消失了，尼娜到处找她，把自己巡查范围内每一个青少年常去的地方都搜了个底朝天，终于找到了这个丫头。尼娜带她去吃汉堡，慢慢跟她聊，终于了解了她的过去。得知了比安卡逃跑的原因之后，尼娜逮捕了她当时的养父母，安排比安卡跟她一起住了几天，直到儿童保护服务处为她做了合适的安排。戈麦斯夫人从见到比安卡的那一刻起就找到了新的使命。戈麦斯家的孩子都已经长大成人，戈麦斯夫人很快就说服了丈夫，领养几个孩子来填补空巢。第一个就是这名有着成年人智商的早熟少女。有爱的家庭氛围让比安卡锋利的棱角柔和了许多。

尼娜不想让她参与“密码”的游戏，她已经远离了黑暗的过去，不能再让她倒退回去。她大步上前按住这丫头纤薄的肩头。“别低估了他，丫头。我仔细看过他的眼睛。”她硬生生压下一个寒战。“他没有灵魂的。”

比安卡显然是认同这一点的，所以换了个思路。“也许你们可以在他的社交媒体账号上发布点什么。”

“因为我们想给他鼓励？”

“如果你们想让他泄露自己的信息，就让他多说话啊。”比安卡说。

尼娜在脑子里迅速梳理了各种可能的结局。“这主意不错。”她快步在屋里走来走去，思考着。“我得先说服巴克斯顿。他肯定会觉得直接的互动会引发别的变数，让我们无法掌控。”

她考虑了一下要不要争取韦德的支持，又放弃了。经过了他们下班后的讨论，他对她的看法似乎已经有所变化，但她还是觉得他对最终的判断有所保留。

“要我说，你开口，总比网上那些怪咖合适，”比安卡说，“他们笑话他，叫他疯子，叫他白痴。他气到了，还骂回去。”她摇摇头。“全都是笨蛋。”

布雷克讲过那些发帖挑衅的人，他们肯定把他惹火了。她想了想如果他收到联邦调查局直接发给他的信息，会做何反应。他会上钩吗？他会回复给全世界看吗？她突然听到一声惊呼，一看比安卡，她正盯着她的手机。

“他们破解了密码。”她盯着尼娜，两眼放光。“麻省理工团队。他们得到了信息内容，把答案发布出来了。”

尼娜冲到她身边。“信息说什么了？他们怎么破解的？”

比安卡的手指下拉着屏幕。“他们把 32、18、10、36 这几个数字都除以 2,得到 16、9、5 和 18。再把这些数字按字母顺序换成字母，就得到了单词 P–I–E–R[1]。数字后面的字母是 F 和 R。他们判断这两个字母代表了 6 和 18，再用同样的逻辑，把这两个数除以 2，就得到了字母 C 和 I。如果你把字母换成数字，就能得到 3 和 9。全部合到一起，最后得到的就是三十九号码头。”

尼娜走到屋那头，去拿咖啡桌上的手机。“不知道分析员破解了没有。那些麻省理工的学生把答案发在哪里的？”

“他们回复了‘密码’的‘推特’简讯。”比安卡飞快地捂住嘴。“噢，坏了，噢，坏了、坏了、坏了。”

“怎么了？”尼娜倒回来，从比安卡颤抖的肩头上看过去。

“‘密码’在他们发的消息后面发布了一张图片。”比安卡捂着嘴说。

尼娜伸手点开图像，把它拉大。小小的屏幕上，一个女孩的身体脸朝下漂浮在污水中，金黄的头发像一把金色的扇子一样随波荡开。图片下面有一行字：太晚了，女战士。

尼娜的手机在她手中振动。她一脸震惊，仍然条件反射地将手机举到耳边。“格雷拉探员。”

韦德的男中音传过来，没有丝毫拖泥带水。“收拾好行李，我们马上去旧金山。”

1　意为“码头”。

13

尼娜转身背对着黄色警戒线后面围聚的人群。不远处有海狮在晒太阳，潮湿的空气中都是它们的气味，可是不明疑犯的存在感挥之不去，她能感觉到他正在观察她。

“我们应该去停尸房，尸体在那里，”韦德说，“仔细看看他对受害者干了些什么，我能了解更多情况，好过在这里被一群叽叽喳喳的游客当把戏看。”

昨天当着全组人员的面配合韦德讲述了自己的经历以后，尼娜总感到无处遁形，即便是跟他在民航飞机的尾部一起挤了六个小时，也没能消除这种感受。她一直没时间跟新搭档在工作场合进行磨合，此刻两人的互动之中透着莫名的紧张感。

按理说，尼娜应该在现场发表对于“密码”的行动有什么看法。可是现在，她觉得自己不过是韦德的众多工具之一。一个有用的资源。不，她的作用远不止于此。她可是一名联邦探员。他有他的侦查方式，她也自有她的办法。很明显，他已经把自己觉得有用的现场情况都摸清楚了，但是她的评估还没结束。

“旧金山分局的探员肯定愿意领你去法医办公室，”她跟他说，“我回头去找你。”

他把嘴抿成了一条细线。“我的意思是，我们在这里待得够久了。”

“我是外勤探员。”她丝毫不在意有没有人听见，她笔直地站在他面前，伸手画出一个包住了海湾和码头的大弧形。“就是说，要他妈的在外面待着。”

“你这是瞎扯淡，格雷拉。犯罪行为分析组的探员也要出来办案的。我在特区的时候也去了现场，如果你还记得的话。我们在这里已经完工了。再有别的什么出现，我们还可以从旧金山警局获得消息，没必要继续在这里既给人当猴看，还满足了不明疑犯的自负。”

他是高级探员没错，但他也跟所有人一样会犯错。“你在乔治城的时候，漏掉了项链和垃圾箱上的喷涂字样。我可不想在这里忽略任何信息。”她表明了立场，转身大步走到码头边上，蓝绿色的海水一直轻轻拍打着已经晒褪色的木板。

浮桥是用铁链子松松地套在一起的，女孩的尸体之前就绑在其中的一根链子上。尼娜仔细察看着布满海鸟粪便的板子，它们在旧金山湾区里搭得像个小岛一样。她完全找不到任何登上码头的方便途径，因为附近停泊的船只给晒太阳的硕大海狮围出了一片乐土，码头还有一段距离。“密码”是怎么办到的?

她扭身从韦德身边走到洛杉矶警局的一名警长面前，她二十分钟前到达这里时，就是他跟她讲述的现场情况。“斯潘格勒警长，你刚才说受害者是几点发现的？”

“今天早上大概五点钟。”

“当时游客商店和餐厅全都没开门？”

他摇了摇渐秃的脑袋。“这一片只有晚点儿要乘船出去的人和一些在渔人码头的露天集市卖食品的人。他们很早就开始摆摊了。”他摆手“嘘”跑了一只反复盘旋的海鸥。“我们在广泛问话，不过我觉得可能性不大。最有希望的可能是乘船的人了。”

“他就是那样去浮动船坞的吗？”她问，“根本没有直通码头的路。”

“这是全国被拍得最多的码头，每时每刻都有监控。他一定了解这个情况。”斯潘格勒对着泊在近处码头边的一排游艇支了支下巴。“我们判断，他肯定是从泊位开了一艘快艇，趁天黑把那个可怜的姑娘运过来的。”他一根拇指勾在警用皮带上。“水流那么急，还有海狮什么的，他如果是带着她游泳过来的，那他肯定是疯了。”

她顺着他的眼光看过去。“海浪一直这么大吗？”

“差不多啦。”

她向警长道了谢，慢慢往回走着，边走边打量着码头、岸堤上的人群和泊位。他是怎么想的？他为什么选了这么一个公共场合？不怕暴露行迹？可惜的是，最有胜算读懂“密码”意图的那个男人正站在几码开外，两手叉腰，面带愠色看着她。

尽管韦德紧绷的姿态散发着怒气，尼娜并没有被他镇住，反而走上前去问他。“不明疑犯发布的照片上，受害人是金黄的头发。报告说她身高大概 1.77 米，比我高多了。”

韦德低头看着她。“我们收到的消息是，她的外形跟你完全不像。所以我才想看看她本人，听听他们了解了哪些关于她的背景信息。她肯定有别的什么跟你一样，不管连接点是什么，我们都能多了解他一点。”

她向斯潘格勒警长招手示意。“能不能带我们回大码头？我想看看……”她还没说出尸体二字就停了下来。每一名受害者都是有名有姓的。“我们现在明确她的身份了吗？”

“女孩赤身裸体，”他说，“没有身份信息。有几个十多岁孩子失踪的家庭来看过，到目前为止，都不是他们的女儿。有些在这一带工作的人觉得她是个流浪少女。”他朝市中心方向走着。“我们这儿的流浪女孩很多。大家叫她们‘都市露营者’。”

她瞄了一眼韦德。“还有什么事吗？”

“这下对这个家伙的方位侧写难度加大太多了。”

洛杉矶警局的警用船舶就系在结实的木质桥塔上，他们爬上去坐到船尾的塑料垫子上。不到五分钟，他们就到了大码头，一名联邦调查局旧金山分局的探员和一名旧金山警局的警官正满脸焦躁地站在那里。

韦德先走过去。“怎么了？”

探员指向举着一个物证塑料袋的巡逻警官。

“我们一名在周边巡查的警员从人群中的几个人手上拿到了这个，”警官说，“我们把他们分别带上了两辆警车，打算进行讯问。”

浅蓝色的墨水引起了尼娜的注意，她伸手从警官手中取过袋子，翻过来。里面装着一个信封，中央印着女战士三个字。

一股火辣刺痛的感觉顺着她的脊柱往上爬。“这是哪里来的？”

“找到它的人说是用胶带粘在一个垃圾箱上的。他们已经打开看过了。说是用什么密码写的一条消息。”他耸耸肩。“他们看不懂。”

她跟韦德对视了一眼。又有一具尸体。又是一个垃圾箱。又来一条加密消息。

给她的。

14

拉勒米城市公园

怀俄明州斯威特沃特县

“密码”咚的一声把快餐汉堡扔到仪表盘上，摇下车窗，把一块脆骨吐到地上。恶心！

他擦干净指头上的油。排气口上插着一个手机支架，他把夹在上面的手机转过来横着放。这样图片就大多了。他用“谷歌”搜索垃圾堆里找到的线索，点开了搜出来的第一个链接。“油管”视频一开始是渔人码头稀稀拉拉的人群。他微笑起来。这下好玩儿了。完全应该在高速公路上靠边停下来，好好欣赏一下这个场面，好在他在收音机上已经听说了。反正他有卫星收音机，一路往东开回去的路上，不用每到一个州就得重新搜寻新闻频道。

那辆黑色萨博班驶入画面时，他的心跳立刻加快了。他舔了舔嘴角的一点番茄酱，倾身去把音量调高。

“我不明白他们为什么还是不让我们靠近码头。”一个刺耳的女声在画面外响起来。她似乎是一边拍一边在解说，并没有跟同伴说话。“他们几个小时前就已经把尸体带走了。”她又说。

他听出了她话音里的怒气和恐惧，笑得更开心了。

“噢，等一下。联邦调查局的人来了。”她的画外音说。

画面里一阵推推搡搡，她像是挤进了人群里，好看得清楚些。“哎，视频里那个探员来了。叫尼娜什么的……女战士。”

他已经看见了她，小小的身板，套着过于宽松的联邦调查局冲锋衣，深色的墨镜让人不太看得出她的反应。妈的。他想看看那双充满惊恐的棕色大眼睛。不过，他捕捉到了她的身体有瞬间的僵硬。那一刻，他确信她在想着他。他们俩是灵犀相通的。

他回想起跟她在一起的时候，身体顿时兴奋起来，牛仔裤都被撑紧了，只好在座椅上侧了侧身体。整个青春期和青年时期，他一直压抑着自己最黑暗的冲动，否定着自己。但是，初见尼娜的瞬间，一切都改变了。她就是他要找的人。

那个晚上，他集齐了工具，搭好了棚屋，可等他全部准备好的时候，尼娜居然不见了。他连着追捕了她三天，怒气冲天。不过，追逐也令他愈加兴奋，更给了他惩罚她的理由。她让他等待的每一天都换来了他授予她的一个印迹。然后，他一共要了她三次，完成了报复的三角形。

他会再次拥有她，她的逃跑将换来他更严厉的惩罚。他会夺走她拥有的一切，包括生命。他越来越兴奋，还好已经把车开进了一个废弃的社区公园。一个男人独自坐在车里，还把车停在高速公路边热闹的休息站，一定会引来不必要的关注。

视频里的解说人还在发表评论。“希望她能抓住那个叫‘密码’的家伙。”他一边听一边努力让自己滚烫的血液慢慢降温。

他很中意自己的新名号。“密码”。他就是一个谜。他还会继续留下线索，把全世界都拉进他的游戏中、服从他的规则。在他的竞技场。

画面一阵乱晃。“别再推啦！”

“密码”伸出一根手指拖动视频底部，直接快进到了关键部分。

“……信封上写着‘女战士’，”那个女声正在说，“这一定是给那个联邦调查局的女士的。”

录制屏幕翻到了朝下的角度，拍到一只被香烟熏黄了的女人的手，那只手从垃圾箱的一侧扯下信封，又把厚厚的银色胶带撕掉。

那个女的只用一只手在笨手笨脚地撕信封，另一只手举着相机，动作慢得让人抓狂。他又快进到她抽出一张索引卡的地方，看她把它举起来，周围却好像没有人注意到。

她大声读出信息。“不懂会让你流泪。你有四十八小时的解题时间。”又有人推挤过来，她就不读了，只把卡片放到了手机前面。

他仔细看着卡片上的那一串数字：75、73、3、9、101、8、75。

让那帮麻省理工的书呆子去想破头吧。

视频还在播着，好像终于有人注意到这个女的在干什么。一个看上去二十多岁的瘦高个儿用胳膊肘撞了撞她。“嘿，你拿的什么？”

“这个是粘在那个垃圾箱的侧面的。”她把字条拉到一边，生怕被他抢走。“我觉得这是‘密码’发的线索。”

“对啊，是的。”这个男的嘲弄地说，“上面是不是说普拉姆教授[1]用铅管子在书房里发的啊？”

“混蛋，你听好了，这个跟他留下的另一张字条很像的。”

“给我看看。”男的猛地朝她伸出手。

“这是我找到的。”她赶紧把卡片拿开。“就是我的了。”

“给我拿过来。”他扑过去，红色的T恤立刻挡住了屏幕。

只听到一阵推搡、咒骂和低哼声。

“是我的啦。”男的往后退，挥着手中撕烂了的卡片。

“我去告诉警察。”女的大喊一声，接着开始各种问候这个男人的脑子、性别和教养。

“如果这真的是线索，你就是在干扰证据搜集，联邦调查局会找你麻烦的。”

“那你呢，爱因斯坦？这上面也都是你的指纹。”

男的顿时僵住了。“我是为了不让它落到坏人手上。”

1　电影《线索》中的角色名。

“这边怎么回事？”一个警察出现了。

“密码”调整了一下屏幕，避开身后落日的强光，看着那两个白痴争先恐后地跟警察报告对方如何破坏重要证据，忍不住笑出了声。这可比他预想的好玩多了。

挡风玻璃上突然响起一阵响亮的敲击声，他吃了一惊，迅速在座椅上坐直。他扭头眯着眼睛往上一看，一个警察拿着手电筒正在往车里照。

他赶紧摇下车窗。

“伙计，天黑公园要关门了。”

要不要告诉他现在还只是黄昏时分？说自己身体出问题了？原地开枪干掉警察？选项太多了。

警察生硬的声音让他一下愣住了。那种刺耳的、充满指责的语气——还有魁梧的身材、满脸的胡子楂、浓密的黑发——带他回到了二十五年前。他当时才十一岁，父亲闯进他的卧室，正逮着他在看那本杂志。

“孩子，正好你把裤子都脱了，”老家伙一边说一边解开皮带，“看我不给你一顿胖揍。”

从那以后，他的卧室就再没有门了，他也变得越来越小心。父亲的情绪阴晴不定，随时可能暴跳如雷，他学会了本能地去适应各种变化。察言观色成了他的看家本领。

他坐在车里，分析了一下警察的肢体语言，飞快地做了决定。他咧开嘴，一脸的茫然，装出一副无害的傻样。“抱歉啊，没注意时间。”

警察面无表情地说：“驾照，行驶证。”

他把行驶证从遮阳板上面的一个夹子上扯下来，又从钱包里摸出了驾照。“给您，警官。”他觉得叫“警官”语气不错，很尊重的。

警察用电筒照着检查了两样证件，又仔细地对着车内扫了一圈。

“你离夏洛茨维尔还远着哪，史蒂文森先生。”

他对着刺眼的亮光眨了眨眼睛。“我明天早上就能到。”

“别被地上的白线催眠了。”

“什么？”

警察疲惫地叹了口气。“别睡着了，史蒂文森先生。”

“噢。”

警察摇摇头走了。

这样的情况是在“密码”的意料之中的，但是他还是很生气，好好的车和假证件只能毁了，都怪这个混账警察。

他把吃了一半的汉堡扔到身边的座椅上，一边倒车，一边计划下一步行动。他把车倒出了公园，开上车道，脑子里想着此刻的形势。那个女人发的视频火了,点击量多得令人难以置信。已经开始了。大家都想加入这场搜捕、破解他的谜题、走进他的世界。

麻省理工那帮傻子可能已经在用算法推算新密码、得出有用的排列组合了。那也只能解出一半的信息内容——他愿意让他们解出的那一半。剩下的内容需要不一样的视角。那些自大的笨蛋很快就会知道他们惹上了谁了。

15

旧金山纽霍尔街 1 号
首席法医办公室

尼娜低头看着验尸房里的 L 形手术台，台上躺着的那具骨架瘦小的身体无声地见证了“密码”的暴行。十六岁的奥利维娅·伯奇躺在冰冷的钢质台面上，头顶上方的手术灯照着她的身体。提供被害女孩名字的是旧金山警局重案组的拉尔夫·科尔顿警探，他就站在尼娜右边。韦德从她的左侧看过来。

“你要不要离开？”她又一次浑身战栗的时候，他问她。

她绝不会承认，台上的年轻姑娘让她回想起自己多年以前也曾趴在银色的钢桌面上。

“这里头有点冷。”她假装搓搓手，语气带点戏谑，也让他们没法再问她别的问题。“差点以为我们在停尸房还是什么地方呢。”

他们被领进验尸房的时候，验尸程序已经开始了，韦德为这没少在尼娜耳边抱怨。他希望能从一开始就在现场，可因为案情性质的原因，程序已经加快了。科尔顿跟他们讲了最新的进展，不过韦德的怒气似乎并没有平息，特别是当他只能在警探手机上浏览图片，还看见了受害人背上那三个圆形烫痕以后。

唐纳德·方博士抬起头来。“室内温度我控制不了。”

助理法医个子不高、身材壮实，黑色的头发套在跟白大褂同色的一次性帽子里，一张医用口罩盖住了他的下半张脸，一个透明的塑料护罩再从额头一直遮到下巴，他那双深色的眼睛就在后面盯着他们。

尼娜马上就后悔刚才抖的机灵了。“没事的。”

方朝她随意点了点头，接着说正事。“我动手之前先浏览了一下特区的尸检报告综述，这名受害者体内或体表没有任何字条的痕迹。”

“胃部呢？”韦德说，“她有可能吞下去了。”

“空的，”方说，“她有较长时间没有进食了。”

“在街上流浪，”科尔顿说，“吃了上顿没下顿的。认出她的巡警说，已经看见她在附近流浪一年多了。每次他碰到她，都会把她交托给儿童保护服务处，但过不了多久她就又回到街上了。”

她和韦德对视一眼，都发现了案情的连接点。

“他的每一名受害者都是远离原生家庭的青春期少女，”韦德说，“他寻找的是离群的羊羔，脆弱的、孤立无助的女孩子。”

韦德眼中的她也是这样吗？他就是因为这个才不推荐她受聘的？她换了个角度。“你们有没有找到奥利维娅的父母？”

“最亲的亲戚就是住在奥克兰的奶奶了。”科尔顿摇摇头。“奶奶联系不上她的父母，不过媒体这样报道下去的话，我相信很快就会有他们的消息了。”

“快看这个。”方的声音把他们的注意力带回到尸检上。“那颗牙齿像是才断的。”

他踩着一个液压升降机的踏板，把手术台升高了几英寸，方便大家近距离观察。他伸出裹着丁腈橡胶手套的双手，用锃亮的金属钳子把奥利维娅的嘴撬得更开一些，把一颗门牙指给大家看。牙尖上碎掉了一小块，暴露出的边缘参差不齐。

“有可能他拿拳头打她了。”科尔顿说。

方摇摇头。“她的上唇内侧没有相关的组织受损。这颗牙齿是用仪器从口腔内敲断的。”

尼娜的脑子里倏然闪过一个念头。她转身望着韦德。“能跟你单独说两句吗？”

韦德审视了她一眼，一言不发地转身走了出去。

他们身后的门刚关上，尼娜就迫不及待地压低嗓音说：“‘密码’用仪器张开过我的嘴，有点像剪刀，但是没有刃。他一点点撑开我的下巴，然后往我牙齿之间塞了一个张口器。”

又是一段躲进她记忆角落里的犯罪片段，只有在目睹无关的现场时才能被挖掘出来。也许钢面的台子、年轻的姑娘和方博士使用的金属仪器就足够激活遗忘已久的细节了。究竟还遗失了多少细碎的记忆片段？

她全心思考着已经想起的细节可能表示什么。“什么人会有那样的设备？”

“牙医。”韦德摩挲着下巴，也在思考。“或者耳鼻喉科医生。”看到尼娜竖起了一条眉毛，他又解释说，“看眼睛、鼻子和喉咙的医生。”

“显然法医或验尸官会用。”她的大脑飞快地转起来。“我们研究的这个人是医疗行业的，不过护士、兽医都算。”

韦德把口袋里嗡嗡作响的手机掏出来。“是巴克斯顿。”他回头确认了一下没有别人，就点了一下屏幕打开免提。

巴克斯顿的声音很疲惫。“我这边已经是五级大火了。韦德探员，你那边情况如何？”

“我跟格雷拉探员都在验尸房，还有旧金山警局重案组的科尔顿警探。”他简要讲述了方博士发现的情况，解释了尼娜回想起的信息和相关含义。“匡蒂科出什么事了？”

巴克斯顿哼了一声。“不明疑犯留下的线索被拍了照，在互联网上大肆传播，像电脑病毒一样。”

“是谁发布的？”韦德问。

“我们的旧金山分局报告说，找到粘在垃圾箱上的信封的那个女的忘了说，她已经把这个过程的视频传到了‘油管’上，还有一张信息的图片也传上去了。”他叹了口气。“跟她说过话的旧金山警局巡警还忘了问她这个事。他记下了她的信息，把信封装了袋，直接就交给他的上司了。”

尼娜不怪那个警察。这桩案件会改变警务工作的标准流程，包括罪案现场的警戒线需要拉多大范围。垃圾箱在码头上，距离发现尸体的位置相当远。

韦德的思路似乎跟她一致。“在特区的现场，不明疑犯是要确保我们能找到他留下的信息，”他说，“这一次，他让普通人瞎撞上了线索，很可能他把信息贴到垃圾箱上的时候，好几个摄像头都拍到了他。”

“我们正在收集所有相关录像。”巴克斯顿的声音从小小的手机扬声器里传出来，整个空荡的走廊里都能听见。“我们已经建好了数据检索参数，警探把录像一交过来，我们的团队就会审查这些内容。所有新材料我们都会审的。”

“这是行为艺术，”韦德说，“他的观众越来越多，他在满足他们。”

“如果这是他计划之中的，那他已经成功了，”巴克斯顿说，“朱利安·泽兰已经搅进这个烂摊子了。”

尼娜看过好几部泽兰的电影，这位动作片男星是好莱坞最有票房号召力的几大明星之一。

巴克斯顿沮丧地接着说：“本来人们就在评论、转发那个女的发的视频，突然泽兰对他的2000万粉丝转推了这个视频，还悬赏50万美金，要奖给最先破解密码的人或团队，于是视频点击量就达到了临界值。”

韦德低低地骂了一声。“泽兰是在旧金山长大的，他肯定以为自己在帮忙。”

“不管他的初衷是什么，他反正引爆了整个事件，”巴克斯顿说，

“好像还嫌我们的事不够多似的，只要手头有个计算器，人人都能当空想派警探，一个个都给我们发来他们可能有用的密码破译办法，一个比一个莫名其妙。他们的建议方案那么多，我们根本看不过来。正确的办法说不定就混在里头，却又让这些给搅和得找不到了。”

“我们的分析人员呢？”尼娜说，“密码科的同事在分析吗？”

“肯定啊。”巴克斯顿不高兴地说，“等他们确信得出了正确答案，就会告诉我。目前他们已经得出了几种可行方案，每一种最后的结果都不一样。不能一有可行的办法就上，我们错不起。”

“这家伙要么极有手段，要么就是运气太好，”韦德说，“目前的混乱局面让我们施展不开手脚了。”

“泽兰宣布完才四十分钟，已经有很多组队想领奖金的了，”巴克斯顿说，“那群解出他上一条线索的麻省理工学生关注了不明疑犯的全部社交媒体网站。他们现在自称‘酒逢知己’。我都猜得到他们要是赢了，会拿奖金去买啥了。”

“他们发的帖子里跟‘密码’说什么了？”尼娜问。

“他们会在早餐前就破解他的幼儿园密码。”

韦德一脸愁苦。“他妈的，他们在挑战他的智力，他的支配欲望会让他发起反击的，说不定会把截止时间提前。”

尼娜一直在等这个契机，但又装作刚刚才想起一个办法。“也许有办法争取到一点时间。”

韦德警惕地看了她一眼，但巴克斯顿听起来很好奇。“你有什么办法，格雷拉探员？”

“我们可以直接回应他。”她飞快地说着，想赶在韦德打断她之前把计划讲个大概。“就在他的‘脸书’主页上或者‘推特’简讯里，或者别的哪个平台上。如果他跟我们对话，我们也许可以说服他推迟计划。退一万步讲，我们能让他透露点信息，或者让网络犯罪科试试，跟着虚拟的痕迹追踪到他。”

韦德立刻表示反对。“在社交媒体上直接跟他互动会助长他的自恋。”他嘴上跟上司说，眼睛却盯着尼娜。“另外，我们目前对他还不够了解，一旦我们说错什么，哪怕一句无心的评论都有可能激怒他。”

“说到这个，”巴克斯顿打断他，“布雷克探员时刻待命，可以封掉他全部的社交媒体账号。我们本来已经打算动手了，可是网络犯罪科正在给一个现有程序开发新组件，可以追踪他的位置。可惜，‘密码’人如其名，已经把我们带进好几个坑了。”

“那现在就是让他在网上保持活跃的最佳时机，”尼娜说，“忽略他没有用。封掉他也不会起作用的。只要我们能让他下线，他就能立刻注册新的账号。有一个女孩已经死了。如果这一条线索跟上一条是一样的，那它带我们找到另一具尸体的时间就只剩 48——”她看了一眼手表，“只有 46 小时了。试试不同方法，对我们来说有百利而无一害。”

韦德瞪了她一眼，她只当他同意了。她的办法没错，他俩都明白。

巴克斯顿的回答在两人之间的空气中响了起来。“我同意格雷拉探员的意见，我们可以试试不一样的办法。我找个匡蒂科这边团队的人给他发一条私信，不去他的主页上发帖，我们用官方账号发，让他知道真的是我们。”

尼娜的脚已经塞进门缝里，是时候把它一脚踹开了。“长官，和他交流的人得是我。”

“继续。”巴克斯顿停了一下，吐出两个字。

“他如果迷恋我，就一定抗拒不了。他会——”

“他会钻进你的脑子，”韦德打断她说，“他会利用这个机会折磨你，可我们不能让你在这个案子上分心。”

尼娜顿时火了。“你是说他会惹得我恼羞成怒、思维混乱？你要是这样说，那你就算看过我的档案也完全不了解我。”她朝他走近一步，踏进了他的私人领域。“我这辈子受尽了各种欺凌，可我他妈的从来就没怕过。”

韦德转过身不让她看见自己的表情，也可能在思考她是否话中有话。

“你们俩都用最快速度赶回来，”巴克斯顿的声音又打破了沉默。“上级已经批准给我们配一个全天候的专案组负责本案的侦查工作。出于后勤和安全的原因，我们要在匡蒂科的学院大会议室里组建队伍。等你们到了，我们再讨论发消息的问题。旧金山分局可以继续跟旧金山警局跟进凶杀案，我们的任务是要阻止下一桩案件发生。”

“我们搭下一班直航航班回来。”韦德说着，还是避开了她的目光。

巴克斯顿的声音非常疲惫。“说到搭飞机，我已经让团队在协调两个罪案现场的法医分析，并核查航班旅客名单了。我们在整理过去三天内所有从里根、巴尔的摩、杜勒斯这几个机场飞到旧金山的所有乘客的名字。”

尼娜听懂了他的潜台词，也听出了他的筋疲力尽。乘客名单只能跟普通的犯罪数据库进行比对，她不相信数据库里有不明疑犯的名字。巴克斯顿是想把信息准备好，等疑犯再出手时，就有乘客名字可以比对了。

等又有一个女孩死去的时候。

16

第二天

“密码”专案组

匡蒂科联邦调查局学院

尼娜正盯着面前墙上的图表，突然有人在她胳膊上轻轻拍了一下。她扭头看见电脑鉴证专家组的一名骨干人员正在低头看她。

“‘密码’刚刚回复了你在‘推特’上给他发的私信。”他说。

晨会结束后的这一个小时，尼娜一直在等“密码”上钩。与此同时，她跟团队的人和一群探员、分析人员以及支援人员一起把匡蒂科的一间比较大的会议室改造成了指挥中心，他们不在加州的这几天，巴克斯顿组建的专案组已经日益壮大，今后就都在这里工作了。

墙上挂着巨大的图表，里面贴满了罪案现场的照片、加密信息的复印件和地图。会议室各处散布着一组组按任务分的工作区，各个团队都在忙着分析手头的信息内容，屋里一直响着忙碌工作的嗡嗡声，构成一种奔腾向前的氛围。

尼娜放下咖啡杯，从杂乱无序的会议区穿到了用作社交媒体沟通中心的电脑终端前。她在亮着的屏幕前坐下，韦德和肯特站在她的两侧。

“跟他互动，越久越好。”布雷克对她喊。她的工作区离这儿好几英尺，这会儿正跟两个网络专家守在那边。“那个混蛋太狡猾了，不断地变换路径，如果我们有足够的时间，也许能追上他。”

她点头表示懂了。布雷克帮她一起说服了巴克斯顿，让她直接联系“密码”，因为能一直吸引不明疑犯注意的人选，非尼娜莫属。

肯特也勉强同意了这个计划，不过要求尼娜让他来指导她回复消息，显然是要利用他的心理语言学分析技巧。

唯一的顽固分子韦德最终也让步了，说他可以利用这个机会实时观察“密码”给尼娜的回复，充实对他的侧写。他就站在尼娜的右侧，笔记本和笔都拿在手上，鼻尖上还架着半圆形的阅读眼镜。

布雷克头一天晚上用联邦调查局的“脸书”、Ins 和“推特”官方账号给“密码”发了私信，但他一直等到此时才回复。他选择了“推特”。

尼娜又读了一遍大家一致同意的第一条消息。为了引起他的兴趣，他们的开场白言简意赅、直奔主题。

联邦调查局：尼娜·格雷拉想跟你对话。

回复同样简洁明了。

“密码”：你是“女战士”？

“他上钩了，”肯特说，“不要说任何废话。我要看看他多久才会相信你。”

联邦调查局：是。

“密码”：证明给我看。说一件只有“女战士”才知道的事情。给你十秒钟。

“他不让你有搜索答案的时间，”韦德说，“这是他的测试。”

肯特低沉的声音从尼娜的左肩上传过来。“他也在实施对沟通界限的操控，控制感对他来讲很重要。他以前怎么控制你的，给他一个细节。”

联邦调查局：你是扯着我的马尾辫抓住我的。

“密码”：说一件警方报告里没有的事。说错了对话就结束。

尼娜的手指停在键盘上，大脑搜寻着特别的小细节。她当时趴在桌上，头偏向一侧，满是泪水的脸颊抵着金属桌面。有几分钟，“密码”走出了她的视线范围。她的双眼四下寻找出口，看见对面墙上有一扇门，门框的右边有……

联邦调查局：一张“明尼苏达维京人队”的海报，棚屋墙上的。

“密码”：很好，“女战士”。我赐予你一个问题。

“赐予你？”肯特噘起嘴唇。“‘全能者’屈尊接受了我们的觐见。教科书级别的上帝情结。”他朝尼娜倾得近了一点。“问他一个开放性的问题。问个‘为什么’。”

联邦调查局：你为什么要这样做？

“密码”：你告诉我。

“他想知道我们对他的看法，”肯特说，“他觉得我们在分析他说的每一个字。吹捧一下他的智商，引他说话。”

联邦调查局：我看不透你。你愿意解释一下吗？

“密码”：我很失望。

布雷克站起来，在显示器上方对着他们喊。“别让鱼脱钩了。”她又坐下去，脑袋也看不见了。

“说说他的杰作，”韦德说，“他还一直没机会向任何人吹嘘呢。给他个好机会。”

尼娜明白了，需要往深了挖才行。她一直在骗自己，觉得只需要跟他进行表面上的交流，但那样根本没用。舍不得孩子是套不着狼的。她改变了战术，开始跟着自己的直觉走。

联邦调查局：你喜欢看别人受折磨。

“密码”：错。重来。

“你还钓着他，”肯特说，“不过他要是再一次评估你的答案为错，沟通就会终止了。”

她转向韦德。“给我点儿料。”

韦德抬头看着墙上的图表。“他选的受害者都是有受害风险的年轻姑娘。这些女孩子——”

“这些女孩子都没人要。”她补全了他的想法，立刻扑到键盘上。

联邦调查局：你抓没人要的人。

“密码”：和你一样的人。

一针见血。她克制住所有的情绪，双眼紧盯着显示屏，这时肯特用一只温暖的手按住她的小臂。

“你做得非常棒，”他低声说，“别忘了他的心态有多扭曲，他就是个病态的混账。”

她勉强微笑了一下。“我明白，谢谢你。”

联邦调查局：你怎么知道的？

“密码”：我无所不知。

“这个词换得很有意思，”肯特说，“他可能是指他犯罪前的计划。”

“试试看能不能让他讲讲他的计划过程，”韦德说，“他怎么盯上受害者的？”

联邦调查局：那你是先观察？

“密码”：我时刻都在观察。

“跟踪行为。”韦德低声咕哝着，在笔记本上写个不停。“他很看重受害者的挑选。这是游戏的一部分，对他来讲。”

“问得再深入一点，”肯特说，“多问问他的方法。”

联邦调查局：你是怎么选人的？

“密码”：她们都必须受到惩罚。

尼娜察觉到这个用词很重要，一下停住了。的确如此，肯特和韦德开始讨论起这个词可能有哪些意思。

肯特仔仔细细地研究着屏幕，既像在看每一个字，又像是在思考字里行间的深意。“他的语言有一些距离感。他不说‘我要惩罚她们’，而是说‘她们都必须受到惩罚’。要么是他觉得自己做的事情不对，要么就是他觉得自己与众不同，高于一切。”

“是后者，”韦德斩钉截铁地说，“就像是神在谴责有罪之人，那些不配的人。”

尼娜突然想到一点。“神也是无所不知的。”她指着前面的消息。“还会施加惩罚。”

“就顺着这个思路走，”韦德说，“但只提你自己。”

联邦调查局：那我呢？我做了什么必须受到惩罚的事情？

“密码”：你是个特例。

“我们需要知道他是怎么挑中你的，”肯特说，“那比什么都有用，有助于我们查出他的身份。”

联邦调查局：为什么？

“密码”：轮到我来提问了。

她等着，短暂的停顿之后，来了一条新消息。

“密码”：你跟谁睡了吗？

“改变方向了，”韦德说，“我们逼得太紧了。”

肯特低沉的声调都提高了。“他改说下流话，是想问你个措手不及。接下来他会用非常私密的话语来攻击你。”

她根本不想跟他玩心理游戏。

联邦调查局：关你屁事。

“密码”：我当你回答的是“没有”了。是因为我吗？

“他对你有很强的占有欲，”韦德说，“他不希望你心里有别的男人。”

“没错，”肯特说，“他的嫉妒心很强。”

这个想法让她感到恶心。“我不会跟他聊自己的性生活的。”她及时停下来，没有提自己根本没有性生活。

韦德跟肯特还在建议她怎么把对话拉回正轨，又一条消息冒了出来。

“密码”：女战士，你回消息的时间太长了。是我让你心烦了？

还是那个跟你搭档的过气心灵捕手在想怎么回复啊？

韦德涨红了脸。“他在新闻里看到我了，肯定去网上搜索了我的名字。”

要查到杰弗里·韦德博士的背景信息很容易，早在钱德拉·布朗案被媒体铺天盖地地报道之前，他就已经是赫赫有名的人物了。

“我们可以利用一下这一点。”肯特说。

布雷克的一只手在她的显示器上方画圈圈，鼓励他们继续说。尼娜又打了几个字，不让交流停下来。

联邦调查局：我不需要听谁的意见。

“密码”：现在有多少人跟你在一个屋里，尼娜？我只要你一个人在。

“他现在叫你的名字了，”肯特说，“变亲密了。保持住。”

她想好了接下来说什么，可能会惹怒周围的每个人，尤其是韦德。但这样说也许能救一个女孩的命。

联邦调查局：那你来抓我啊。

肯特直接飙了句脏话。

韦德一下咬紧了牙齿。“你到底在干什么，格雷拉？”

“密码”：我会来的，女战士，不过时间和地点要我来选。

她没有理睬正在她耳边咆哮着各种指令的两个男人，飞快地发送了回复。

联邦调查局：现在最合适。

“密码”：觉得自己很勇敢啊，小家伙？我会让你像从前那样求我的。你那些联邦调查局的朋友知不知道你是怎样哭喊、哀求、尖叫的呀？他们很快就会见识到你的真面目了。

韦德没有作声。尼娜估计他不仅在分析“密码”的回复，也在思考她发的消息。她故意转身背对他去问肯特。“他在说什么？”

“他的语言有很强的操控感，”肯特说，“他想让你重新体会到以前他带给你的恐惧。在他心目中，那才是你和他的连接方式。他不需要跟你接触就能对你实施掌控，没有接近你就能让你想着他，这对他来说太重要了，因为他无时无刻不在想着你。”

尼娜板着脸对他挤出一丝微笑，转头对着屏幕。

联邦调查局：那好，不涉及其他人。就我跟你。

“密码”：一贯如此。从头到尾都只有你，尼娜。

联邦调查局：那我们现在就做个了断，就你和我，没必要伤害其他人。

所有人都不说话了。她知道这栋楼里有许多台显示器在跟进他俩的交流，巴克斯顿的也不例外。

“密码”：再见，女战士……很快会再见的。

她无论说什么他都不再回复了。

巴克斯顿已经从办公室出来，径直走到了布雷克的工作区。“你们定位到他了吗？”

她摇摇头，没抬眼。“他在多个服务器之间来回切换……除了恐怖分子的蜂窝通信，我还从来没见过这样的情况，就连大部分恐怖分子都没有这么复杂。这家伙有技术背景，要不然就是做了大量的研究。”

“你们已经做好阻止他的准备了吗？”巴克斯顿问。

布雷克抬起头，精致的五官写满坚决。“还需要几分钟时间，但是，没错。我们已经跟大部分社交媒体平台达成了一致，我们一声令下，他们就会封掉他的账号，因为他在利用他们来发布他的谋杀行径。我们跟他们说了，我们还在侦查中，暂时先不要动手，但是我可以随时让他们终止他的行动。”

“这条路子暂时先留着，”巴克斯顿说，“眼下，这是我们跟他直接沟通的唯一途径。”他绕到尼娜面前。“说到沟通，刚才到底怎么回事？”

他跟布雷克的对话为她争取了点儿时间，可以思考一下怎么减少伤害。她给了他最诚实的回答。“我想阻止他在接下来的二十四小时内再杀别的女孩。”

日程安排的提示音盖住了巴克斯顿的一部分声音，眼下的紧急情况也让他的语调缓和了一些。“你应该听从指导，格雷拉探员。”

肯特清了清嗓子。“‘密码’的回应没给我们新线索，长官。”

她感激地扫了肯特一眼，但他责怪的表情说明，他跟他们的上司一样不满意她的战术。

巴克斯顿看着肯特。“你有什么办法？”

“我再仔细看看他们的对话记录，检查一下数据库里有没有匹配得上他这种比较独特的语言风格的。目前看来，我能确定的是，这个人智商很高，学问也高，语言风格很怪异，工作或个人生活中很可能有强迫症倾向，行事非常有计划、有手段。”他顿了一下。“另外，他有极度的上帝情结。”

“你尽快给我完整的分析报告。”巴克斯顿转向韦德。“你怎么看？”

“如果格雷拉是想让他放弃其他计划、冲着她来，那她没成功，”韦德说，“她挑战了他的雄性气概，可我相信那是丝毫禁不起挑战的。他会想办法报复。”他瞄了她一眼。“我预测他会把上一条信息中说的时限提前，再选一个受害者，当众给我们难堪，还会重复几次犯罪来证明自己的能力。不管他怎么计划，格雷拉都是他的压轴大戏。”

“‘维京人队’的海报呢？”巴克斯顿问。“我想找出能够指向不明疑犯身份的线索。”

“这个的可能性太多了，”韦德说，“他可能是明尼苏达州人，也可能是职业队的球迷，说不定他还觉得自己是‘红魔埃里克’再世。”他叹了口气。“数据不够，确定不了。”

想到海报，尼娜的思绪又回到了棚屋里。“他对我背上的伤疤很着迷，”她说，“他又在上面加上了他的印记，还给另外两个女孩也烫出了同样的伤痕，全都拼出了一个三角形。”她盯着韦德，渴望从他那里得到答案，十一年来，这个问题她一直憋在心里，从来没有问出口。“为什么？”

韦德的表情并不轻松。“严格来讲，他是给你打上了烙印，你就像是他的私有财产。他用自己的记号盖住了另一个男人留下的印记。”他把手指插进头发里。“而另外的受害者，他要么是现在开始用‘三角形’作为签名，要么就是想让她们成为你的替代品。”

“他把他的印记赐予了你，”肯特纠正他，“就像他说的，他可以赐予你一个问题。等我们有了一批嫌疑人之后，这些有个人特征的选词就能帮助我们认出他来。”

尼娜思考着肯特观察到的“密码”的措辞方式。“他说的从头到尾都只有我，那又是什么意思？是说我是他的第一个受害者？”

韦德想也不想就回答了。“那之前他肯定已经构思好多年了，不过我相当确定，你是他真正下手的第一个人。我们需要搞清楚的是，你是怎么触发他把空想付诸行动的。”他顿了一下，摩挲着下巴。“他现在已经确认了，早在他绑架你之前就已经认得你，他也承认一直在观察你。”

“对的，”肯特说，“所有迹象都说明一点：自从他又找到你，他对你持续的迷恋大大增强了。”

她想象着“密码”看走红视频里的“女战士”在公园里摁倒一个险些得手的强奸犯，那是他这么多年后第一次看见她，他的心情是愤怒、激动还是嫉妒？他是不是觉得，她独自一人在森林公园里慢跑、被人强奸是自讨苦吃？

“根据我们已经掌握的他的受害人的情况，他盯上的都是家庭状况不稳定、靠自己生活的十多岁的女孩子，”她试着给他做侧写，“应该受到惩罚的女孩子。”

“他在做裁决。”肯特金黄色的眉毛皱成了一团。“宣判，再行刑。”

“像法官一样，”韦德说，“或者像个愤怒的天神。”

布雷克从自己的工作台那边钻过来加入了他们的讨论。“你们觉得他是不是个信教的疯子啊？”

“有可能，”韦德似乎在脑子里转了转这个想法，“就算是，也不是传统意义上的信教了。他并不像在执行主的指令。这家伙没有听命于更高的权力。在他的心目中，他自己就是更高的权力。”

“从他的行为中也能看出来，”肯特说，“他走的每一步都是有深意的。他选了特区的那个女孩，这样我们一定会把她跟格雷拉联系起来。他想把她扯到案子里来，所以精心策划了罪案现场，达到了目的。”

“为了执行计划，他甚至放弃了有重大意义的东西。”韦德指着尼娜说，“他把项链留了下来，这可是他保存了十多年的一个奖品。”

“他的战利品。”她说。

他朝她微微点头。“那样珍贵的物件，他是不会轻易放弃的，除非他还保留了更有价值的东西，或者他计划用别的什么更重要的东西来取代它。”

尼娜只觉得口干舌燥。“密码”想要再次让自己受制于他，他已经表达得再清楚不过了。她居然没有想到，他愿意放弃战利品的举动已经证明了他会成功的信心。

“我。”尼娜说出了唯一合乎逻辑的结论。“他计划用我来取代它。”

17

埃尔莫萨比斯塔公寓

弗吉尼亚州斯普林菲尔德

尼娜拖着双腿爬上最后一段楼梯，看到比安卡正坐在最上面那级台阶上啃手指甲。“怎么了，小比？”

“我们看了那个‘油管’视频，”比安卡说，“那个任务，我们已经决定要做了。”

她叹了口气。“‘我们’是谁们？‘我们’要做什么任务？”

“我和我的乔治·华盛顿大学团队，”比安卡说，“我们要破解‘密码’的线索。”

她早该想到这一点。“密码”折磨的不止她一个——所有被他卷进他的致命游戏的人，都是他折磨的对象。现在连她的年轻邻居也要采取行动了。

“谢谢你们，”尼娜一脸疲倦地对她笑笑，说，“我们能搞定的。”

比安卡满脸的不信任。“我不管你们那群废柴在做什么，我们绝对比他们厉害。”

只要是比安卡觉得官僚、政治的事情，她一律表示不屑，尼娜已经不是头一次听到了。

“这个事情你不要管，小比。”她把钥匙插进门把手里一拧，打开锁了两道的门。跨进门槛后，她又关掉了报警系统，然后从小玄关进了屋。她径直走到冰箱门口，取出两瓶冰镇的水，递了一瓶给比安卡。“专心学习，别分心做其他事情。”

“我能一心多用，完全没问题的。再说了，这件事情很重要。”

“所以联邦调查局投入了大量资源来处理问题啊。你们在电脑上可能很厉害，但是我们的电脑鉴证和网络专家组可不是‘废柴’。专业的事情交给专业的人来做吧。”

比安卡的辩论已经蓄势待发，正好音乐门铃响了起来，她只好先作罢。

尼娜轻手轻脚地走到玄关口，从猫眼里往外看，接着叹了口气，给楼管海梅开了门。

“你好，美人儿。”海梅跟她打招呼。

自从搬进公寓楼，尼娜就一直在躲避楼管对她发起的攻势，可是海梅始终没有收到她的信号，很可能永远收不到了。

“有事吗？”

“我得检查一下你窗户上的密封条。我接到一大堆业主对电费的投诉，可能需要对整栋楼做一次填缝密封，但是我得让房东知道，至少有一半的窗框都在漏风。”

她只能支持他的工作，他的借口越来越有创意了。反正她这次不是一个人在家。她站到一旁。“进来吧。”

他侧着身子从她旁边走进去，却看见比安卡挥着一根手指头跟他打招呼，顿时泄了气。

“来修灶上的密封圈吗？”比安卡说，“还是这次通量电容器坏了？”

尼娜憋着笑看海梅的脸涨得通红。他好像想争辩几句，仔细想想，还是没管她的挖苦，转过来对着尼娜。

“我一直在看新闻，美人儿，”他说，“他们说那个叫‘密码’的家伙在乔治城杀了一个女孩子，就是因为她长得像你。”

她一点儿也不想跟他讨论案件。“只是推测而已。”

“如果你要出城去，你不在家的时候我可以待在这里，”他说，“帮你看家。”

比安卡哼了一声。“还要把她的内衣全部拿出来闻一遍。”

他顿时生气了。“大错特错，小丫头。你小小年纪，思想怎么这么肮脏？怕是上网上得太多了。”

尼娜很确定地给了他一个答复。“谢谢你的好意，不用了。”

海梅没打算放弃，反而朝尼娜走近了一点。“我知道你有枪这些东西，但是那家伙很可能趁你不在家的时候溜进来藏好。等你回来的时候，他再——”

“我能照顾好自己的。”

比安卡一手捂住嘴。“他要是来这里，她会给他好看。”

“万一他攻你不备呢？”海梅猛地冲到尼娜身后，伸出胳膊缠住她的身体，还把她的手臂箍在两侧。“就像这样。”

尼娜本能地一甩头撞在他的下巴上，扭身摆脱了他的钳制。

“他妈的。”海梅揉了揉下巴。

她瞪着他。“不想受伤的话，就别再那样抓我了。”

“像这样呢？”海梅又伸手圈住了她的脖子。

尼娜一感觉到他粗壮的手指圈在脖子上，心跳立刻加速。她在“密码”的面包车后面的时候，那双戴着手套的手勒着她的气管，无情地一点点加重，让她叫不出声也透不过气。她拼命地挣扎，想要摆脱绑住她手腕和脚踝的胶带。魔鬼倾身凑近，满含欲望地喘着粗气。整个世界都暗了下来，他狰狞的嘴唇吐出的笑声在她耳边回响。

她的鞋子边沿顺着海梅的胫骨一滑到底，猛地一脚跺在他的脚上，同时抬起两条胳膊，飞快地画出一条弧线砸开了他的双手。好在她终于忍住，没有一掌劈到他的鼻梁上。

“快停下，海梅！”比安卡的声音里带着恐惧，彻底把尼娜拉回了现实。

海梅正一只脚蹦来蹦去，两种语言交替着飙脏话。

“你还是快走吧。”尼娜的呼吸渐渐平缓下来。

“好的。你确实有办法。”他站直身子。“真高兴我陪你……呃……过了过招。”他一字不提来时说的漏风窗沿，努力装作没有跛脚，拖着僵硬的腿出去了。

门在他身后关上的一瞬间，比安卡就爆笑起来。

尼娜竖起一道眉毛。“人家受伤了，没啥好笑的，小比。”

“我知道，可受伤的人是海梅啊。”她轻轻晃了晃脑袋。“你看，他来的时候一副硬汉模样，还想装成惹不起的保护神，结果被你一顿收拾。”

“他也是一片好心。”

“他明明是想睡你。”

“不可能的事。”

“我知，你知，整栋楼皆知。可他就是不死心。”比安卡夸张地叹息一声。“否认的力量很强大啊。”

“恋爱都没谈过的小丫头，大道理倒是一套一套的。”

“我从来没见你周六晚上出去呢，也没有带哪个男的来过。”比安卡竖起大拇指对着自己的胸口。“我在忙着帮老师研发新一代的可植入纳米技术。你的借口是啥？”

尼娜没有借口，至少没有一个她愿意承认的借口。她一边支支吾吾地想着该怎么回答，一边低头看着比安卡T恤上鲜艳的色彩。她歪着脑袋凑过去，第一次仔细地研究她衣服上的设计。

“尼娜？”比安卡的声调里透出担心。

“我没事。我就是在……我很喜欢你的T恤。你在哪儿买的？”

比安卡埋头去看。“这是上学期期末，我参加科学社团竞赛的时候得的。挺有趣的，是吧？”

黑色棉质T恤上印着一整幅按颜色编码的元素周期表，下面还有一行字：“我中有元素，元素中有我”。

尼娜想笑，可惜笑声有点干巴巴的。“科学幽默还真爱不起来。”

“你是外星人吗？现在最酷的就是技术宅啦。”

尼娜挤了挤眼睛。“好开心，我可至少是个五分之一的技术宅。”

“算了吧，你有十分之九都是坏蛋，”比安卡说，“还剩十分之一是啥完全不重要了。”

尼娜没想到自己还挺能伪装的，刚才海梅惹得她肾上腺素激升，这会儿短暂的分神让她喘过气来了。倒时差影响了她正常的恢复速度。“我要再喝瓶水，有点脱水了。”

“因为飞机上都是循环通气。”比安卡又从冰箱里拿出一瓶水来递给她。“你长途飞行了两趟，肯定水没喝够量。”

“听说他们还要循环利用马桶里的水。”尼娜边说边拧开了瓶盖。“所以飞机上的咖啡味道那么怪，对吧？”

比安卡一口水没喝完，一下笑出了声。“差点儿被你呛死了。”

尼娜把瓶子放到吧台上。“我去拿纸巾。”

比安卡擦着T恤正面的水渍，尼娜就在旁边等，突然发现氖元素的图案浸湿后颜色变深了。她眯起眼睛观察一排排整齐的方框以及每一个方框中心的字母跟角上的数字。

字母跟数字。

她捏住比安卡的手腕，一把拉开她的胳膊。

“怎么回事，尼娜？”比安卡后退了一步。

尼娜松开她的胳膊，转来转去地找笔记本电脑，在客厅里乱搜了好一阵，才突然想起来电脑还在行李箱里没取出来。她冲进卧室取出电脑，没理会比安卡一连串的问题，就在餐桌上把它打开了。

比安卡低头盯着她。“要不要说来听听？”

“你的T恤让我有了一个想法。”电脑正在启动。“有可能很不靠谱，不过我得确认一下。”

“跟‘密码’的线索有关吗？”比安卡激动起来。“我来帮你。

50 万美金对我来说很有用的。”她拉来一把椅子坐在她旁边。“还能到处吹牛皮。”

尼娜在网上搜索元素周期表。“递张纸给我，再拿一支铅笔，都在那个抽屉里。”她对着吧台另一头的杂物抽屉扬了扬下巴。

比安卡在抽屉里翻了一阵又回到餐桌边。“我把他在旧金山时留在卡片上的线索图找出来。你来写对应的元素。”

尼娜接过纸笔，朝比安卡微微一笑。这丫头脑子转得真快。每到这样的时候，尼娜才会想起来，比安卡的智商超过了 160。

比安卡把数字念出来，念一个停一会儿，让尼娜找到原子序数，再把对应的化学名称和元素符号写下来。

“75。”比安卡说。

尼娜的手指在屏幕上划拉，放大了图表上细小的字迹。“铼，简写是 Re。”

比安卡接着念下一个数字。“73。”

“钽。Ta。”尼娜边说边快速写下字母。

“3。”

“锂。Li。”

她们边念边查，一直到尼娜把密码中的七个数字和它们对应的化学名称、元素符号全都写了下来。

比安卡越过她的肩头，跟她一起思考着这一堆毫无头绪的字母。

Re、Ta、Li、F、Md、O、Re。

“你是不是和我想的一样？”比安卡悄悄地说。

“可能不是。”

“要是这是个异序词呢？”比安卡激动得浑身颤抖。“就是，把单词顺序打乱。我有时候做完作业就玩这个来放松。”

尼娜忍不住翻了个白眼。“跟你差不多大的孩子都是在小本子上画小黄图来解压，你知道的吧？”

比安卡伸出一只手。“给我看看。”她把那页纸扯到面前，埋头仔细看着。“有上万种可能性。”她又抬头看着尼娜。“还只是英语。要是他换了另一种语言怎么办？”

尼娜耸耸肩。“机会渺茫。”

“我可没打算放弃。能不能借用一下你的笔记本电脑？”

“随便用。”

比安卡的手指在键盘上飞舞。“妈的。我把这些字母输到一个随机的单词生成程序里，算法给出了一万多种组合才停止。”

“难怪局里的密码专家还没破解出来。”尼娜揉揉前额。“有可能那些数字跟元素周期表完全无关，可我始终觉得有点什么联系。我看着我们找出来的这些字母，老是觉得有单词在往外蹦。”

“继续想，”比安卡说，“爱因斯坦有一句名言我非常欣赏：‘直觉是上天的恩赐，理性则是忠实的仆人。’他认为直觉比逻辑更重要，我也是。”她把纸侧过来，这样可以两个人同时看。“你看出的单词有哪些？”

尼娜埋头看着。“Trial（审判）。Life（生命）。Detail（细节）。Mole（痣）。Free（自由的）。”

比安卡顺着她的目光看过去。足足有一分钟，两个人坐着没有出声。突然比安卡挺直了脊背。她缓缓扭头看着尼娜，脸上一点点地咧出笑容。

尼娜看出了她的激动。“什么情况？”

“你说的最后一个词是‘free’，我联想到了‘freedom（自由）’。把这个词的几个字母抽出来，剩下的字母组成了你提到的第一个词‘trial’。但是你如果调换一下字母顺——”

“Freedom trail（自由之路），”尼娜一拍桌子说出来，“每个字母都用上了？”

比安卡点点头。“不过我们怎么知道这是不是正确答案呢？这只是许多种可能性中的一种。”

“第一，他才在加州的一个标志性位置留下了一具尸体。麻省理工的学生又一直在羞辱他，所以他很可能瞄上了马萨诸塞州。这个州有哪个地方会比最出名的地标更合适？”她回头盯着电脑屏幕，上面显示着那张有“密码”谜题的图。“但是这还不够。说不定他还在信息里隐藏了别的线索。”

比安卡敲敲屏幕，又打开一个标签。她把自由之路几个字打进去，然后大声念起来。“徒步旅行线路，道路由古老的红砖铺就，自波士顿公园始，至波士顿港内的宪法号护卫舰止，共有十六个历史遗址。”她把屏幕显示切回到线索图。“看看最上面那几句。有没有发现什么指向马萨诸塞州，或者在说‘自由之路’的信息？”

“第一行字，”尼娜说，“我一直觉得很怪异。‘不懂会让你流泪。’这样的表达很奇怪，跟第二句的结构也不搭，第二句读起来就很正常。”

比安卡点点头。“感觉他写得很怪就是为了突出它。”

“没错。这句话的开头和结尾选词都很怪。开头是个否定词，结尾一般人都会说哭泣，不会说流泪。”

“开头和结尾……”比安卡重复着。“不和流泪。开头和结尾。”她睁大了蓝色的眼睛，望着尼娜。“你发现没？”

“不和流泪。”尼娜说。突然之间，灵光一闪。“不(not)、流泪(sob)倒过来念就是Boston，波士顿。波士顿就是‘自由之路’的所在地。”她凑过去一下搂住了比安卡。“你真是个天才，小比。”

“我知道。”比安卡拿起手机。“我看看有没有击败麻省理工的‘酒逢知己’。这可是实实在在吹牛的本钱啊。”她笑起来。“我还能从朱利安·泽兰那儿拿到奖金，只要我……”她望着尼娜，笑容从脸上褪去。比安卡沉默了一会儿，垂下头。“我不能发布答案，也不能领奖，对吧？”

尼娜伸出手，温柔地托起比安卡的下巴，看着她的眼睛。“小比，我们头一次赶在了这家伙前面，这是个抓住他的好机会。如果我们能尽快赶去波士顿，说不定还能挽救一个女孩的性命。”

比安卡的神色黯淡下来。“没错。我不会透露消息的。”她放下手机。“气死人了。”

“等我们逮到了他，如果你还想联络朱利安·泽兰，我可以给你当官方证人。”

“其实，我仔细回想了一下，联想到元素周期表的人是你，那才是线索中最难的部分。你才应该领奖金。”

“我是联邦探员啊，不可能去领奖金的。”

“哼，这也很气人。”

“钱刺激不了我，我的任务是不让掠食者逍遥法外。”

“那你真是入对了行，坏蛋永远抓不完，你也永远发不了财。”

尼娜从兜里掏出手机，又停住了。该不该给巴克斯顿打电话呢？打过去肯定能改善她在上司心目中的形象，证明她的价值不止在回忆往事这一点上。

她从来不是急功近利的人。头脑发热、不计后果都不是职场的正确打开方式。在匡蒂科她也许像个局外人，喜欢单打独斗，但是这一次的调查她要好好当一名团队成员。拿定主意后，她深吸一口气，按下了预设的快捷键。

“怎么了，格雷拉？”韦德的应答声依旧是他低沉沙哑的男中音。

“收拾好行李。”她重复着他之前说过的话。“我们马上去波士顿。”

18

三小时之后，在里根国家机场飞往洛根将军国际机场的上空，尼娜挥挥手，把一只正在戳她的手拍开了。“我醒了。”她的声音里透着疲惫，连她自己都听出来了。

“我不反对队友情深，”肯特跟她说，“但你的口水都流到我肩上了。”

尼娜羞得无地自容，赶紧坐起来检查他的衬衫。“没有啊。”他穿的是绣着联邦调查局印章的针织高尔夫衬衫，虽然肩缝那里有点皱，但完全是干的。

他咧嘴笑起来。“至少现在你起来了。”

她瞪他一眼。“真好笑。”

“我让他来叫醒你的，”巴克斯顿说，“我让你和韦德探员小睡了一下，不过在落地之前，我们还有事情要讨论。”

韦德坐在她对面，就在巴克斯顿旁边，正在用掌心揉眼睛。他们一直长途飞行，几乎没有休息时间，到里根国家机场登上联邦调查局的“湾流”公务包机之后，尼娜终于被时差拖垮了。局长亲自批给他们团队一架调查期间的专用飞机，从今以后，不管去哪里，他们都要集体出行，再把信息传回驻扎匡蒂科的专案组。

肯特给每个人都递上了冒着热气的黑咖啡。尼娜还是第一次登上“湾流”飞机，不过早就听说了不少内幕消息，所以她看到主舱里横着的大桌子，还有光亮的桌面上摆着一个钢玻璃瓶的时候，并没有感到吃惊。

“我给你们俩更新一下专案组发来的最新发现，”巴克斯顿开始讲起来，“我们比对了从旧金山或特区全部主要机场飞往洛根将军国际机场的旅客名单，以防他先飞回去了。没有匹配的人名。”

尼娜抿了一口咖啡，苦涩的暖意一下流遍了全身。“那他用的是假名，或者没乘飞机。”

“案发间隔时间较短，他使用地面交通的可能性不大，不过 42 个小时从特区开到旧金山，不用超速也是能实现的。”巴克斯顿说。

“开车跟乘飞机的危险性是差不多的，”布雷克说，“长途驾驶的不确定因素相当多。”

韦德伸个懒腰，忍着没打哈欠。“以‘密码’那样的性格特征，这个不明疑犯可能会觉得很刺激，会很享受展现自己能力的过程，哪怕观众只有他自己。”

“他对自己的能力很有信心，”肯特说，“他可能会驾车，不过那也表示，他要么是个自由职业者，要么就是他的工作可以让他连续离开四五天都没关系。”

尼娜以前没怎么想过“密码”的职业。他会不会在标准的企业环境中，就在格子间里上班？这样的凶犯是有过的。

“他的电脑水平高，有可能是做技术工作的，”尼娜说，“也许是工作时间比较灵活，在线做咨询的，或者不需要坐班的。”

“很可能是规矩没那么多的职业。”巴克斯顿说。他跟往常一样，让通报继续进行，转向肯特问：“你跟取证人员联系了吗？”

“特区那边的受害者尸检已经完成了，”肯特说，“用外行的话来讲，不明疑犯往女孩的身体上抹了一种化学药剂，把她滚到了垃圾桶里。”他摊开双手。“我们有大量的痕迹物证，现在就像要在沙滩上找一粒沙一样，再加上各种交叉污染，所有的证据都无效了。”

“他用的什么化学药剂？”尼娜问，“很特别或者很难找到吗？”

“一种医用级别的清洁剂，可以消毒杀菌、破坏 DNA。”肯特说。

“什么样的清洁剂做得到？”尼娜见过罪案现场的技术人员使用发光氨在漂白剂拖洗过的地板上定位 DNA。

“把氧气混进混合物里就可以，”肯特说，“可以降解标本。”

“能辨识出是哪个品牌吗？”巴克斯顿问，“生产厂家多不多？”

“清洁剂里的化合物成分，有几个品牌在生产，供货给全国各地的医院。”肯特叹口气，把黑框眼镜取下来，捏了捏鼻梁。“那样完全没法儿查。”

“医院？”尼娜立直身子，想起了在旧金山的验尸房里依稀浮现的记忆。“不明疑犯用来撑开我嘴巴的设备跟法医用的那个很像。现在他又用了医用级别的清洁剂。‘密码’会不会是大夫或者外科医生？”

“有上帝情结的外科医生，”韦德说，“闻所未闻。”

肯特听出他的嘲讽，咧嘴笑起来。“跟我们发现的一些行为是对得上的。”

“这个思路我们暂且保留，”巴克斯顿说，“进一步缩小搜索范围的时候也许用得上。”

“嗯，他可能是个大夫。”一直在笔记本电脑上打字的布雷克猛地停下来。“也可能是个餐馆小工，知道怎么上网搜索。并不难的，看吧。”她的电脑摆在座椅扶手上的折叠桌上，她把它转过来，屏幕上列出来的全是含氧化合清洁剂。

“他的电脑水平显然很高，”尼娜说，“要想干扰鉴证分析，他得有多聪明才能做到？”

“他的语言风格说明，他不是文化水平很高，就是读过很多书。”肯特把眼镜戴上。“不管怎样，他的智商都应该高于一般水平。”

韦德把咖啡杯放到桌上。“上一条线索已经证明他非常聪明。他用了两种加密形式，而且都需要二次外推。”

尼娜万分感谢比安卡去了她的家，这个姑娘的T恤、她充足的脑力，都是解开不明疑犯的密码的关键。而且海梅下次再要找什么借口来她家，也得三思了。真是一举两得啊。

“不明疑犯呈现出了高智商的表象，这一点我同意，不过布雷克说的也是可能的，”巴克斯顿说，“很可能他只是电脑用得熟练。”他转向她问：“‘视频鉴证’那边有没有案件的新消息？”

布雷克把电脑转回去，敲击着键盘。“我们追踪了他在特区用的那辆面包车，一直跟上了杜勒斯收费公路。他上了‘28 号公路’，一路向西驶出了监控区域。”

“他绑架我的时候，是从亚历山大市向西，一路开到了尚蒂利，”尼娜说，“用的是同一辆面包车，或者样子差不多的一辆。”

巴克斯顿翻开一个带联邦调查局凸印的皮壳文件夹，开始做笔记。“我们应该去检查一下他以前带你去的那片地，不过我不太相信他会那么大意，还敢去那里再搭个棚屋。”

“我们可以调取整片区域的卫星图，”布雷克接着说，“用天空之眼[1]来搜寻那块地上的违规建筑。”

“我会提出请求的。”巴克斯顿一边应答一边飞快地写着。

布雷克点点头。“还有，我刚刚收到专案组视频队发来的文档。我们一直在处理两个案件的视频数据，争取建一个更好的疑犯合成人像。”

尼娜一下振奋起来。他们手头的资料太少，一直不敢尝试给疑犯画像，而这样的好消息就是案情的突破点。她放下咖啡杯，仔细听着。

“我们尽力整理了他从特区开始的所有视频形象，把棒球帽和面部的毛发都考虑进来了，但没有在面部识别数据库里找到任何匹配。可是，当我们把这些形象与旧金山的监控录像叠加到一起之后，清晰度高了许多，所以我们试着用电脑生成了一幅合成人像。”

尼娜站起身。“我能看看吗？”她走到过道里，小心翼翼地向布雷克走过去。

1　指飞机或人造卫星上对地面的电子监测装置。

“他在旧金山的时候是什么样子的？”韦德问。

“他在加州就没有跛脚，所以他在特区的时候一定是改变了走路姿态的，”布雷克说完，又补了一句，“他在加州的时候，个头也不大。”

尼娜回想着特区的监控视频，那个圆圆胖胖的送货员推着手推车朝夜总会走，车上放着超大的纸盒，走路的样子跛得很明显。她绝不会把他认作那个轻松压制住她的人，那个男人肌肉发达、身材健壮。这下她知道原因了，他的大腹便便、步态蹒跚全都是装出来的。

“39 号码头那边有大量监控录到了他。”布雷克的话音把她从沉思中拽了回来。“他偷了一艘小艇，往船尾扔了一个超大的鱼饵箱，然后把小艇开到了浮动船坞。他打开箱盖以后，把受害者的尸体拖出来——是藏在一个黑色垃圾袋里的——拴到一个停泊塔上，那个时候离天亮还有几个小时。我们能看得到他拿着小刀钻到水下去，把袋子割开让它顺水漂走。那时候没有人觉得有什么异常。”布雷克把一缕红色鬈发塞到耳后。“那个地方已经废弃不用了。他穿的是一件灰色连帽运动衫，帽子套在头上，底下一件高领衫，领口一直拉到鼻子上面，还戴了一副蛤蟆镜遮着眼睛。”

“他是怎么把尸体运到码头去的？”尼娜在她身边坐下问。

“他把一辆皮卡停在码头边离小艇最近的位置，把鱼饵箱拖下来，箱子一头有轮子，另一头有手柄，他就这么把它推下了步桥。”

“妈的，”肯特说，“这么明目张胆。”

“这对他来说很刺激，”韦德说，“是他游戏的一部分，可以证明他比我们厉害得多。”

“有没有录到不明疑犯往垃圾箱上贴信封，或者在周边机场的航站楼走动的？”巴克斯顿问。

“目前还没有。”布雷克把屏幕转向尼娜。“看一下吧，也许你还能补充信息。如果差得太远，我还有时间修改调整。”

“比起你获得的信息，我的记忆已经太久远了，”她说着，斜睨了韦德一眼。“还明显不完整。”

她仔细看着电脑上的人像。这个男人的下颌线很清晰，轮廓也非常明显，没有什么异常。布雷克把他脸上的蛤蟆镜也保留下来了。他整个人看上去很普通，但又有一种说不清道不明的感觉，让尼娜浑身直起鸡皮疙瘩。

“我记得他的眼睛是蓝色的。”尼娜反复审视之后说。

布雷克抓起鼠标。“颜色深浅有什么特别吗？”

尼娜努力回想了一下，没想起什么。“抱歉。”

“小意思。”布雷克把电脑转回去。“我给他设个普通的眼睛形状，再给虹膜加上中蓝色。两下就搞定。”

“把图像发给各个执法部门。”巴克斯顿说。

“要不要向公众发布？”尼娜问。

巴克斯顿皱起了眉头。“在我们获得更清晰的人像之前，我不希望它泄露出去。这一脸的大胡子、深色鸭舌帽，看起来跟美国一半的 20 岁到 50 岁的白人男性没什么差别。”

肯特点点头。“这个案子已经引起了公众的广泛关注，要是把图片发出去，可能会收到无数的假线报。”

“目前，我们就先把图像分发给今天上午派去‘自由之路’的警员。”布雷克说。

从被肯特戳醒开始，尼娜就一直在纠结一个问题，虽然很怕听到答案，她还是问出来了：“现在有人发‘密码’线索的答案了吗？”

“没有，”巴克斯顿说，“我们还占着先机。如果我们的运气够好，这次就能风平浪静地逮住这家伙。”

“全国各地的组队越来越多了，”布雷克说，“有的队是为了赢 50 万的奖金，有的想要抓住恶臭的‘密码’，还有的想要一箭双雕。”

尼娜掏出手机。“我一直在看他的社交媒体网站。他在‘脸书’主页上设了个排行榜，列出了关注他的人和团队，排第二的是‘酒逢知己’，前面就是朱利安·泽兰。他也希望大家都知道奖励的事。”

“他在给竞争拱火，”韦德说，“公众的关注也增强了他的动力。现在他已经在引导全国范围内的讨论了。”

“把每个人都耍得团团转。”布雷克点点头。“排第三位的是一队性侵幸存者、自称‘粉潮’。第四位是一支前陆军游骑兵队伍。要是他们抢在我们之前逮到他，我不知道他活不活得下来。第五位是一帮学生。他只列出了前五支队伍。”

尼娜翻了个白眼。“所以我们不仅要追捕这个家伙，还要跟一大群全国各地想抓他的‘史酷比抓贼小分队’[1]竞争？”

“我知道我们在围观‘密码’社交媒体上的帖子，那有没有人在监控‘史酷比们’？”韦德说，“‘密码’就是这种人，他也许就假扮成了某个团队成员，提出谜题的解决方案，想办法摆脱我们或者操控我们，以此来扰乱调查。”

“专案组有负责监控社交媒体参与情况的团队，他们在调查每支参与队伍的背景信息，”巴克斯顿说，“定期给我汇报更新。”

尼娜透过机舱的窗户，望着下方遥远的城市灯火。上千甚至上万的老百姓都涉足了这一场调查，当他们与这个自称“密码”的疯子互动起来之后，事态的发展就不受控制了。而他在享受这场混乱，还在煽风点火。

“不明疑犯利用公众来进行干涉。”肯特的话跟她的想法不谋而合。“目前的情况正在朝着对他有利的方向发展，而且只会越来越糟。”

“没错。”巴克斯顿说完，又把话题带回到后勤工作上。“我们需要在降落前敲定波士顿的方案。我联系了当地的分局和波士顿警局局长，他们已经对‘应急行动中心’进行了软激活。”

尼娜有点反感这样。启动“应急行动中心”一般需要市政授权，

---

1 《史酷比》是一部美国动画片，片中会说话的大丹犬史酷比通过一系列滑稽动作和失误解开了涉及据说是超自然生物的谜团。

还会涉及多个地方部门。“那样的话，注意到的人会不会包括——”

巴克斯顿抬起一只手。“我强调过行动的隐蔽性，也特别提到，不明疑犯一旦知悉了我们的行动，会立刻改变计划。”他盯着文件夹里画线的笔记本页面。“他们已经重新指派了所有能调用的便衣人员，在‘自由之路’沿线听候调配。同时增派了骑自行车、摩托车和步行巡逻的正装警察，不过他们都分散了，不会让人看出加强了巡逻。”他翻了一页。“整条步道大概长两英里半，警务人员总计有将近两百名。”

“布下了天罗地网啊。”肯特肯定地朝巴克斯顿点点头。“这个混蛋要想放个屁，也得先问问能不能骗过我们的鼻子。”

“步道起点在哪里？”布雷克问。

“第一个景点是‘波士顿公园’，”巴克斯顿说，“终点是‘波士顿港’。”

肯特叹了口气。“又是个港口，这家伙真喜欢水。波士顿警局有什么行动？”

“他们有港务小组，”巴克斯顿说，“组长正在调配所有浮动工具。他们还联合了马萨诸塞州港务局。马州港务局手下有警察，是跟州巡警队联合的。应急行动中心把他们都拉进来了，时刻盯着各个海运码头和近水的一切活动。”

“空中支援呢？”尼娜问。

巴克斯顿看着笔记。“波士顿警局没有直升机，要靠马萨诸塞州警局的飞行舰队。”他抬头又看着尼娜。“这也是启动应急行动中心的原因之一，我们需要空中支援。”

“波士顿警局有无人机吗？”布雷克问。

“24 小时不间断飞行监控，而且他们在整个市中心密布着监控摄像头，尤其在‘步道’沿线的各个历史地标周围。”他难得地露出微笑。“波士顿已经布下了天罗地网。我们一定能逮住这家伙。”

上司的激动感染了大家。从案子发生到现在，尼娜第一次觉得有希望了。“我们落地后有什么指令？”

“我们去应急行动中心跟地方分局的同事见面。”

她不愿意坐在满屋的视频监控器中间看抓捕场面。“我想跟波士顿警局的便衣警员一起。去‘步道’上。”

“多亏了那个火爆视频，你已经出名了，格雷拉探员，”巴克斯顿摇着头说，“你去了会搞砸整个行动的。”

她已经想好了应对之辞。“我带了一件超大的连帽衫，到时候戴上大框墨镜。没人认得出我的。”

她发现韦德正在审视她，于是狠狠地瞪了他一眼。他最好别想把她排挤出去。

“说实话，”韦德慢慢开口，“我觉得格雷拉在现场会有用的。她可以跟地方的便衣警探搭档，很自然地在‘步道’上溜达，就像一对游客一样。”

“我也想去，”肯特说，“谁也不认识我。我可以在‘步道’上另外找个点。”

“行。”巴克斯顿举起双手假装投降。“你们可以每人跟一名地方警员搭档，在不同的位置巡逻。”

驾驶舱门突然打开，一名副驾驶员走进主舱。“打扰一下，长官，您的紧急电话，公共事务办的。”他递给巴克斯顿一个卫星电话。

大家立刻安静下来，看着他把电话放到耳边。“我是巴克斯顿。”

他的表情变得凝重起来。“多久之前的事？”他点点头。“告诉波士顿的应急行动中心。跟他们讲，我们十分钟后落地。”

巴克斯顿把电话交回给副驾驶员，转身看着大家。“麻省理工团队刚在网上发布了答案，”他说，“密西西比河以西和‘梅森－迪克森线’以北所有该死的‘史酷比小队’现在都在去‘自由之路’的路上。”

19

三小时后

马萨诸塞州波士顿“自由之路”

尼娜伸长了脖子才看到乔·德莱尼警探的眼睛。“你进缉毒队多久了？”

“快四年了。”他的波士顿口音跟他的黄胡子一样浓。

她很难想象这个大块头的爱尔兰裔警察穿上警服是什么样。他的一头红发长过了肩，乱蓬蓬地捆了个马尾，胸膛宽阔，胡子垂到了胸口上。

“你肯定是一接到任务就把剃须刀扔垃圾桶里了。”

他有可能笑了一下，但是很难从他丛林般的胡须间看出他的表情。

“就是不喜欢刮胡子，”他说，“这一点说得没错。”

他俩这两个小时一直顺着“步道”在走，假装是正在观景的一对。尼娜的风帽有点挡住了余光，不过她确定没人能躲过他们的视线。

两人一边走一边聊天，德莱尼能言善道，跟她讲了很多只有警察才知道的这座城市的秘密。他们就这样慢悠悠地朝着以热闹商店和餐馆闻名的法尼尔厅走去。

这会儿时间还早，但餐厅都开始准备食品了。“好香啊。”尼娜说。

德莱尼像只警犬一样嗅了嗅空气中的香气。“大名鼎鼎的波士顿焗豆。很早就开始烤，要慢火焗一整天。”他低头看着她。“如果你以前没怎么吃过，一定得悠着点儿。吃多了会让你发胖的。”

她一只手揉了揉扁平的腹部。“跑步加健身，我的身材保持得挺好的。”

“不是，”德莱尼说，“吃多了会 f-ang（放），p-i（屁），发胖[1]。”

她笑得合不拢嘴。“这是波士顿人才懂的梗吗？”

“两种说法都对，”他咯咯笑起来，“豆子全是碳水。”

这次听上去又像在说全是汤水。

“记不记得他们介绍我们俩认识的时候，我问过你现在的职务？你说你是个技督警，我当时还以为是波士顿警局的什么术语，指的哪个我没听说过的特别部门。想了好几秒才反应过来，你说的是缉毒警。”

他还给她一个坏笑。“这是联邦调查局探员才懂的梗吗？”

好家伙！

他俩从一家小酒馆和一家咖啡馆中间穿过，向法尼尔厅的外围走去。街上的人多了起来，尼娜发现有些人在行人中间飞奔，推搡着观光客，还不停地东张西望。

“‘史酷比’。”她低声说。

“又是梗？”

她恼火地叹了口气。“互联网招来了好多假想侦探，有的想领奖金，有的想吹牛皮。”

“哦，‘史酷比抓贼小分队’。”他会意地点点头。“他们怕是会惹火烧身，搞砸侦查行动啊。”

她又打量了一遍周围。“密码”在这儿吗？他是来过又走了吗？此刻又有一个正在挣扎保命的女孩吗？她的双手攥紧了拳头。如果他们没能及时阻止他，她太清楚他会干出什么了。

德莱尼轻轻敲了敲一侧脑袋，他的麦克风就藏在那边的一蓬头

1　德莱尼的爱尔兰口音让“放屁”的 fart 听起来像“发胖”的 fat，中文做类似处理，后同。

发下面。“我没收到信息。你呢？”

“我们这边也没有。如果有事发生，应急行动中心一定会最先收到消息。”

他们转头朝“步道”终点走去。

“我平时都希望市政工人能认真工作，但今天有点不想。”德莱尼说。

尼娜顺着他的目光看过去。离“步道”一个街区远的地方，一个拉美男子身穿“市政工程”的荧光黄背心，正在拖一只公共垃圾桶。她皱起了眉头。“我以为你们要求了今天不倒垃圾的。”

“确实发了要求的。”德莱尼朝那个工人走过去。“这家伙明显没收到提醒。”

巴克斯顿特意叮嘱过警察局长，“自由之路”周围三个街区内的所有垃圾容器全都不要动。不明疑犯过去的套路一直是用垃圾箱传递线索或者抛尸。如果他今天再动手，监控摄像头就能拍到他。

德莱尼大步流星地朝街对面走去，尼娜一路小跑跟在后面。

“嘿，”德莱尼对着那个男子喊了一声，“不要碰垃圾箱。”

尼娜没有出声。德莱尼还穿着便衣，他出手干涉是有点尴尬的。她就没插手。

那个男人站直了身体，转向他们，同时伸手拉开脸上乱蓬蓬的黑色鬈发。“我打扫。”他的英语带着浓重的口音。“我弄垃圾。”他指向垃圾箱。

“今天不需要你收垃圾，”德莱尼一字一顿、慢慢地说，“你老板没跟你说？”

男人不解地看着他。他可能没搞懂，为什么一个红头发的大个子会来告诉他不要干活。“之前在我姐家。接我的车不来，就我自己来。”他微笑着说。

“不是，”德莱尼说，“你今天不来。明白吗？”

她察觉到男人戴着手套的一只手里有白色的东西闪了一下，立刻用西班牙语向他发话："你拿的什么？"

他棕色的眼睛顿时瞪圆了看向她。"我找的。"他一边用英语回答，一边举起一个封好的白色商用信封，边上还垂着一段胶带。"刚才。垃圾箱上。"他又伸手指了指。

德莱尼从他手中一把抓过信封翻过来。他转身背对工人，看着尼娜，一句话没说就把信封举起来给她看上面印的字：

女战士

尼娜的心脏怦怦直跳，倾身向前把信封从德莱尼手中抓过来。两人面面相觑，好一会儿都没说话。

"要不要拆开？"德莱尼轻声问。

"非拆不可。"

证据科的技术人员会不高兴的，但信封里很可能有紧急的东西。回头再听候发落吧，眼下信息最重要。她把一根手指头伸到信封的封盖下面，扯出一张白色的索引卡片。德莱尼从她肩头上往下看着卡片，听她读出上面的字：

一盏灯陆路，两盏灯海路

尼娜记得历史课讲过这个名句。"这句话指的是保罗·里维尔的夜奔，对吧？"

德莱尼点点头。"如果英军从陆路入侵，他们就挂一盏灯；如果是跨过查尔斯河入侵，就挂两盏灯。"他皱起眉头。"'密码'为什么要提这个？"

"保罗·里维尔，"尼娜说，"他的故居是'自由之路'沿线的一个景点。我们得通知应急行动中心。”

“稍等。”他的手正伸向耳塞，突然顿住。“灯是挂在老北教堂的尖塔里的，那也是‘步道’上的一个景点。”

那就让波士顿本地人来处理吧。“说得很对，”她说，“你去跟应急行动中心提建议，我来找市政工程的那个人再问问情况。也许用西班牙语讲话，他能流利点儿。”

德莱尼走到一边去低调地使用通信设备。他一转身，尼娜就意识到那个市政工人不见了。她刚刚的注意力全在信封上，完全没留意到他什么时候走的。他们还要问他要个人信息和一份正式的证词。

尼娜暗暗骂自己太蠢，居然没叫他留下来，赶紧沿着人行道跑起来，边跑边四下张望，突然发现两个街区外，那个黄背心正在巷子里打扫垃圾，立刻加速冲了过去。刚才德莱尼叫他别捡垃圾，他肯定没听懂。

“不好意思。”她对着男人喊了一声。

他好像没听见，继续往前走着，突然在两栋楼之间不见了。

她跟着他一阵猛冲，跑到最后看见他的那个拐角，也转了过去。

左侧猛地飞来一拳，重重砸在尼娜的头上。她一下没站稳，赶紧停下来立住。“市政工程”的黄背心在她眼前一晃，那个男人已经转到她身后，双臂箍住了她，一只戴着手套的手捂住了她的嘴。

他低下头用毫无口音的英语对着她的耳朵悄声说：“这次你跑不掉了，尼娜。”

哪怕已经过去了十一年，尼娜依然记得这个声音。

20

“密码”深吸一口气，嗅着尼娜独有的香气。她的恐惧让他感到陶醉、冲动，彻底有了反应。他把她玲珑的身体圈在胸口，感受着她急促得像蜂鸟挥动的翅膀一样的心跳。谜题的答案是三小时前才发到网上的，她这么快就赶到了波士顿，这是他没有料到的。

这样的重逢方式并不在他的计划之中。她一而再，再而三地惹恼他，可不是什么好习惯，得让她好好吃点苦头才行。弄死她之前，一定要让她先学乖。

他压紧了按住她性感双唇的那只手，让她发不出声也动不了头，再用另一条胳膊夹住她的上身，把她往自己胸口压得更牢。她一口咬住他的食指。幸好他戴了战术手套，指关节上的热塑橡胶套她根本咬不破。他感觉到她的下巴在发力，想要咬穿加厚的面料，忍不住笑出了声。她的挣扎反抗让他愈加激动难耐。他的小“女战士”还想要跟他搏一搏呢。妙啊。

她把双臂挤到了背后，在两人紧贴的身体之间一点点地挪动。他还没回过神来，她的一只手已经碰到了他的裤裆。她隔着裤子一把抓住了他的睾丸，猛地发力一挤，再一翻手腕狠劲拧了出去。

他一声痛呼，胸腔仿佛要炸开，想要稳住身体，但双膝屈得快站不住了。她并没有松手，而是大力朝反方向拧过去。他受不住剧痛，一把推开她，终于挣脱了她的抓捏。他弓起身子倒吸了几口气，双手不由自主地就捂住两腿之间。这笔账，会好好跟她算的。

尼娜吐出一条从手套上扯下来的尼龙线。“跪下。”

他抬起头，看见她的半自动手枪已经瞄准了他。枪纹丝不动。

她眯起眼睛。“把手放到背后。”

这个小贱人根本不知道睾丸被捏得错位是什么滋味，显然她也不知道，就算他想把手背到背后去也做不到。他也完全不愿意。她叫他跪，他是决不会跪的。到头来，下跪的人得是她。等到她向他祷告求饶的时候，他决不会赐予她救赎。

剧痛带来了一阵排山倒海般的恶心，他努力把恶心的感觉压了下去。“做不到。”

她一只手举枪继续对着他，另一只手抬起来伸向耳朵，显然是准备呼叫增援。他别无选择了，她已经成了围笼里的一个敌手，即将击败他。

这样的事情，他决不允许发生。

他强忍住下体的痛楚，双脚一蹬朝她扑过去。时间仿佛变慢了。他爆发的瞬间，她扣动了扳机，眨眼之间，他的胸膛正中被一枚子弹击穿，带来了撕心裂肺的疼痛。

他一下摔倒。

她冲上去，双眼扫过他的全身。“躺着别动。我来呼叫救援。”她又把手伸向耳机。

她联不联系都没关系，警察能在一分钟内定位到枪响的位置，他制订计划之前已经仔细研究过波士顿警局的行动力。他还留了一手，尼娜绝对想不到，他穿了防弹衣。

他飞起一条腿，来了一记完美的扫堂腿。她两脚朝天摔下去，重重地砸在了他身旁坚硬的路面上，差点喘不过气来，手枪也飞到了巷子对面，撞到砖墙上摸不着了。

她还没缓过劲儿来，他已经翻到了她的身上，用大体积压得她透不过气来，根本没力气呼救或挣扎。他的脸凑到她脸上，嘴唇都几乎贴上了她的嘴。“时机未到，小‘女战士’，不过快了。很快了。”

那一刻，他对她的渴望胜过了一生中的所有。她还是他记忆中那个她，但又不只是从前的她了。他双手箍紧她纤细的喉咙，觉得她那双大眼睛里透出的恐惧无比艳丽。“你会再次属于我的。”他低语道。

他略一动弹就给了尼娜机会，她飞快地伸手去抓他戴着手套的手，手指甲虽然短也还是薅到了他的右手腕。他骂了一声，双手箍得更狠了。他也没想这就勒死她，只要让她晕过去就行。这对力道有精准的要求。

几秒钟后，尼娜停止了挣扎，他翻身起来，从巷子另一头一瘸一拐地朝大街上走去。身穿制服的警察正从四面八方围过来，他挥手招呼他们，跟他们指了指巷子那头，尼娜这会儿肯定已经在那儿大喘气了。

“有个拿枪的男人，”他带着浓重的墨西哥口音，疯了一般地说，“他开枪打女士。”

警察全都拔出手枪，一窝蜂朝着他指的方向跑过去了。他们寻找的对象不是一个肤色偏黑的拉美裔市政工人，而是一个蓝眼睛的白人。多年以前，尼娜看见过他的眼睛和他眼周的皮肤，她本该把这些带进坟墓里去的，可她竟然跟警察讲了，让他们大概知道了他长什么样。今天，他因此想出了逆风翻盘的好办法。

他一点点找回体能，大步跑过了转角，准备溜掉。可刚到安全地带，一阵疼痛又袭来了。他低头看到手腕上的血，心里霎时充满了恐慌。

21

尼娜一阵猛眨眼睛，这才看清了耸立在眼前的红发巨人。

“她醒了。”德莱尼对大家说。

她还躺在地面上，仰天望见一群便衣和身着制服的波士顿警察都在低头看她。脑中的迷雾一下散开了。“就是他。”她的声音听上去沙哑粗涩。“乔装打扮过的。”她简略描述了一下不明疑犯穿着市政工程服装的样子。

“太会伪装了，”德莱尼说，“我们会发一个‘全境通告’。”

“还有一件事。”她想起来了。“我抓破了他的手腕。”她站起身来。“我有他的 DNA。”

“你说他现在看上去像个拉美裔男性？”一个制服警察问。“我从那个家伙身边跑过。我对黄背心有印象，那个混蛋还给我指了你的方向。”他狂按无线电上的传送器，把她提供的最新疑犯信息播报出去，提醒大家当心，又向加入搜索的警员发信号。

尼娜拍了拍腰部。“糟糕，我的枪呢？”一想到“密码”拿了她的配枪，她顿时又觉得天旋地转。

德莱尼从自己的腰带后面抽出她的“格洛克”，握柄朝上递给她。“只开了一枪。”

她大舒了一口气。“多谢。弹道专家可能会拿去检查的。”

“你射中他了吗？”

“是的，胸腹位置。他也倒地了的。”她伸手搓搓脸。“肯定穿防弹衣了，因为我刚靠近他去检查他的生命体征，他一下就动手了。”她转身对留下来的那位带着无线电的警官说，“把这条信息也加进去提醒大家。”

他点点头，又拿起了传送器。

“说到枪响，你们怎么那么久才来？”她问德莱尼，“‘枪声定位’找到枪响来源了吗？”

他们到“步道”就位之前，应急行动中心的情况说明会很详细地介绍了波士顿的枪响探测系统，它可以实时发送警报，调整监控摄像头的角度去对准可视范围内的枪声方向。

“应急行动中心收到了开枪报警，但是当时大家全在往相反的方向跑。其实，我们俩在读垃圾箱上的字条的时候，又有一个女孩的尸体出现了。”

她一下差点儿没站住。“在哪里？什么情况？”

“撒冷街上的一家海鲜餐厅，离老北教堂不远，”他说，“他们今天早晨在后门旁边发现了一个很大的冷藏箱。一个见习厨师以为是谁签收以后忘了把箱子弄进去。他们每天都收到送来的活鱼，所以并没多想。”

尼娜的脑海里浮现出了令人不安的画面，令她越来越愤怒。

“他就把箱子拖进了厨房，”德莱尼还在说，“他们开箱准备取鱼，却发现里面是一具十多岁女孩的尸体，还被塞成了胎儿的姿势。”

尼娜恨不能找个东西来捶一通。“知道她是谁吗？”

“没有身份信息。跟另外几个一样是裸体。我们已经把照片在警察内部分发了，看有没有人在附近见过她。这个照片不能让媒体看见，她的样子太惨了。”

尼娜一手使劲捋着一头的短发，一边在原地来回踱步。“还有什么我不知道的？”

德莱尼扯了扯胡子。“媒体已经发狂了。餐厅的一个服务员把尸体的事情发到了推特上。我们把那片区域都用警戒线围起来了，但是整条街已经被记者和看热闹的围得水泄不通了。”

混乱起作用了。“这肯定就是他想要的结果。”

“医护人员来了，”德莱尼说，“他们要给你做下检查。”

她后退了一步。“我不要任何人碰到我的手，等鉴证技术人员来给我的指甲取了刮片再说。”

德莱尼点了一下头。“正在赶过来。”

“撞得挺严重啊，”一个医护人员看着她的太阳穴说，“还要检查一下你的瞳孔。”

她站着没动，让他把她的眼皮一个一个掀起来，再用一把小手电照着看。他对结果挺满意，又把两根手指按压在她的一只手腕上。

急救人员忙着做检查，尼娜继续和德莱尼对话。“我差一点就逮到他了。”她听从指令把脑袋向两侧各偏一下。“妈的，我跟他讲西班牙语，他却用英语回答我的时候，我就应该意识到情况不对了。”

“不要太自责，”德莱尼说，“我也没想到。我俩都在忙着研究那个信封。”

她见到的市政工人伪装看上去跟多年前折磨她的那个魔鬼截然不同。“我心里想的是个白人。我肯定是自动忽视了他，因为我一门心思想的都是要救哪个被他盯上的可怜女孩了。”

“他的样子跟我们得到的描述完全不一样，”德莱尼说，“估计是抹了深色的粉还是什么东西。”

她已经在思考另一个困扰她的问题。“我晕过去以后，他轻而易举就可以拧断我的脖子。为什么他没有杀我？”

德莱尼摊开双手，耸耸肩。“他跟你说什么了吗？”

他庞大的身躯压在她的身上，嘴唇几乎贴着她的唇的感觉一下回来了。“时机未到，小‘女战士’，不过快了。很快了。”他的双手越来越紧地箍着她的喉咙，他呼出的热气拂过她的脸庞，还有他在她耳边说出的最后几个字——想起这些，她的心跳越来越快。“你会再次属于我的。”

他对她许下了承诺，做出了威胁。

他说的话没有透露跟侦查有关的内容，什么新线索、新视角都没有。但只要公开，她就很可能被踢出专案组。她会成为更多流言的目标和臆测的对象，这些都会干扰她的工作能力，影响团队的分析水平。她会私下跟队友讲的，但绝不会让外人知道。

“没有。”她把头转开。“他没说什么。”

22

尼娜看着波士顿应急行动中心内一张张憔悴的面孔，整个房间里都是沮丧的气息。她在案发现场接受了医护人员给她做的检查，让物证科的人员取了她的指甲刮片，然后又填了报告，说明为什么开枪。这边对“密码”的搜索还在继续展开。

波士顿警方、马萨诸塞州警方、联邦探员都已经全线出动，在城中布下了天罗地网，尼娜觉得自己被边缘化了，写完初步说明就迫不及待地想要和德莱尼一起回应急行动中心汇报。

中心的大屋里堆满了最先进的技术设备。多幅超大屏幕挂满了一整面墙，不同的视频信号源将各个摄像头的角度拼在一起，把整座城市的不同区域同时呈现在眼前。警民协同操作着一整排终端，从各个源头汇集着信息。

屋里本来充斥着忙忙碌碌的嗡嗡声，突然之间响起一声尖叫，是坐在侧墙边一台亮着的屏幕面前的一个普通工作人员发出的。

“我这儿有东西！”

尼娜转过去，看见一个身材挺拔的女子，棕色的长发整齐地梳到脑后绾成了一个髻。

“我们拿到了‘枪声定位’的录像。”她从椅子上跳起来说着，然后把鼠标在键盘旁的垫子上滑动、点击，接着指向巨大的墙上屏幕。“看这个。”

多个视频源合并成了一个视角，播放出“密码”冲进画面里，给一群猛冲过来的警察指了指巷子，尼娜躺在那里还没完全恢复意识。

“看看他接下来做了什么。”这名波士顿警局视频技术人员的声音听起来有些激动。

“密码”沿着街道一阵快跑，飞快绕过一个转角，又进入了另一个摄像头的监控之中。技术人员已经把各个片段拼接好才展示给大家，所以看到的是不明疑犯逃跑的完整时间线。尼娜跟大家一起，看着他躲开路上的车辆，开始沿着另一侧的人行道不慌不忙地走起来，估计是为了不惹人注意。他越走越慢，到人行道中央的一个井盖前面停了下来，然后拉起外套的褶边，露出了腰带。

尼娜眯起眼睛看着他的两只手快速地解开了什么。起初她以为他是在弄一个大块的皮带扣，然后发现他的腰上缠了一根重型链子，还是用一个大钢钩挂住的。转眼之间，他松开了挂钩，把链子从皮带圈里抽了出来。

“他到底在干什么？”肯特对着全屋的人问。

“密码”弯腰把钩子从靠近井盖边缘的一个洞里穿了过去，又站起身来，把链条在右手上缠了两圈，然后左手抓住链条，双手同时握紧一扯。只见他屈起双膝，把井盖拖到了一边，露出了黑暗的圆形下水道口。

“不可能啊，”一名波士顿警局的警官说，“那些井盖都是生铁做的。一个都不止两百磅。”

尼娜没觉得吃惊。她清楚，“密码”有这个力量。

路人似乎都没在意一个身穿黄背心的市政工人爬进了下水道。他的头才下去几秒，链子就像条蛇一样被他扯着绕进了洞里。几下猛拉之后，金属井盖滑过去盖上了，“密码”的整个消失行动以神速完成。尼娜都忍不住感叹他的手段高明。

“狡猾的混蛋，”韦德咕哝了一句，“整套动作可能只花了二十秒。”

“他是有备而来的。”那个波士顿警局的警官说完，转头看着手下的技术人员。“看看能不能通过录像提前搜索出他的逃跑路线，找到那个井盖来逮他。还有，找找他出来的口子。”

她点点头，坐回到自己的终端前面。

“他的计划非常周密，天衣无缝。”肯特说，“我敢打赌，他预先设计了多条逃跑路线。”

韦德扯起嗓门，让全屋的人都能听见他的声音。“这一点今后都要记牢。如果我们跟这个家伙狭路相逢，千万别忘了他很可能是‘狡兔三窟’，有的可能还设了陷阱。”他的目光投向屋里的波士顿警察。“其实，所有进到那个下水道的人都要当心。不明疑犯可能已经准备了龌龊的惊喜，要拖住追捕他的人。”

副警司泰森是目前应急行动中心的波士顿警局高级官员，他很快点头表示认同韦德的看法。“我会通知手下和市政工人的。”

“他在下水道系统里能走多远？”巴克斯顿问他。

“供水和下水系统加在一起，一共有1000多个井盖，穿过全城。”泰森耸耸肩。“说不准他会从哪里冒出来，不过我们这就开始查看市中心的监控系统。”

巴克斯顿继续问泰森：“另外，你们有没有得到最后这名受害者的身份信息确认？”

泰森一边回应，一边示意一名警官走到视频控制面板前。“我们转发了一张犯罪现场的照片给‘侵害儿童犯罪科’。该科的一名警探认出了受害人，她的全名叫丹尼丝·格洛弗，大家都叫她尼茜，十五岁。”

泰森话音刚落，屏幕上就跳出了一张图。这张照片明显是中学纪念册上的，照片上的女孩身材纤细，看上去比实际年龄小。也可能是因为她戴着超大的眼镜，棕色的眼睛让她看上去像只猫头鹰，她的黑色鬈发上还扎着粉色的丝带，显得有些稚嫩。

巴克斯顿转向韦德。“我们现在有三名受害人了：第一个是拉美人，第二个是白人，现在是黑人。这能说明‘密码’的什么情况吗？”

韦德没有立刻答复他的上司，而是看向了泰森。“我们知道哪些关于尼茜的情况呢？”

“原生家庭破裂，长期逃跑。”泰森看着自己的笔记。“她的养母最后一次见到她是在一周前。”

“这就是他发给我们的消息。”韦德对巴克斯顿说，他的语气就好像泰森刚确认了他之前就怀疑过的信息。“‘密码’不在乎她们长什么样，从哪里来。在他眼中，她们并不是独立的个人，甚至不是人类——只是一种类型。”

“什么类型？”

“社会上最脆弱的一部分个体。十多岁的女孩子，暂时无家可归，或者永久地流离失所。”

尼娜想起了跟“密码”在线对话时交流的信息，于是用只有韦德一个人能听见的声音悄悄说：“就像我被他找到时那样。”

他几不可察地对她点了下头。她决定转换话题，把燃起的怒火导向对“密码”的追捕。

“信封里的线索呢？”她问泰森。“检查‘保罗·里维尔之家’和老北教堂的警探有没有传回消息？”

爱国者们用过的信号究竟指代什么，她一直想不通。一盏灯陆路，两盏灯海路。这是个真正的密码啊。“密码”是因为这个原因才提到它的吗？

“什么结果都没有，”泰森说，“侦查人员向讲解员详细了解了情况，仔仔细细把两个地标的每一寸都搜查过，没有任何物品遗失，也没有多出什么东西，没有任何不正常的迹象。”

“把我们甩开了？”尼娜一说完，就意识到自己太不严肃了。“没有别的意思。[1]”

“等等，”泰森忽然激动地说，“发现尸体的那家餐厅叫‘银匠

1　原文的 throw off the trail 一语双关，既有扔出“步道”的字面含义，也有“偏离目标”的引申义。

铺子’。”

尼娜思考着这条信息。保罗·里维尔就曾是一个出名的银匠。“所以，这条线索是要引我们找到尸体？他以前也这样干过。”

韦德摩挲着下巴。“他把信息放在那里，也有可能是为了误导、干扰我们，以防我们破解了线索，在他离开现场之前就到达了波士顿。”

“现实情况正是这样，”肯特说，“你说他会不会知道我们在那里？他会不会有内线消息？”

“你是说，我觉不觉得他是个警察？”韦德抛出了问题，屋里顿时安静下来。“有这个可能，不过我觉得他更像是个警务迷弟，想尽办法监视调查。”

“为什么他不能是警察？”尼娜说。她从来没有想过这个可能性，但是不理解为什么韦德如此确定地把它排除了。

韦德没有立刻接话，似乎是在斟酌该怎么说。他很清楚，这是讲给在场的每个人听的。侧写专家的意见能够左右侦查的走向。

“带有权威气息的职位都对他有吸引力，例如警察、军官、医生或飞行员。但他是个控制狂，又极度自恋，很难服从命令。即便他真的谋到了那样一个位置，也很快就会被撤职或者被开除。”

“你的意思是，他非当老大不可？”尼娜说。

“你们在巷子里的时候，你的反击没能阻止他，对吧？哪怕你拿枪指着他，他也没有丝毫的畏惧。”

她摇摇头。“我觉得他反而更兴奋了。”她犹豫了一下，还是当着众人的面问出了另一个问题。“说到枪的问题，不明疑犯完全可以趁我失去意识的时候拿走我的手枪，但他没有拿。”

“那是因为他喜欢打斗带来的刺激感。近身搏斗，还有扼喉时的亲密，这些更合他的胃口。他是个杀手，同时也是个权力自信型的强奸犯。”

她没太听懂，估计屋里有不少不熟悉他们“心理呓语”的人也感到迷惑。“什么意思？”

“每一名受害者都是被折磨之后才遇害的，她们受的伤都不是死后施加的。”韦德开始侃侃而谈。“他喜欢掌控他人，暴力能让他兴奋，看着受害者痛苦、受罪会让他觉得特别嗨。”

“也就是说，”她说，“他是个施虐狂。”

“不止。极致的权力能给他带来快感。他会让受害者向他哀求，然后施舍给她们一点仁慈，等她们服从命令之后，他再翻脸。他要控制她们的一举一动，包括她们何时、怎样死去。”

尼娜听着韦德的话，发际线上密密地渗出汗珠。每件事、每一个细节都让他说中了。其他几个女孩是不是也被逼向他苦苦哀求？她们有没有放声痛哭？她们可曾咬牙忍受？是不是到头来发现一切都没用？她相信这些她们都经历过。愤怒和耻辱的火焰在她心里熊熊燃烧。

副警司泰森突然发话。“我们眼下还能做什么？”

尼娜第一次见识了韦德在回答这类问题时是多么胸有成竹，这都是多年的刑侦经验、与丧心病狂的杀人凶手过招、亲眼见识了凶残的罪案现场才磨砺出来的。他毫不犹豫就给出了回答。

“满足他的自负。让媒体知道，我们调动了庞大的专案组在处理这个案子。还要给专案组起个名字，跟他给自己挑的绰号杠上，就叫‘密码行动’这一类的。”

他又转向跟一群视频技术人员坐在一起的布雷克。“他一直在常规媒体和社交媒体上跟进，但是这些对他的刺激效果可能已经不够了。调出每个现场的人群照片，再跟我们数据库里的进行比照，看看能不能把我们掌握的形象再提升一下。”

布雷克的脸颊上露出了酒窝。“既然我们拿到了他的DNA样本，完全可以利用预测DNA分析技术来生成一张他的照片——如果我们在罪犯 DNA 数据库里找不到匹配对象的话。”

韦德百分百肯定地回应她。“找不到的。”他转向巴克斯顿。“要查一下最后一分钟才订的、短时间内往返的机票订单。”

“正在查，”巴克斯顿说，“说到坐飞机，我想飞回匡蒂科去，我们所有的资源都在那边。我们跟进所有线索的同时，还可以通过专案组来协调工作。”他看了一眼手表。“我们接下来的任务还很重。”

尼娜明白他说得没错。她低头看着自己通红的两只手，罪案现场的技术人员在她的指甲缝里刮完以后，她就用滚烫的肥皂水死命地一顿搓。太希望能有机会冲个澡，洗掉那个魔鬼可能残留在她身上的全部微粒了。只要想到他触碰过她的肌肤，她就直犯恶心。

他们来波士顿的时候都是成竹在胸，登机那一刻已经感到胜利在望。她信心满满地认为，他们能够逮捕坏人，拯救一个年轻的生命。可是，即便他们全力以赴、抢占先机、未雨绸缪，还是一个目标都没能实现，反而又有一个女孩丧命，“密码”也逃之夭夭。

再次逍遥法外。

23

尼娜扯开包装箔纸，深吸了一口气。“老天保佑波士顿警察。”她撕开一袋芥末酱，把酱挤到层层叠起的胡椒、洋葱和意大利香肠上，然后近乎虔诚地把肉卷送进了早已垂涎三尺的嘴里。

德莱尼的手下把他们送到机场后，又给了他们一个装满潜艇三明治的大纸袋。“湾流”飞机起飞后，巴克斯顿就把大袋子咚的一声放到了座椅中间的小桌上。

布雷克冲着尼娜竖起一道眉毛。“妈的，丫头。”她还是拉长声调说的。妈——的。

尼娜对着韦德抬了抬下巴，那边已经有半个潜艇三明治下肚了。“离开洛杉矶就没吃上这么好吃的东西了。”

“布丹面包店”里的酵母面包碗配蛤蜊浓汤已经是遥远的记忆了。

肯特笑了起来。“我就喜欢胃口好的女孩子。每次约会遇到只点沙拉配酱汁的女的，我都特别生气。显得我像是个在啃肋眼牛排的穴居人一样。”

“别这么糟蹋自己嘛，”韦德包了满嘴的食物说，“你至少已经进化到旧石器时代了。”

巴克斯顿在纸袋子里翻来翻去。“有没有蛋黄酱啊？”

布雷克递了两包给他。“法医那边有没有消息过来啊？”

“我们已经让 DNA 检查加急了，”巴克斯顿说，“只要有数据库里的能匹配上，我都会很快收到消息的。”他使劲想撕开一个塑料袋。“另外，波士顿警局有没有把运送冷藏箱的录像给你？”

布雷克放下手里的三明治。“他们给了我一个闪存盘。不明疑犯很老练。我们发出去了一名蓝眼睛的白人男性的合成图，嘱咐了警察要在‘自由之路’密切留意这样一名男性，可他竟然打扮成拉美裔的送货员，开着面包车把受害人的尸体留在了撒冷街。”她拉开一听苏打水。“食品配送车都在餐馆和咖啡店背后卸货，他就这么混了进去。”

“他就是条他妈的变色龙。”巴克斯顿说完，直接放弃了手撕蛋黄酱包，改用牙齿咬开。

尼娜咽下一口潜艇三明治。“那他从下水道逃走的录像呢？市内监控有没有发现他？”

“那块儿还没有新发现，”巴克斯顿说，“不过波士顿警局追查到了他驾驶的那辆送货面包车，就丢弃在距离餐馆半英里的街边。”

“是租来的车？”尼娜问。

“他在洛根机场附近的一家租车公司租来的。”巴克斯顿说着，终于用牙齿咬开了酱包的一角。“波士顿分局的探员刚发了一份租赁合同的扫描件到专案组的数据库。”

“我可以通过我们的服务器打开文件。”布雷克边说边打开了笔记本电脑。她敲了几秒钟键盘，接着把屏幕转过来对着大家。“看来他是用吉耶尔莫·瓦尔德斯这个名字租的面包车，驾照是佛罗里达州的。”

大家都凑上去仔仔细细地检查那张驾照上放大的人像，不明疑犯就是用它来租的面包车。

尼娜差点被一片嫩煎洋葱呛住。“那是朱利安·泽兰的照片，租车公司的人都没认出他吗？这五年上映的所有动作大片里都有他。”

“这个机场人很多，”肯特说，“租车公司生意好得很。他们面前可能都排着长队，一个个出行的人都气冲冲的，只想用最快速度办完手续。”

“不明疑犯是故意选泽兰的照片贴到假驾照上的，”韦德说，“他在朝我们比中指哪。”

肯特把嘴一噘。“等消息一传开——准保会传开——泽兰就会把赏金提到100万。”

“也许正合不明疑犯的心意，”韦德说，“抓贼小分队的人就更多了，这水也就更浑了。”他暗暗骂了一句。“我们也许该给泽兰打个电话。”

尼娜的注意力全在他们要继续处理的问题上。“我猜驾照上这个迈阿密的住址也是伪造的？”

“我们通过专案组给迈阿密-戴德县警局发了正式要求，让他们过去看看，”巴克斯顿说，“什么都查不到。他可能是随便选了个地址。”

“他肯定有什么门路，能搞到可以乱真的假证件，”肯特说，“他的手段很多啊。”

驾驶舱门打开了，大家都抬起头来。“有您的电话，长官。”副驾驶员把一个卫星电话递给巴克斯顿。“是DNA个案工作科科长。”

巴克斯顿拿起电话放到耳边，副驾驶员退回了驾驶舱。“请稍等。我把免提打开。”

他把电话放到桌上，按了正面的一个图标。“我和匡蒂科小队都在。请讲。”

“我是多姆·范宁。”电话里传出低沉粗哑的男声。“我们的系统检测了从格雷拉探员那里得到的样本。”

尼娜屏住气听着，不知道不明疑犯会就此有了姓名，还是仍然只是一堆密码。

“没匹配上，”范宁说，“罪犯数据库里全都没有。我们已经向有合作关系的家谱DNA商业服务公司发出了请求。我单独跟对方说明了情况，他们也同意加急出结果。48小时之内，就能知道有没有家族性的匹配了。”

巴克斯顿沮丧地叹了口气。“至少现在我们有他的基因档案了。”

“不止这一样，”范宁说，“几分钟前，我接到了痕迹物证科的来电，他们一直跟我们的波士顿证据恢复组有协作，也想看看跟我们分析过的 DNA 之间有没有什么关联，因为他们的检测结果……说得保守一点，有点出人意料。”

“他们发现什么了？”巴克斯顿问。

“埃米琳·贝克科长请求直接通话，以便直接跟您解释。”

巴克斯顿向范宁道了谢，挂断了电话，然后在通信录里查到号码拨了过去。尼娜在一边思索着范宁汇报的内容。并没找到匹配的 DNA，但显然波士顿分局的证据恢复组已经发现了痕迹物证，而且有所斩获。

卫星电话的扬声器里传出一个清脆的女声。“我是埃米琳·贝克。”

巴克斯顿报明身份，接着直奔主题。“我听说你有波士顿案件的相关信息要汇报？”

“我们的发现很重要。我想尽快提醒您。”

大家交换着激动的眼神，都知道痕迹物证科收集了编号的人体和动物的毛发、天然和人造的纺织纤维与面料、木质的还有其他物件，可以用来跟罪案现场的样本做比照。重要的线索有可能来自波士顿现场的任何位置。

巴克斯顿双手搭在桌上。“你们找到有用的痕迹物证了？”

尼娜紧盯着电话，迫不及待地想要听到案情有何突破。

“格雷拉探员咬过不明疑犯的手套，扯下了几丝纤维。她示意过把纤维吐到了人行道上，我们的物证技师就去采集回来了。那些纤维是一种生产面料上的，跟我们数据库里现有的一个样本完全匹配，要不然我们没办法这么快就给你们回复。”

巴克斯顿清了清嗓子。“你们已经做过冗余检验，确认了检测结果？”

贝克毫不犹豫地回答：“是的。”

“总共有多少起关联案件？”巴克斯顿问。

贝克顿了好一阵才回答：“总共有 36 起凶杀案。”

24

这个消息让大家由兴奋变成了震惊。

尼娜第一个开口。“36 起凶杀案？”

韦德眯起双眼。“你们数据库里的面料会不会正好是‘红区搏击装备’用的？”

“没错，”贝克说，“这是个专利配方，其他人都不用。就像指纹一样。”

“不可能，”肯特看着韦德说，“没理由的。”

尼娜盯着他俩左看右看。这明明是个好消息，他俩为什么都一脸的沮丧？

巴克斯顿的注意力全在电话上。“你们联系起来的凶杀案中，有没有梅甘·萨默斯的案子？”

尼娜记得这个女孩子的名字，那时候她还是个巡警，没加入联邦调查局。特区都会片区的全部警力都出动去搜寻那个“首都环线跟踪狂”。他的恐怖阴影散去的时候,全区的人仿佛集体松了一口气。她努力想要拼出谜题的答案，但又似乎缺了点什么，就是拼不出完整的画面来。

“有的。”埃米琳·贝克的声音从扬声器里传出来，打断了她的思绪。“我们这就重新检查特区和旧金山的案件，把所有细枝末节的痕迹物证都重新上传到我们的系统里。既然我们已经知道在每片大海里要捞的是哪根针，也许我们能找出相同的纤维。不过也不敢打包票，毕竟两地的罪案现场都有那么多的交叉污染。”

“那波士顿的受害人呢？”巴克斯顿问。

“她脖颈被勒的那一圈皮肤上有极细微的纤维匹配上了。这一次他处置尸体之前，可能没找到机会擦拭身体。”

“有进展随时告诉我，”巴克斯顿说，“完整报告出来以后，发一份给我。谢谢你的提醒。”他挂断电话，转身看着团队。“可能性有多大？”

“什么的可能性？”尼娜脱口就问。

肯特回答急促，听上去很紧张。“两名连环凶犯，作案手法相同，穿戴相同的、不知名品牌的综合搏击装备，同一时间作案。”

“除非他们是同伙，”韦德说，“有过先例的，连环凶犯联手作案。”他一只手从头发中穿过。“但所有特征都证明，这是单人作案。我确定。”

“我本来也很确定，”肯特说，“现在不了。”

“我没搞清楚状况呢，”尼娜说，“谁来帮我捋捋？”

巴克斯顿转头看着她。“‘首都环线跟踪狂’的案子你了解多少？”

她没有立刻回答，回想起了那个专找少女下手的暴虐杀手，当时一片人心惶惶。“我在费尔法克斯县做巡警的时候，他非常活跃。因为他在马里兰州、特区和弗吉尼亚州这几个辖区都作过案，我们最初并没有想到这些案子之间有关联，一直到‘暴力犯罪逮捕计划’匹配到他的作案手法中有一些共同特征。”

有一点她没提：他挑来下手的那些女孩子，最初都没引起多少关注。“我记得他在六七年里杀害了大概有 20 名受害人，之后我们才把信息拼凑出来，媒体一下就炸了。后面又有 10 人遇害，引发了极大的恐慌。”

“你记得案子是怎么结的吗？”巴克斯顿问。

她一顿，想起了更多细节。“‘首都环线跟踪狂’自杀了。他的尸体旁边就躺着他最后一个受害人，名字叫……”她猛地看向韦德。

他的脸上没有一丝血色。“钱德拉·布朗。”他帮她说出了受害人的名字。

两个人对视着，都没有移开目光。她很想猜出此刻他在想什么。布朗案对他造成了很长时间的困扰。这下她明白巴克斯顿问可能性有多大是什么意思了。她转回头去看着他们的上司。

“如果不可能有两名杀手拥有相同的作案手法，那就只存在两种可能性。”她竖起一根手指。“我们漏了一个联合作案的同伙。”她再竖起一根手指。“或者，我们找错了人，真正的杀人犯这两年一直逍遥法外。”

“还有，”巴克斯顿不动声色地说，“韦德探员和联邦调查局都被布朗一家起诉了。”

“我记得。”布雷克说着，草莓金色的眉毛皱到了一起。“因为她父母的虐待和看护失责，儿童保护服务处把她从父母身边接走，送去了寄养系统。整整七年，她的亲生父母都没有跟她说过话，也没有过问她的状况。”

“她死后，他们就跳出来了，”巴克斯顿说，“他们的律师怪罪整个系统和系统里的每个人。他们还起诉了州政府，说他们监管不力。”

“最后韦德成了他们的挡箭牌。”尼娜说。

“我做出了错误的判断，”韦德说，“钱德拉的死责任在我。对跟踪狂的描述跟萨默斯案件中描述的情况不匹配，他的行为模式也很不一样，所以我没有把它跟‘首都环线跟踪狂’的连环案件联系起来，直接把案子甩回到蒙哥马利县警察那儿去了。”

大家都没作声，让他缓了缓，又继续平淡地讲下去。

“说不上哪个环节出了问题，就是没有人跟进钱德拉的案情。两天之后，她被杀害了。”

巴克斯顿摘下眼镜，使劲捏着鼻梁骨。“布朗家的律师每开一次记者招待会，联邦调查局的名誉就遭受一次重创。实验室的新发现又让全部的调查结果站不住脚。”他暗暗骂了一句。

“如果真是那样，我也有责任，”肯特说，“韦德调离了犯罪行为分析组，我接手了他的工作，其中就有‘首都环线跟踪狂’那件案子的最终分析和收尾工作。”他咬紧了牙。“如果有问题，该由我来发现。”

原来挥出最重要那一棒的是肯特。钱德拉遇害时，她自己刚开始探员的申请流程，一直不知道继韦德的当众陨落之后，是谁接手了调查。

“不是这样的，”韦德说，“我调走了你才来的，你进得晚。我跟了这个案子好几年，最应该发现问题的人是我，结果我没做好。”韦德的前额渗出了汗珠。“不好意思。”他起身穿过通道往洗手间走去。

“这些案件的时间跨度有十年，”肯特等韦德走远了才接着说，“凶手使用了很多种方法：勒杀、钝器击杀、颈椎骨折，有的受害者被打伤过，有的被割伤过，但他的杀人手段都不会弄脏现场，没有射杀、捅杀这样的方法。我们花了很长时间才确认，这是连环作案。他非常小心，从没留下 DNA。”

“你们怎么把这些案件联系起来的？”尼娜问他。

“通过痕迹物证。好几个案发现场都出现了独特的纤维。说不定还有更多的受害人。我们获得的信息，都来自地方警局鉴定科从每个案子中收集、处理、保存的物证。”

尼娜努力想跟上思路。联邦调查局当时并没有跟地方警局共享全部线索，所以她之前从没听到过这些细节。“这些纤维的独特之处在哪里？”

“‘暴力犯罪逮捕计划’给了我们第一组纤维的匹配信息后，我们向各个地方警局发出请求，那些还没侦破的杀人案，只要受害人符合基本描述情况，都把样本提交上来。”肯特把身体往前倾了倾，强调说，“连环凶犯可以改变作案手法，但改不了作案动机。”

“为什么？”

“杀人者的作案手法就是如何实施犯罪，这是他们的方法手段，他们可以通过积累经验去改变。但是，他们的作案动机，则是为什么要杀人。每一个杀人者的深层驱动原因都是独一无二的。我称这种驱动原因为发痒，它是不会变的。”

“发痒？”

“大脑通过神经发出致痒信号，那种刺激感可以通过几种方式来消除。可以对皮肤进行掐、打、拍、挠，甚至可以靠意念止痒。不过你肯定也发现了，一旦挠起来就很难停下，发痒总是反反复复的。”

“所以，连环凶犯跟其他杀人犯的区别在于，他们只要挠过一次，就得一直挠下去？”

“没错。这就是为什么仔细分析第一次谋杀最为关键。凶犯还没能把实施过程做到毫无瑕疵，还没来得及精进作案手法，这个时候就比较容易找出他的作案动机——他想挠的痒。想通了这一点，识别出不明疑犯的概率就大一些了。”

“这跟‘首都环线跟踪狂’的案子有什么关系？”尼娜说。

“这就是为什么韦德会这么自责。他跟我讲过，他把注意力过多放到了手法上，没有好好分析动机或受害者心理学。那个‘首都环线跟踪狂’专门掠捕处于危险中的少女，但杀人的方式变化多端。这就是为什么要在特区、马里兰州、弗吉尼亚州出现了 20 多起凶杀案之后，我们才意识到这是连环案件。”

肯特给了她新的启发。她思考着韦德曾经面对过怎样的困难。“韦德假设的是受害者的情况差不多，因为‘首都环线跟踪狂’很容易对她们下手，而且都要失踪多天之后才会有人报道，被人注意到。”

“执法部门花了太长时间才把信息碎片拼凑起来，终于明白，不明疑犯的‘痒’是他挑中的受害者的类型以及去折磨、玷污她们的需求。韦德非常自责，认为应该早一点想通这一点。”

“纤维是怎么指向一名疑犯的？”

“痕迹物证科从各个有样本的罪案实验室把所有纤维全都收集过来进行处理，追查到了费城的一家纺织厂，他们在制造过程中用到了这些化学制品。费城分局的一名探员去纺织厂讯问了负责人，得知那是特区的一家服装制造商要求他们研发的制造流程。制造商对弹性、颜色和耐用性都有明确的要求。那人在打造一条综合搏击拳手专用服装和装备的生产线，他起的名称是‘红区搏击装备’。他叔叔在特区开了一家场馆，叫‘铁围笼中心搏击俱乐部’，他打算把这块市场拿下来，专门推销他的新业务。”

她记起了“首都环线跟踪狂”以前在综合搏击圈里相当出名。有段时间出现过反对的呼声，认为这样的打斗比赛会在参赛人员中引发极端的攻击性，但反对没能维持多久。科学家、研究人员都不能确认竞技体育与暴力之间的关联性，反对声也就消失了。

肯特又继续讲起了往事。“韦德跟主要办案探员一起去讯问那个制造商，才知道他的产品卖得一点都不好。他的生产成本竞争不过海外厂家，日常开销又太高。十年前他的厂子就已经倒闭了。他叔叔提出把他的存货买下来——差不多等于白送了。”

“你们就是这样追查到那一家搏击俱乐部的？”尼娜说。

“我跟韦德和那个办案探员一起去俱乐部讯问那个叔叔。我还记得他，那人叫索伦蒂诺，而且他把从他侄子手里买下的存货基本上全都卖给俱乐部的拳手了……价格还不便宜。”

“真行啊。”

“有本事。但是他说，他从来不保留销售记录，也没有收据，根本记不清谁从他那儿买过东西。”

“他就一个名字都给不出来？”

“我们威胁他，说找国税局的朋友来查他的账，差点把他吓坏了。他卖这些装备好多年了，每一笔都是现金交易，赚来的钱从没交过税。他从侄子那儿买下装备的时候也是付的现金，所以查不到任何钱财记录。他肯定就是这么计划的。他还跟我们说，他卖各种各样的装备已经有十多年了，买家也有一百多个了。”

尼娜翻着白眼说：“一点用都没有。”

“岂止是没用，”肯特说，“我们去了之后，钱德拉·布朗立刻就遇害了。我确信索伦蒂诺提到我们在四处打听，要不然就是‘首都环线跟踪狂’看见了我们，知道我们在逼近了，于是决定在停手之前最后下一次手。至少他留的字条上是这样说的。”

她一直想知道字条上的内容，但从来没有公开过。“字条上还说什么了？”

肯特看了她一眼，眼神里有些戒备，尼娜顿时大气也不敢出。他有可能觉得她想要质疑他的调查结果，她也可能真有点持怀疑态度。

他叹了口气。“字条是打印的，我特别讨厌这一点，但是他认下了36起凶杀案，给出的细节也只有凶手才会知道，我们从没有向媒体透露。我们获得了能串起全部案件的物证、一份认罪书，还有最关键的一点——再没有女孩被杀害了。”他把双臂往胸前一抱。“结案了。还有什么必要继续查下去？”

“确实没必要。”尼娜说。她看出了他表情中的伤痛，知道他免不了也会感到自责。

“我对我们的侧写数据库进行了常规的事后行为分析，”肯特说，“他有很多攻击性方面的问题，因为对女性施暴而被捕过几次，似乎反感权威。这些都对得上。”

“但你也提到，钱德拉·布朗之后就再没有女孩死亡了，对吧？”

肯特长叹一声。“现在，我只能说她是我们已知的最后一起死亡案例。”

“现在全都说得通了。”韦德已经悄没声地沿着通道走回到大家身旁。“他是个变色龙，可以改换外貌、出行工具和行为模式。”他的两手紧握成拳。“两年前，他交给我们的是个替罪羊。”

韦德憔悴不堪的脸上写满了急切，就像一个罪人在努力寻求救赎，迫不及待地要为自己的错误辩解似的。“大多数的连环凶犯受到同一个动因的驱使，都会去重复自己的行为，这样就形成了他们的犯罪模式。”他提高了音量。“这样说的话，‘首都环线跟踪狂’的模式可能就是他会不断地去改变的。要不是有取证，我们根本没办法把这些凶案联系起来。各个案件之间的差别都太大了。”

“如果‘首都环线跟踪狂’和‘密码’是同一个人，那他又改变模式了，”肯特说，“过去他是低调行事，现在却是关注度越高越好。”

“我还不打算接受我们面对的是同一个凶手这个判断，”巴克斯顿说，“格雷拉探员也提到了，很可能是一对搭档，现在剩下的那个同伙自己单干。这样也能解释从完全隐蔽到最大程度曝光这样一种转变。我们需要更多数据才能得出可靠的结论。”

机舱里一时没人说话。尼娜发现韦德在盯着巴克斯顿看。

韦德眯起双眼看着上司。“你不想让我再跟这个案子了。”他非常确定。

巴克斯顿注视着韦德，然后说：“这个事情我们单独聊吧，韦德探员。”

“谁听见我都不怕，”韦德说，“这个案子得由我来办。我非找到他不可。”

“这不是你一个人的事，”巴克斯顿说，“事关调查。”

两个男人都紧盯着对方、互不相让，尼娜在一旁思考此时的状况。巴克斯顿想要甩开韦德，因为他已经受过伤了。说不定哪天，巴克斯顿又会觉得，伤得最重的是她。如果连韦德都算个累赘，自己在他眼里也好不到哪里去。

她仔细地看着韦德的侧面。这么多年都在研究疯子和疯子干出的疯事情，他的沧桑憔悴一望可知，而他脸上的每一道深深的皱纹里都刻着痛楚，因为他知道，他救不了所有人，有的疯子并不会受到正义的惩罚，“密码”就是其中的一个。

他就是逃脱掉的那一个。

这个念头让她想起了“密码”写给她那张留在索菲娅·加西亚－菲格罗亚嘴里的字条。突然之间，她知道杰弗里·韦德博士得留下来办这个案子了。她也一样。

她面向巴克斯顿。“韦德研究不明疑犯这么多年，他比局里其他任何人都更了解他。”她瞄了一眼肯特。“无意冒犯。”

“没事。”肯特说。

她重新看着巴克斯顿。“既然现在我们知道我们在对付什么，韦德就可以再根据他的笔记更新侧写。”

巴克斯顿竖起一道眉毛，一脸质疑。“我们需要一个全新的侧写。从零开始的。肯特探员可以来完成。”

尼娜知道自己越界了，但还是步步紧逼。“我们大家可以一起来完成这幅画像。”她拍拍胸口。“我是唯一一个从他手上活下来的受害者。”她伸手指着韦德。“他是做最初的侧写的。”她最后指着肯特。“尸检是他做的。”

“你是说你们各有所长。”巴克斯顿说。

巴克斯顿开始权衡她的意见，大家都静静等着。尼娜发现韦德若有所思地看着她，不解地竖起两道眉毛，但一言未发。

巴克斯顿长叹一口气。“行，你们组队画出一幅新侧写，同时后续的案件现场你们都要去跟进。”他的表情严肃起来。“但是，一旦我察觉到任何麻烦的迹象，或者你们当中任何一个人受到更严重的困扰，又或者我认为你们继续参与会破坏调查，不管是谁我都会毫不犹豫地让他出局。”

大家都点头同意。

韦德转头看着她，两人在这一刻达成了共识。让他俩都受到不可逆转的伤害的，是同一个男人。“密码”，他俩都让他从自己手上逃走，又有机会去继续折磨和杀害更多无辜的受害者。对每一个逝去的生命，他俩都觉得负有责任，也正因此，两人现在拥有一个共同的目标。

这个魔鬼，既是她的，也是他的。

25

那天夜里,“密码”站在围笼里,为即将发生的事情做好了准备。他已经仔仔细细地把训练绑带绕着指关节和手腕缠得比平常稍微高了一点，既不会被人发现，又可以盖住尼娜留下的抓痕。他一定会加倍赐予她伤痛，以示惩戒。与此同时，他自己也要为先前在波士顿表现出的软弱付出代价。

他纹丝不动地站着,等待着向他直挥过来的一记凶狠的上勾拳。对手的拳头套着无指拳击手套砸在他脸上，猛力一击让他的脑袋立刻朝后仰了过去。他跌跌撞撞走了几步，接着倒在了垫子上。

裁判一脸了然地看着他，观众集体屏住了气。他在这个竞技台上已经打得太久了，早已是传奇般的人物。没有哪个拳手能与他比肩。谁都做不到。慢慢地，像是从远方传来的鼓点，接着声响越来越大，节奏越来越强，观众开始齐声呼喊。“奥丁！奥丁！奥丁！”

用北欧之神的名字做自己的搏击名号，这样的做法过于莽撞，但谁也没有笑话他。甚至都没有人会露出笑容。大家都怕他，这样才对。

他躺在地上做出了决定。允许尼娜·格雷拉打败自己，他为此接受了惩罚。这家伙自称“女战士”，她哪里了解真正的战士。让他来告诉她吧。

他站起身来，走到自己的角上，放任怒火在心中燃烧。他已经向愤怒的黑暗力量敞开了胸膛，与它融为一体，让它把今晚他将要施加的惩戒烧得滚烫。他转身瞪着对手那双精明的眼睛，它们让他想起了他父亲的双眼。裁判在两人之间来回走动，“密码”却回忆起了父亲给他的最后一次惩罚。他当时十七岁，个头不大但很结实，他们在北弗吉尼亚州的房子非常大，亲爱的老父亲命令他去房子最边上的棚里。

“把衣服脱了，臭小子。”他父亲说。

他听话地把T恤从头上扯了下来。

那双深色的小眼睛满含鄙夷地看着他。“锦标赛为什么输了？”

他知道找借口没有用。“他的战术比我好。”

“你他娘的还知道啊。”父亲说话的时候，嘴里发红的烟头上下弹动。“那个孩子是四岁的时候从加尔各答街头领养来的，你知不知道？”

他没有回答。

“我倾家荡产养育的纯种马，输给了一匹劣马。”父亲一口啐在他脚上。“优质基因啊，他们说的。”他恶心地摆着头。“你可不是随随便便一辆皮卡后座上怀下的杂种。你必须全方位出色。”父亲拿一根胖手指戳着他。“结论只有一个，你没有努力，没有进取。”

他很清楚接下来会发生什么，只是直直地盯着前方。

“没啥要解释的？”父亲朝他脸上喷了一口烟。“我们就来看看你到底是个什么东西。”他把烟从嘴里扯出来。“你给我站好了，做你自己的主宰，做疼痛的主宰。”

父亲走到他身后。

发红的烟头烫上来的第一下就让他发出了惨叫。白热化的疼痛强过了父亲过去用皮带、拳头、电线施加的所有折磨。他痛苦地闪躲着。

“我操，臭小子，你啥时候学会站着不动、老老实实受着，我就啥时候停手。”

烟头又烫在了他的另一边肩胛骨上，灼烧着他的皮肉。他拼命站着不动，满头的汗水顺着脸颊往下淌。紧咬的牙齿挤得大牙生痛，但他没有哭出声来。倒不是因为哭了会有严重后果，只是他们在房子的最边上，根本没人会听见他的哭声。

父亲退后几步，他能听见老头子在他背后猛吸了一口烟，脑子里已经补出了烟头通红发亮的画面。“有进步,不过你还是动肩膀了。我不想看见你有丝毫的退缩。”

父亲把烧红的烟头摁在了他后背的正中。他没有出声，只听见自己的皮肤嘶嘶作响，发出一股焦肉的气味。

这一次，他做到了纹丝不动。一滴眼泪从他脸颊滑落，他逼着自己抽离思想，到自己打造的未来去寻找慰藉。他忍着、扛着、盘算着，丝丝入扣，关于父亲的死法。

观众的呼声把他拉回了现实，裁判正高举着摆动的手臂，示意拳手可以重新上场了。

“密码”飞快地跨出两步，缩短了跟对手之间的距离。观众发出震天的掌声、吼声和跺脚声，他的脉搏迅速加快，像过了电一样。他们很清楚奥丁会做什么。他能感觉到面前的男人也清楚他会做什么。他像吸气一样吸纳了对手身上散发出的恐惧，让它滋养自己嗜血的欲望。

这个男人即将接受最后的审判，尼娜·格雷拉也一样逃不掉。他同时思考着摧毁两个对手的最佳方法。怎样做伤害最大？让他们彻底失去战斗力？

电光火石之间，他有了主意。就在他飞起一脚踢向对手的心口那一瞬，他想到了如何击垮尼娜的意志。就像今晚场馆里这些嗜血的观众一样，全世界都在围观他与“女战士”的围笼对决。

观众想看好戏，他就让他们好好看一场终生难忘的戏。

26

次日

匡蒂科联邦调查局学院“密码”专案组

巴克斯顿的临时办公室就在专案组办公区旁边，中间摆着圆形的会议桌，尼娜在韦德旁边坐了下来，又看了一圈组里的人，第一次有了归属感。肯特端着一个“美国海军”马克杯在喝黑咖啡，眼镜上都是水雾。布雷克合上了常开的笔记本电脑，满怀期待地抬起了头。韦德把笔记本放到了桌上。所有人的眼睛都盯着仿佛没睡过觉的上司。

巴克斯顿揉揉后颈，又把头左右拧晃了几圈。“专案组已经熬了一个通宵。”大家刚坐定，他就开口了。“在我们参加今天的第一场情况说明会之前，我想先直接跟你们四个谈谈。负责案子的助理局长昨晚看到了新闻，现在要求每天向他汇报进展。”他叹了口气。“我要花更多时间去开会和参加电话会议了，所以我要确保每个人都知道。”

他的食指落在他面前的桌上。“这个团队是主导，一切的信息输入和输出都要经过你们四个。”

布雷克顿时竖起了眉毛。“可我是网络犯罪科的，”她说，“不属于犯罪行为分析组。”

“我们还有大量形象需要整理，格雷拉探员可以多跟不明疑犯进行直接的信息沟通，”巴克斯顿说，“我不想按部就班地慢慢等了。我昨晚跟你的上司说过了，你有视频鉴证和网络侦查的双重背景，最适合参与这次的任务。她已经同意临时将你调到‘密码’专案组。”

布雷克笑出了两个酒窝。“我会竭尽所能配合大家，将这个混蛋绳之以法。应该有人来吊销他的出生证明了。”她咧嘴笑着。“长官。”

“我一直在查看‘密码’的社交媒体账号，”尼娜说，“波士顿之后他就没再更新了。”

她醒过来之后就一遍又一遍地翻看他的各个平台，不知道在又一次凶杀并成功逃脱之后，他会说些什么。

“公共事务办公室在跟社交媒体团队协作，”巴克斯顿说，“各个新闻频道都在反复播放这个新闻。我估计他们是希望‘密码’直接跟他们联系。”

“他可能还在路上。”布雷克说。

韦德沉着脸看了她一眼。“他可能又在动坏心思。”

肯特又把马克杯端起来。“他以往的模式是在每个罪案现场留下一条线索和一个截止时间。”他若有所思地埋头盯着杯里的深色液体。“波士顿的现场留下了押韵的字条，我现在觉得那样设计是为了引开大家的注意，方便他抛尸。他并没有留下任何线索。”

“我相信全城的人都找过。”尼娜翻了个白眼。“泽兰刚刚宣布，他把赏金加了一倍，加入搜寻的人就更多了。”

韦德点点头。“一百万元的赌注，人们都会失去理智的。”

肯特看着巴克斯顿。“我们联系过泽兰吗？”

“洛杉矶分局的人这会儿就在他家，正在劝他理智一点，”巴克斯顿边说边翻开了他的皮壳文件夹，“我们来头脑风暴一下接下来的几个侦查步骤，待会儿我再报给整个团队。”

韦德第一个开口。“我想再跟索伦蒂诺聊聊。我们一直没能好好问他话，因为那次刚找他问完就结案了，但我一直觉得他知道的比说出来的多。”

“我们应该去他家里找他，”肯特说，“上次我们去了俱乐部，没隔多久就有一个女孩遇害。我们不应该在那里露面了。‘密码’

有可能收到风声，又一次下手。”

尼娜头天晚上没怎么合眼，一直躺在床上思考自己在波士顿回来的飞机上学到了什么。“我们初步的推断是‘密码’当时在俱乐部，看见你俩讯问索伦蒂诺，所以把他的凶杀案全都嫁祸给了另一个拳手？”

“或者他俩共同作案，”布雷克说，“然后他把全部责任都推给了同伙。”

“不是这样的。”韦德提高声调打断了她。“我昨晚又把手头的档案看了一遍。我现在无比确定，‘首都环线跟踪狂’是个独立作案者。”

韦德这是把残存的信誉全押在他的分析上了。要是他这次又错了，他在联邦调查局也就干到头了。

“我们持开放态度吧，”巴克斯顿对韦德说，“我们不应该去搏击俱乐部讯问索伦蒂诺，这一点我同意。去他家，不要被人知道。”他朝尼娜偏了偏脑袋。“让格雷拉探员跟你一起去。”

她发现韦德用眼角余光扫了她一眼。他们的首次组队问询，应该很有意思。

巴克斯顿接着又向肯特交代。“重审一下‘首都环线跟踪狂’的尸体旁边留的那张自杀字条。把它跟我们从‘密码’那儿收到的信息做一下语言对比分析。希望能多点儿证据证明他们就是同一个人。”

“收到。”肯特说。

“我也想看看那起案件的档案。”尼娜说。

“我回头给你一个U盘，把资料全部拷给你。”巴克斯顿说完，又转向布雷克。“找视频鉴证科，重审一下——”

有人敲会议室的门，一下打断了他。

“进来。”

“不好意思，长官。”一个身材高挑、苗条，穿着浅粉色上衣的女子探头进来说，“公共事务科一直在找您。他们说眼下时间很紧张。”她说完就轻手轻脚地关上门，不见了。

巴克斯顿揉了揉充血的双眼。“我的手机他妈的响了一整晚。我就静音了十分钟，说开个短会，就这样了。”他从兜里掏出手机，长长地叹了口气。“四个未接来电。”

他把手机放到桌上，敲了敲屏幕。“我是巴克斯顿，现在开着免提。”

“我是公共事务科的奥弗迈耶。”电话那头传来一个男中音。“我们发现不明疑犯在所有已监控的平台上都有活动。我们认为不算违法。”

“他在说什么？”

“他准备发布一个视频，这会儿正在拿这个视频说事。网络犯罪科在努力对他进行卫星定位，但他好像在用一系列不同的服务器更换路径。”

“视频可能会是什么内容？”巴克斯顿问。

“他没有多讲，只说大家都会想看，是跟格雷拉探员有关的。”

众人的眼睛都看向尼娜。她感到口腔发干，手心冒汗。“密码”这下又在给她挖什么坑?

“我们一直在联系您，”奥弗迈耶又说，“估计你们也想第一时间看到视频。他随时都可能发到‘脸书’上。”

“谢谢。”巴克斯顿挂断电话。

布雷克打开笔记本电脑，登录“脸书”，点开不明疑犯的主页。一条配图的视频信息弹了出来。布雷克把图片点到全屏，四个白色粗体的字在黑色的背景中格外清晰。好好看片。

屏幕上的字消散了，几秒钟后，一个视频取而代之。尼娜心惊肉跳地凑近显示器。一束亮光从上往下照在一个年轻姑娘的裸体上，她脸朝下趴在一张钢桌上，手腕和脚踝分别被绑在长方形桌面四角的四根金属柱上。

尼娜盯着屏幕，目瞪口呆，恐惧像巨浪一样扑打过来。一个她做梦都想忘记的声音突然响起，强烈的恶心感扼制得她无法动弹。这个声音她昨天才听过。

“密码”的声音。

“你知道谁会来救你吗？”他问那个绑在桌上的女孩。

尼娜看着十六岁的自己在镜头前被摊开，裸露着、颤抖着，那样不堪一击。那是她的曾经。

那个魔鬼走到镜头外，影子落在她的小腿上，他俯身过来低声说：“没人会来。”

女孩扯着绑带，手腕都磨破了。

魔鬼又出现在镜头里，抬高了嗓门。“你离家出走了，你知道谁会在意吗？”他顿了一下。“没人会在意。”

女孩更加用力地做着无谓的挣扎，无能为力的愤怒让她发出了一声哭号。

“你知道你死了谁会为你流泪吗？”他继续无情地折磨着她。“没人会为你流泪。”

女孩扭头看着他，两眼冒火。

“你知道这些都是为什么吗？”这一次，他没有等待她的答复。“因为你是个垃圾。”

听着他低沉的轻笑声，女孩的脸颊上滚落了一滴泪珠。

尼娜硬生生压下涌上喉头的怒气。她并不知道“密码”把整个过程录下来了，她的视线范围里没有摄像头。此刻，几百万人都会看到她遭受的折磨，这是比公开处刑更糟糕的公开羞辱。这些年来她一直隐藏的私密的痛苦马上就会暴露在全世界人的眼前了。

所有人都会看的。

就像她的队友们此刻被屏幕吸引一样。就像她自己一样。没人能抗拒在眼前一点点呈现的恐怖场景。

魔鬼从左边进入了画面。他高个子、宽肩膀，衬得趴在桌上的女孩像一只纤细的蝴蝶被钉在板子上一样。他背对摄像头，披了一件黑色斗篷，风帽套在头上。

他抬起一条胳膊，套着蓝色乳胶手套的一只大手从宽大的衣袖里伸了出来。他弯腰去触摸女孩光裸的后背。

“这些真漂亮，”他说，“都还很新鲜。”

他的一根手指顺着一排排鲜红的鞭痕和红肿的裂口慢慢摸着。“跟我说说，皮带抽到你背上的时候是什么感觉。”他压低嗓音，像是在轻声责问。“你哭没哭？”

女孩没说话，只想躲开他的触碰。

“真希望授予你这些伤痕的人是我啊。”他一边说，一边拖着指尖缓缓从她的脊柱上划过，停在一处与新伤交错的发白的旧伤痕上轻轻摩挲。“不过，我已经为你制订了计划。你的余生……哪怕只剩几个小时……都是我的了。”

尼娜恨不能立刻关掉笔记本电脑。直接把屏幕合上。可那无异于有枪指在脸上，自己闭上双眼罢了。子弹并不会因为自己没看它，就停止洞穿自己的肌肤。它会继续往前，飞入她的心脏，将她撕成碎片。

“要不要向我求饶啊？”这个声音很柔和，像丝绒的轻抚。“求我吧。说不定我会放过你。你是真的很可怜啊。”

那一刻的记忆如潮水般涌上来，尼娜顿时满眼含泪。她记得接下来发生的事情。

魔鬼往后退了退，打火机的咔嗒声在一片寂静中清晰可闻。接着，他的另一只手出现在画面里，指尖随意地夹着一支点燃的烟。

“求……求……求你了。”女孩说。

“嗯，不行，小垃圾。这样是远远不够的。你可能还没想明白自己目前的处境。你得多用点心。也许这样可以让你看清楚。”

男人把发红的烟头摁在她左肩胛骨的正中。女孩挣扎着尖叫起来。

屏幕上顿时没了图像。

乌黑的背景上又像之前一样出现了白色的文字。

想看接下来发生的事情就点“赞”。集齐1000个“赞”，我就发布后面60秒的视频内容。

房间里的每双眼睛都从屏幕转过来望着尼娜，每张脸上都写着震惊和恐惧。这样的表情，她在给她验伤的警官和社工脸上都见过，她明白下一个表情会是什么。

同情。

愤怒与屈辱在她心里交织着，四面的墙仿佛都在向她推挤过来，让她透不过气。她得离开这个房间，逃得远远的。

布雷克眼里闪着泪光，一只手颤抖着朝她伸过来。她张嘴想说点什么，却一个字也讲不出来。

尼娜抬起巴掌示意她停下。“离我远点儿。”她猛地站起身，满腔怒火地看着其他人。“你们都他妈的离我远点儿。”

大家都没动，也没说话。

她一把拉开门冲了出去。

谁也没拦她。

27

十二分钟后，尼娜飞奔出了更衣室，迫不及待地想要逃离这栋令人窒息的大楼。她也不知道要往哪里跑，任凭双脚带着自己狂奔。

令人闻之色变的联邦调查局障碍训练场位于匡蒂科的弗吉尼亚丘陵地带，人称“黄砖路”，总长 6.1 英里，全在丛林里。要想成功走出训练场，必须得战胜全程的身心挑战。

她跨过一个平地戳出的树桩，继续向前奔跑，深一脚浅一脚地踩在崎岖不平的路上。她跃过一扇模拟窗户，攀过一面网墙，蹚过一摊水坑，来到一根爬绳下。她抬头望着高耸在面前的嶙峋的石壁，心里盘算了一下，就用手抓紧粗绳把自己往上拉，一直拉到可以踩上陡峭石头上的一个小支撑点。她就这样抵着陡峭的石壁，手拽脚蹬地继续往上，直爬到双肩和大腿都火辣辣地疼。终于快到头顶上方支出的石壁边缘的时候，尼娜听见一阵脚步声。她仰头眯起眼睛一看，一个人影正往下看着她。

韦德蹲下来。“你还上不上来了？”

她不想，也不需要任何人来陪。“你怎么找到我的？”

“换了我也会来这里，”他说，“我从训练场终点往起点跑的，估计迟早会遇上你。”

“走开。”

“上来吧，我们聊聊。”

她踩到石壁上一蹬，靠着双臂把自己往上拉。“韦德，我现在没心情听你扯那些胆小没用的废话。”她一边把自己往上拽，一边嘟哝着。“我不需要帮助，也不要谁来陪。”

韦德没动。

她骂了句脏话，继续脚蹬手拉往上攀，直拉得胳膊上的每一条肌肉纤维都开始抽搐。眼看壁顶马上就到了，她又对上了韦德的双眼。他伸出手就可以轻松将她拉上壁顶，但他就站在那里望着她。

也许他真能理解她。

她猛地伸臂抓住上方的壁顶，曲着已经力竭的肱二头肌硬把上半身甩到了壁顶上。喘了两口气之后，她再把两条腿都翻了上来。

韦德继续蹲着，低头看着她，满是褶子的脸上没有什么情绪。“我不是来拉你的，格雷拉。”

“走开，”她喘着气说，“滚你妈的蛋。”

他指着主楼。“你跟我回去，我就走。”

她坐起身。“你管我干什么？”

“这个世界上，最想抓住这个家伙的就只有你和我了。”

她不屑地哼了一声。“所以还是为了你自己。”她站起来，擦掉手上的泥土。“钱德拉·布朗的案子又要卷土重来了，你怕自己这次又抓错了人。”

看到他有一丝闪躲，尼娜知道自己的狠话奏效了。她这会儿正在气头上，谁撞上来谁倒霉。她也知道这样做不对，对韦德不公平，可她警告过让他走远点的。

“你要这样想也行。”他站起来面对她，脸上带着痛楚。

她的语气缓和了一点。“我想一个人待会儿。心理学博士一定能理解的。”

他审视了她好一会儿才开口。“我知道这样说很没人性，但是我不能答应你。团队需要你。现在就需要。巴克斯顿觉得你挺不住了。从来没有哪个探员受过这样的当众折磨之后，还要接着去调查折磨自己的罪犯。”他一只手插进头发里，她慢慢发现了，这是他感到恼火时的标志性动作。“他妈的，尼娜，我在局里的时间比巴克斯顿还长，这样的事情我也从来没有见过。他想让你靠边站，我能理解，但是我不赞成。”

“他怎么说的？”

“说你不适合再去讯问证人、嫌疑人，还有其他任何人。”他抱起双臂。“你今后就在华盛顿分局办公室里协助调查，不再出外勤。”

巴克斯顿已经撂下狠话了，团队里不管是谁，只要不利于调查的，都得出局。他俩站在树林中间，紧盯着对方。她想起了他们在波士顿回特区的飞机上的对话。昨天，巴克斯顿拿韦德当靶子的时候，她替他说话留住了他，因为整个联邦调查局里跟她一样迫切想要抓住不明疑犯的人，就只有他。

现在，韦德用同样的话来劝她。他说得一点没错，他承受过的公开羞辱，她马上也要去面对。不明疑犯已经将他俩都伤得体无完肤了。

韦德并不是她的敌人，可她刚才一顿发火，已经把两人在飞机上才达成的脆弱联盟破坏了。她继续盯着他。她羞辱他的时候，他没有掉头走开，也没有反唇相讥。她已经用尽全力想赶走他了，可他还是一动没动地站在这里，一双灰色的眼睛凝视着她，一脸的深不可测。

“两年前我犯的错不只是钱德拉·布朗案，”他温和地说，“我也错看了你，现在巴克斯顿又在犯同样的错。”

她终于问出了这个问题——从肖娜告诉了她录用的真相那一刻起，这个问题一直令她百思不得其解——“你为什么要毙掉我的心理测评结果？”

他闭上眼睛揉着后颈。“我在工作中见过了太多创伤，太多最最恶毒的人性犯下的罪行。我深挖过那些道德沦丧的掠食者的内心，那些把小孩子当作掠食对象的畜生。”他沙哑地低语着。“你在这一行干太久，你的灵魂就会被他们肮脏的心灵玷污。”

韦德的话匣子一打开，似乎就停不下来了。她也没有插嘴，一边听他讲，一边试着从他的角度来认识自己。

“准备给你做心理测试的时候，我就看过你的档案，”他说，“调查员把你的绑架案报告、警察给你拍的照，还有你被绑架之前在领养系统遭受虐待的急救记录都装进去了。”他看着她的眼睛。“还包括你背上那些伤疤的来历。”他伸出一只手像是要去拍拍她的肩膀，但好像思考了一下，又把胳膊垂回去了。“还有逼得你逃出集体之家的环境说明。”他摇摇头。“我没办法把那些信息跟我在访谈室里看见的那个人画上等号。我对你格外挑剔，想深挖一下你专业的外表下面隐藏着什么。”

“你觉得我是个定时炸弹，只要压力对了，随时可能爆炸，是吧？”

“对不起，尼娜，”他说，“我现在才发现，有一点我当时没考虑到。心理学家研究了太多失调、神经官能症、应对机制的问题，基本上都不对这个特质抱有奢望。可你不同于我考察过的任何人，你拥有一个强大的特质。”他像看珍稀物种一样看着她。“韧劲。”

“韧劲。”她嚼着这个词。

“人类的残忍程度可以超出想象，但人类的力量也是无穷无尽的。你不仅没有沉沦，反而从罪恶中绽放出了花朵。”他的声音渐渐有了温度。“从你入职以来，我一直在追踪观察你。没错，我是想看你什么时候会崩溃，会脱轨。我暗暗地想证明自己的判断是对的，我知道这样的想法很阴暗。可是，你让我知道自己看错了。联邦调查局不能没有你。”

她低头看着地面，不太习惯听到这样的赞扬。不过韦德似乎还没说完。

“这次的调查也不能没有你，”他接着说，“在特区那条巷子里，是你发现了垃圾箱上的第一条信息。第一个破解波士顿线索的也是你，而且你没有给巴克斯顿打电话邀功，反而第一时间给我打了电话。这就是搭档该做的事。昨天在飞机上，巴克斯顿想把我踢出这个案子的时候，你替我发了声，这次轮到我为你发声了。”

她抬起头看着他的眼睛，他也没有闪躲。明知道所有人都见过了她的屈辱和伤痛，她还能在全世界的注视下继续面对那个魔鬼吗？可要是无法面对他，她又该如何面对自己？

28

尼娜推开门，大步朝着专案组开阔的办公区走去，韦德紧紧跟在她身后。迎接她的是整个忙碌的办公区，各团队的探员聚在一起，有的在埋头处理表格，有的在翻看文档，有的在敲击键盘。她仰头深吸了一口气。对面墙上超大显示器的屏幕分成了四个区，各自定格在视频的不同画面，其中一个是“密码”的图像，他庞大的身躯罩在斗篷下面，只露出一只戴着手套的手，手上捏着一根点燃的香烟。另一个画面是一张特写，女孩的左腕用尼龙绳绑在桌角的金属柱上。

她顿住脚，一时迈不动步子。先是有一名探员注意到了她，用手肘碰了碰身旁的人，那名探员又顶了顶另一个人。慢慢地，沉默像病毒一样传遍了整个房间，让所有的讨论、所有的活儿都暂停了下来。

巴克斯顿正在一个角落里打电话，看见尼娜立刻对着手机说了两句就挂断了。他把电话塞进腰带上的一个夹子里，朝她走过来。“去我办公室。”

她跟着他穿过通道，韦德的脚步声稳稳地跟在后面。

巴克斯顿从行政助理身旁走过，她赶紧在尼娜经过的时候埋头看着自己的键盘。

她得习惯这样的反应了。

“进来，把门关上。”巴克斯顿说完，望向尼娜的身后，立刻皱起了眉。“我想单独跟格雷拉探员聊两句。”

她扭头一看，除了韦德，布雷克和肯特也跟着她进了这间临时的主管办公室。

“我们要跟她一起。”肯特说。

布雷克点点头。

巴克斯顿竖起一道眉毛，像是在问尼娜的意见。

“我希望他们留下来。”她说。

“行。”巴克斯顿走到他们一起看视频的那张桌子旁边。大家都坐了下来。

他对着尼娜说：“格雷拉探员，你肯定也猜到了，我抽调你到犯罪行为分析组参与临时行动之前就看过你的档案了。你的所有背景信息，只要跟‘密码’相关的我都需要了解。”他深吸一口气。“我在档案里看到的内容……说得轻一点，让人很难受。你经历的那些、你遭受的那些，都是非人的待遇，更何况你当时才十六岁。”

她点点头，无话可说。

“我是你的上司，我关心你的身心健康和幸福。现在公众都看到了视频，这对调查可能产生的影响我如果视而不见，那我就没有尽到责任。你怎么到犯罪现场去做讯问，怎么应付媒体？”

她想要打断他。“长官，我——”

他抬起一只手。“你跟韦德探员在外面的时候，我最后一个小时都在处理视频带来的影响，网上已经转疯了。”他恶心地撇着嘴。“公共事务办已经被媒体的各种要求炸翻了天。我建议网络犯罪科联系各大社交媒体平台，要求他们封掉‘密码’的账号。现在他的文档里已经看不了原视频了，但是那个视频早就被下载转发了无数次，谁想看都能看到。”他的表情严肃起来。“至少，这个混蛋还没集满 1000 个赞，没机会发后面的 60 秒。”

尼娜刚松了一口气，马上又轻松不起来了。她已经从“密码”手上逃脱了两次了。他一心要报复，总会找到办法公布视频的剩余内容的。

巴克斯顿继续严肃地说：“局长亲自来过电话，承诺全力支持我们，所有的资源都对我们开放。”

局长也在关心她，尼娜既感动又觉得无地自容，连局长也看到了那个视频。

“我向他保证了，你只会以顾问的身份继续参与办案，”巴克斯顿说，“你也不会再出外勤。”

从看到视频开始就一直在酝酿的怒火腾地冒了起来。“你让我出局，究竟是为我的健康着想，还是因为我给局里丢脸了？”

她想起了加入联邦调查局第一天就灌输给她的口号。绝不能让联邦调查局蒙羞。小小的行差踏错无关紧要，这次的过不去了。

巴克斯顿瞪大了双眼。“格雷拉探员，我有理由认为你现在情绪低落，否则的话，你的行为就是在藐视领导。”

跟特工督察对着干没有好处。尼娜深深吸了口气，压下心头的懊丧。“长官，眼下我最需要的就是继续和团队一起努力，逮住‘密码’。”她刻意没说对我下手的那个人，希望能显得专业而客观，尽管她根本做不到保持客观。

巴克斯顿似乎没有买账。“只要你去讯问，人家脑子里都会有那个画面，公众的注意力都在你这个人身上，不会好好回答你的提问。探员的形象要客观中正，你做不到啊。”

她努力想把自己的短板说成是财富。“我们整个团队都可以客观中正，恰好需要一个完完全全主观的人，这个人还直接跟‘密码’打过交道。”

韦德清了清嗓子。“长官，我能不能说两句？”看到巴克斯顿点头，他开始替尼娜争取。“那个视频证明，有些事情格雷拉探员一直没说。有些细节她回忆不起来了，这并不是她的错，但我相信，如果她直接参与办案，一定可以回想起来。我建议，她继续留在团队里。”

她不确定要不要感谢韦德用这样的方式来保她。为什么他要提起她的记忆空白？他到底是在帮她还是在毁她？“你觉得我没说什么？”

“你从来没提过，他叫你‘垃圾’，”他说，“这个信息很重要。”

因为那个视频，她可以透过“密码”的眼睛来回看自己扭曲的记忆了。破碎的画面像潮水一样扑来，一波又一波，将她淹没，让她慢慢低下了头。

她想起来，逃出去以后，警察问她各个细节。她讲述着恶心的经过，全身都在颤抖。可她没脸重复他叫她的那个词。

垃圾。

她用尽力气把往事推回心里那个无底洞，在最不堪回首的日子里，就是这个无底洞陪她熬过来的。过了一会儿，记忆的潮水终于退去。

“这个称呼对他有特殊意义，”韦德说，“视频里面，他提了好几次。过去调查你的案子的人都不知道他那样叫过你。你明白那个词的重要性吗？”

她抬眼看着他。“在特区发生的第一起凶杀案的现场，你有过怀疑，说不明疑犯在那天晚上绑架我之前就了解我的背景。”她很平静地说。

“索菲娅·加西亚－菲格罗亚是在垃圾箱里找到的，”他说，“我分析了已知的事实才得出那个结论。”

她当时反对那个结论，因为她不愿意相信。如果“密码”连她是个丢在垃圾箱里的弃婴都知道，那说明他掌握了大量关于她的敏感信息，那么他很可能就是她生活中的一个角色。她想换个解释。“有可能是因为他认为女孩子都是任他支配的。他对她们用完就丢，就像丢垃圾一样。”她轻轻拍着胸口。“不单是我，他对所有女孩子都这样。”

“那么，索菲娅凶杀案的其他细节全都是针对你而精心策划的，唯独他选的抛尸地点是巧合？”

她只能接受这个可能性——韦德一直都是对的。她的脑子切换到了分析模式。“他怎么会知道我的过去？”

“是的。”韦德摩挲着下巴。“他们的调查方式完全错了，都在找十一年前抓走你的一个随机的陌生人。万一他既不是陌生人，也不是随机的某个人呢？万一他认得你，盯准了你呢？”

“我逃跑之前并不知道自己会逃。”她想得有点迷糊了，低声嘀咕着。“他又怎么会知道？”

“根据你当时的陈述，他抓走你的时候，你已经在街上流浪好几天了，”韦德说，“也许你就是他的捕猎对象。他显然对你很痴迷，现在也是如此。”

此刻的尼娜觉得自己不配当战士了。那个词很可能让一切变得不同，可她因为感到太羞耻就没把它说出来。十六岁的她不懂得警察如何办案，不知道那些表面看上去无关紧要的细节可以为一名敏锐的警探提供大量的有用信息。十一年前、四天前，要是那条线索可以让调查的走向彻底改变呢？那三十六名无辜的女孩会不会现在都还活着？

最糟糕的问题是，她怀疑自己没告诉警察他那样叫她，是因为她心里隐约觉得他叫得没错。她就是没人要。现实已经多次证明了这一点。她就是个垃圾，毫无价值，所以才会被扔进了垃圾堆里。

他们今后会怎么看她？是不是他们眼中的她就是那些她再也藏不住的伤疤？

“密码”想把她拽回去，让她重新成为视频里那个惊恐万状的女孩，孤单、屈辱、无助。他选的受害者都是他觉得不配活着的。他窃取了她的一部分人生，改变了她的余生，但他别想再继续那样对待她或者其他任何人了。她一定会阻止他。

她缓缓扬起下巴，毫不闪躲地盯着巴克斯顿。“长官，我抓住不明疑犯的胜算是最大的，这件事我非做不可。”她摊开双手。“把我踢开根本没用，‘密码’还是会把我扯进来的。”

“他对格雷拉探员非常痴迷。”肯特第一次开了口。“他根本不会忘记她。”

“我不会躲在桌子后面，寄希望于他找不到我。”

“她说得对，”韦德说，“他早晚会直接来找她的。这也是她需要跟进办案的原因。”

她没有再说话，等着巴克斯顿重新考虑他的立场。

“你的经历比我听说过的任何探员的都更惨痛，”巴克斯顿终于开了口。“我需要知道，你究竟能不能应付接下来的情况，因为后面的状况会加倍糟糕。”

她挺直了身板。“不管他有什么阴谋诡计，我都能应付。”

“要应付的不只是‘密码’一个人。”巴克斯顿的脸上疑虑重重。“还有其他探员和公众。这样的公众监督程度……整个联邦调查局都从未有过。”

韦德清了清嗓子。“我已经接受过公众和内部对我的监督，”他说，“她是我的搭档。”他朝尼娜偏偏脑袋。“我全力支持她。”

她本来已经做好准备独自面对视频带来的后果，这些年来基本上所有事情她都是这样独自面对的。但是现在，她的身旁有了韦德这个心理学家、探员和自封的混蛋。

“我也全力支持她。”肯特说。

“还有我。”布雷克也说。

办公室里一片安静，似乎连尼娜的一条腿在桌下发抖都能听见。她只能竭力控制住自己，等着上司做决定。

巴克斯顿长长地叹了口气。“我又得再打一圈电话了。”他打量了她一眼。“你可以留在团队里。”他扫了一圈桌边的人。“你们可以走了。”

大家都起身往外走。尼娜走到门口的时候，回头看见巴克斯顿抓起了桌上的电话。就那一瞬间，她发现他布满皱纹的脸上闪过了一丝不易察觉的微笑。

29

尼娜开着光滑的黑色塔赫，一踩油门，赶在道路变成单车道前绕过了一辆缓慢前进的皮卡。“真不敢相信索伦蒂诺住在离特区这么远的地方。往返得多费劲啊。”

“他本来就是个夜行动物，”韦德坐在她旁边的副驾驶座上说，“工作时间跟常人不一样的，一般都是从傍晚到凌晨两点，上下班高峰对他来说不是问题。”

她瞄了一眼仪表盘上的时间。“他可能中午才出门，这会儿应该还在家。”她转到一条小路上，听见韦德哼了一声表示同意。

他们故意没给索伦蒂诺打电话安排见面，就是想要在离俱乐部远点的地方打他个措手不及。这一步棋是经过了精打细算的。

她感谢了韦德在巴克斯顿面前力挺她，也谢谢他要求推进计划，带她一起去讯问搏击俱乐部老板。出发前，他们先花了一小时的时间来研究这个约瑟夫·托马斯·索伦蒂诺，所有线索都显示，这家伙是个老油条。

这种人她很熟悉。总想着投机捞钱、钻空子，最气人的是，一到关键时刻，二话不说就出卖朋友。

尼娜一边放慢车速，一边浏览地址，最后开到了一幢不起眼的两层小楼前面，楼前有一块没怎么拾掇的草坪，中间无精打采地长着一排杜鹃花。她转到开裂的水泥车道上，把 SUV[1] 停了下来。

“我听你的指令，”她说，“你之前就讯问过他。”

“情况不容乐观啊，”韦德说，“他上次可没讲多少实话。”

1　多功能车。

她解开安全带，推开车门。“我们要跟他透露多少情况？他肯定会问问题的。”

“越少越好。”

两人疲惫地走过断裂的石板路，来到一块满是污泥的水泥板上——这也勉强算是门廊了。尼娜按了按门铃，屋里传出一阵小狗的尖叫声，听上去特别刺耳。

房门“吱呀”一声打开了一道差不多两英寸的缝。一个六十多岁的老妇人，穿着一件粉色雪尼尔睡袍，趿了一双棕色拖鞋，斜着眼睛看着他们。“我不想要。”

她正要关门，尼娜把一只脚塞进门缝里，亮出证件。“联邦调查局尼娜·格雷拉探员。我们要找约瑟夫·索伦蒂诺谈谈，他在不在？”

老妇人眯缝着泪汪汪的眼睛，仔细看了下证件，咧开嘴咯咯大笑起来，把她的三只小狗都吓得不敢出声了。“我就知道！”她扭头朝身后大喊。“乔，给我滚下来。联邦调查局来人了。你这回又干什么蠢事了？”

尼娜跟韦德交换了一个眼神。看来，乔的老婆不会替他打掩护。

“我把狗带走。”她说着就把门砰地关上了。

尼娜扭头问韦德：“你不会觉得他想从后门逃掉，对吧？”

韦德苦笑了一下。“他要是想跑，他老婆一定会揭发他的。”

门后一阵狗吠声和拖着地走路的脚步声响过之后，房门终于又开了。尼娜看过索伦蒂诺驾照上的照片，认得他。他身材魁梧，一张胖脸上长着一个大鼻子，还有两道花白的浓眉，正在打量着他们俩。

“是您啊。”他像是在跟韦德打招呼。“我没别的可说了。”

看来他已经记住了韦德，又或者是联邦调查局的造访让索伦蒂诺难以忘怀。

“我们能进去吗，索伦蒂诺先生？”韦德问。

索伦蒂诺一脸恨不得当着他们面摔上门的表情，但又好像改了主意。他后退几步。“当然可以。”

他们跟着他走进乱七八糟的厨房，站在一旁看他把一摞报纸和一株枯盆栽推到一边，这才在餐桌旁腾出了一点位置。一只死蜘蛛从桌边掉下来，砸进了摆在地板上给狗喝水的碗里。

索伦蒂诺伸出壮实的胳膊，示意请他们坐下，但没打算给他们倒水喝。这样正好，她是绝对不会喝他递过来的任何东西的。

“你还记得两年前我们在你俱乐部里的谈话吧？”韦德说着，在一把破烂的梯背椅上坐了下来。

索伦蒂诺挤出一张苦瓜脸。“记得一清二楚，就跟我记得上一次痔疮发作一样清楚。”

“我们想聊聊你卖出去的那些货。”

“不是吧。”索伦蒂诺向前一倾，椅子在他肥胖的肚皮下面凄惨地吱嘎作响。“我跟您讲过，自从上次您和另一位探员来找过我以后，我就没再卖货了，别的我什么都不知道啊。”他抬起右手像是要起誓，一看就是个骗子。“我发誓。”

“不要紧，我们再来捋一遍。”韦德把笔记本扯出来翻开。“上次我们谈话的时候，你说是从你侄子那里拿到手套的。”

“对，我兄弟的小孩，萨米·索伦蒂诺。他破产好长时间了，我就帮他一把，把他的存货买下来了。”

韦德轻轻一弹，把半圆形的阅读眼镜打开戴上，然后翻着笔记。“你以每件百分之五的价格买下来，再拿去俱乐部里卖。”他从眼镜上方望过来。“按全价卖的。”

索伦蒂诺清了清喉咙。“挣点小钱也没什么不对，是吧？”

“缴了税就对了。”

“咳，这个问题已经聊过了啊。”索伦蒂诺扬起嘴角，露出一个最不容易让人生疑的笑容。“你们答应了对我网开一面的。难道就因为我在自己的地盘上卖点运动装备，你们现在又要来翻旧账了吗？那些货质量很好，大家都喜欢啊。我又没有占谁的便宜。”

“除了你侄子。”尼娜忍不住要去气气他。索伦蒂诺应该对自家人好点儿才对。“为什么那些手套你能卖掉，他却卖不掉？”

她这一提问肯定把他吓了一跳，瞪大了双眼像是才注意到她。“嘿嘿嘿，你不是那个有名的联邦调查局小妞儿吗？”他打了个响指。“‘女战士’，没错。”他好奇地打量着她。“你想不想来场围笼比赛？我们可以按特殊赛事来宣传，绝对能把票卖光——去他娘的，票价可以翻倍。”

她眯起了眼睛。“索伦蒂诺先生，相信我，我对你的围笼比赛没有丝毫兴趣。”

“你确定吗？你虽然个子小，但我看过你在公园里暴揍那个家伙的视频。我敢打包票，联赛中大部分女拳手都打不过你。”

她估计他也看过“密码”发布的另一个视频，知道可以免费获得知名度，靠卖票赚一大笔。他很会算计，可惜脑子不太好使。

“你是不是没听见我说的话？”她恨不能用格洛克手枪的枪筒帮他掏掏耳朵。“我不会在你俱乐部里打比赛的。别的俱乐部也一样。绝对不打。”

索伦蒂诺耸耸肩。“吃亏的人是你。”他不情愿地又提起了话头。“不管怎么说，大家都认识我。我办俱乐部也不是一天两天了，他们都信得过我。只要有两三个人试过手套，消息立刻就传开了，其他人也都来问了。那我还能怎么办啊，找上门来的生意都不做吗？”

“你卖了多少副？”韦德问。

“几副。”

韦德又看了看笔记。“上次你说的是五十多副。”

“噢，如果算上拳击手套和战术手套，确实有这么多。”

“战术手套？”

"'综合搏击'的拳击手套都是无指的，"索伦蒂诺说，"我侄子又用同样的材料做了些全指手套，想着也许还能卖给部队或警队，结果也没成。"

"你从来没跟你侄子讲过你的销售情况？"

"哎，他都已经在税单上申报过损失了啊。我要是跟他分账，肯定会给他惹上国税局的麻烦，那又何必呢。"

尼娜翻了个白眼。"你可真是有良心啊。"

"你把手套卖给哪些人了，我们需要名字，"韦德说，"别说你不知道。你这样的人一定会留记录的。"

索伦蒂诺两手一摊。"您看看周围。我像是个会整理的人吗？"

这还真有点道理。

韦德没有松口。"你是个商人，知道怎么记账。可能一纸搜查令能从你的文档和电脑里翻出更多信息。"

"我不需要联邦探员再给我做肛检了。你们上次啥都没找着啊，这次一样找不到的。"

韦德顿时一脸怒气。"因为你全都没有入账。"

"因为没啥可找的啊。"索伦蒂诺说着，抬高的嗓音透出一股真正的腐败分子才有的激愤。"哎，我自己的生意我都会记账，可这不是我的生意啊。这是我侄子的。我的想法是，我卖出去的都用来填补最初投出去的钱了啊。"

韦德看出来这条路走不通了，又问："你有俱乐部的时间安排表吧？可以看哪些拳手哪天晚上比赛的？"

"当然啊。您想看多久的？"

"你能查到多久的？"

索伦蒂诺大度地张开双臂，摆出一副本分的样子。"可以查到十二年前，我把拳击俱乐部改成了综合搏击俱乐部，那个时候我就开始卖手套给拳手了。"

韦德有点着急地倾过去。“时间表在不在这里？”

“我都保存在俱乐部的电脑上的。可以邮件发给您。”

“千万别忘了，”韦德说，“今天就发。”

“这么着急吗？”索伦蒂诺的神色从戒备变成了算计。“哎，你们在追查那个叫‘密码’的连环杀手。我这边跟那个案子没有丝毫关系，对吧？”他的两只圆眼睛转来转去地看着他俩。“我要是提供了信息，就应该得奖励，对吧？你们看，那个好莱坞的家伙现在悬赏一百万了，联邦探员出多少呢？”

“我们可是在给你机会，让你能继续经营你的俱乐部，”韦德说，“否则，你就去和比你小一半的家伙共享一间牢房吧，他会愿意向你展示他在真正的铁围笼里的搏击技巧的。”

“不要威胁嘛。”索伦蒂诺举起双手表示和解。“我就随口一问。”

“你现在知道答案了。”韦德递给他一张名片。“两个小时之内，发邮件给我。”他站起身。“还跟上次一样，今天的谈话不能向任何人提起，明白吗？”

“我跟谁说去啊？”索伦蒂诺努力站起来。“上次我就没跟任何人讲过，这次也不会的。说出去对我没好处。”

“跟你老婆也不能说。”

索伦蒂诺摆摆手表示不可能。“我啥都不会跟她讲。你们没用手铐把我铐走，她可要失望了啊。”

他们把索伦蒂诺留在了幸福的家里，朝着 SUV 走去，尼娜边走边考虑眼下的情况。他们从搏击俱乐部老板这里基本上没得到什么信息，不过他的数据资料可能会有用，至少在“密码”活跃的时段里那些在围笼里的拳手都可以排除掉了。

进展不大，她感到有些沮丧。不明疑犯还在继续放实锤，败坏她的名声，阻挠他们查案，同时不断地羞辱她。而她却一直在打太极。

他们已经深度调查了好些天，可他依旧是一条没能破解的密码。

30

一整天都在研究“首都环线跟踪狂”案件的旧档案，尼娜实在太需要好好冲个热水澡了。那次在匡蒂科跑完之后，她在更衣室冲了个澡，可是水温不够高。去讯问索伦蒂诺之前，她还是想办法把自己收拾整理了一下，不过过程并不令人愉快。

那天晚上她回到公寓就直奔浴室去了。洗到一半，门铃响了。头发还滴着水，尼娜把短浴袍上的缎带一系，立刻拿起了手枪。她把武器握在掌心，轻手轻脚地走到门边，踮起脚尖从“猫眼”里往外看。小孔外面能看到的就一头乱蓬蓬的黑发，中间夹了一绺很有艺术感的深蓝色。

尼娜叹了口气，猫着腰去厨房把她的格洛克手枪放进吊柜里，又跑回门口将门一把拉开，让比安卡进了屋。“你不用做作业的吗？”

她刻意保持了轻松调侃的语调，仿佛几个小时之前她并没有当众遭受有生以来最狠的一次羞辱。

“做完啦。”比安卡无缝对接上她的提问。“看见你的车停在外头，就过来看看你。”

“我不用一个十七岁少女来确认我的平安。”

比安卡跟着她走进厨房。“整栋楼都在议论这个事情。”

不需要假装没听懂了。“这也不奇怪。”

“学校里也一样，”比安卡说，“大家在手机上看到视频，都吓疯了。心理学课的教授发现根本没人听课，今天的变态心理学讲座就干脆讲这个了。”

真棒。乔治·华盛顿大学的教授都把她放进课程里了。她想象着坐得满满的大教室里，男生女生一边分析不明疑犯的心理，一边记笔记，然后又觉得听一听老师的看法也许会比较有趣。

“他怎么说的？”

“他基本上就是浪费了我们一个小时的生命，告诉大家‘密码’是个彻头彻尾的怪物。”比安卡摇摇头。“这谁不知道啊。”

尼娜知道比安卡嘴上在讽刺老师，心里其实很担心。她一手扶在她单薄的肩上。“我们会抓住他的，亲爱的。”

比安卡才不会这么轻易就被一句空话安抚到。“这口气真像个‘探女’啊。粉丝团一定会感到骄傲的。”

尼娜眯起眼睛。“粉丝团？”

比安卡从她身旁走过去，拉开冰箱门。“就是一群人啊，崇拜某人或某人做的事情。”

“我知道粉丝团是什么。”尼娜朝冰箱走去，伸出胳膊绕过比安卡，关上了冰箱门。“你有什么事情瞒着我，小比？”

比安卡站直了身体。“别拿你们审犯人那套来对付我。不好使。”

尼娜继续瞪着她。

“也别那样看我。”比安卡一手叉着腰说，“我知道你在干什么。”

尼娜没动。“快说。”

比安卡埋头盯着鞋。“天，要是他们看见你现在的样子，一半人都会脱粉，转去喜欢那个帅哥。”

“等会儿，哪个帅哥？”

比安卡叹了口气，充满了挫败感——她这样的天才少女，还得来一再解释这个。“把你的笔记本电脑给我。”

尼娜从客厅沙发旁的咖啡桌上拿起电脑，放到比安卡伸过来的手上。

“你看，”比安卡敲着键盘说，“有人建了个粉丝主页，列出了‘联邦调查局天团’的阵容。”她把屏幕转过来对着尼娜。“大家都在给自己最喜欢的联邦探员投票。”

尼娜大受震撼，用一根手指头翻着屏幕。身穿制服的联邦探员在各个罪案现场的抓拍照一张张地滚出来。“这到底什么情况？”

“有人拍到你和那个老家伙，韦德探员，在特区、旧金山和波士顿办案的照片，大家都知道是你们两个在主要负责调查。”

“老家伙？”

“但是到了波士顿，我们突然又拍到另外两名探员。”比安卡完全没停下，仿佛尼娜根本没开口。“一个红发妞儿和一个留着《特种部队》里的发型、戴眼镜的大帅哥。”

“你们叫他们‘姜发妞’和‘特种探员’？”

“我没有，”比安卡无比委屈地说，“那些绰号不是我起的。”

“居然还有这种事，”尼娜说，“马戏团的舞台又多了一个。”

比安卡点了点屏幕。“也没人认得那个穿黑西服的高个儿黑人。”

“那是特工督察巴克斯顿，我们老大。”

“知道啦。”比安卡把电脑递给她，从裤子后兜里掏出手机。

“等会儿。你最好别把这个发出去。”

“我？不会的。”

看着比安卡用拇指输入，尼娜隐约有点起疑。“这个联邦调查局粉丝主页是谁建的？”

“我哪儿知道啊。”

这正是比安卡式的坦白——零眼神接触、膝跳反射式的本能否认。

“就是你干的。”尼娜伸出一根手指头戳了她一下。“你和你的小伙伴。”

“那你说，那个变态杀手都有粉丝主页，”比安卡气鼓鼓地说，“他还有个酷炫的昵称，大家都叫他‘密码’。所有这些，好人都不该缺。”

她知道有些连环杀手有人追捧，但还没听说过当前的调查竟有了这样的转折。“‘密码’的粉丝主页在哪儿？”她把电脑推回比安卡面前。“给我看看。”

比安卡又把手机收起来，就由尼娜端着电脑，打开了一个网站。线索的图片和视频纷纷弹了出来。她要把这个主页报告给网络犯罪科。有可能他们已经在监控了，但她得确认一下。

她盖上笔记本电脑，看着比安卡。“有些人会迷上暴力犯罪分子。恶臭的杀人犯在监狱里还会收到陌生人的情书和求婚。”

“我们心理学教授称之为*坏男孩控*。”比安卡撇撇嘴。“迷恋变态杀手、心理有问题的人。我理解不了。”

“帮我个忙，关掉你们的联邦调查局粉丝主页，好吗？”

比安卡又开始看手机，既不回应尼娜的目光，也不理会她的要求。

尼娜抱起双臂。“至少，你离调查远点，好吗？”

“也许你还没注意到，全地球的人都已经卷进调查里啦。你应该庆幸，还有人在做正义的事情。”她的声音一下子哑了。“我就是受不了……他那样对你……”

尼娜上前一步。“小比，还好啦，我——”

“不好，”比安卡说，“这一切全都不好。随你怎么说，我绝对不会袖手旁观，任由那个畜生上传更多折磨你的视频。只要我能帮你们抓住他，我就不会不管。”

尼娜沉默了好一阵，才把笔记本电脑放到了吧台上，坐了下来。她盘算了一下可以告诉比安卡多少信息，然后示意她坐在她对面的椅子上。“我们的团队正在分析视频。有些以前不知道的信息也找到了。我们一定会阻止他的。”

“在他兑现承诺、上传那个视频的更多内容之前吗？”

她咽下一口气，想象着比安卡观看后面60秒的画面。

“请你别管了，小比。我不希望你看他发的东西、读他的信息，或者做任何事情，这些都会毒害你的脑子。把他交给我们来处理。

我们一定能找到他。”

“我可没有你那么信任那帮技术白痴。”

“他们都是业内高手啊。”

“是吗？”比安卡探手到桌子对面打开笔记本电脑。“那他们是怎么漏掉这个的？”她把屏幕转向自己，敲了几下，又转过来对着尼娜。“我猜你还不知道，因为你没有提过。”

她仔细看着图片。“这肯定是有人在恶作剧。”

“这是真的。”比安卡边说边点开一个小视频。“证据在这儿。”

尼娜站起来，怒气冲冲地走到小客厅的咖啡桌旁，抓起手机按下了第一个快捷号码。

“我是韦德。”

她一句客套话都懒得说。“我给你发个链接。”

“怎么回事？”

“不明疑犯留在波士顿那条指引我们去另一座城市的线索，你知不知道为什么我们一直没找到？”

“接着说。”韦德的语气听上去很是戒备。

“有个蠢货录了个视频，把他在离‘自由之路’0.25 英里的一个垃圾箱下面找到一个信封的过程都录下来了，还拿到‘易趣网’上去拍卖。最开始的出价是 2.5 万，现在已经超过 60 万了。”

31

第二天早晨的交通状况简直是噩梦一场，情况通报会都快开始的时候，尼娜还没通过海军陆战队和联邦调查局匡蒂科的检查站。她一路狂奔到日渐壮大的专案组的神经中枢——这座庞大建筑里最大的会议区。

尼娜悄悄溜到韦德和肯特中间的椅子上坐下，又朝矩形长桌对面的布雷克微微一笑。她刻意只看桌首方向，假装没看见那些陌生的探员和分析人员偷偷摸摸瞟过来的目光。她的同事们显然也跟无数陌生人一样，都看过那个视频。

“好了，各位。”巴克斯顿突然打断了周围的聊天。“今天要处理的事情很多。我们尽量快点，以便大家能够分头完成任务。从昨晚‘易趣网’上的丢脸场面开始吧。”他转向尼娜。“格雷拉探员，请你跟大家讲讲，你是怎么发现那个拍卖的。”

“我的隔壁邻居家有一个寄养的十七岁女孩儿，她正在乔治·华盛顿大学读本科。”她苦笑一下，不自觉地扬起了嘴角。“她的智商高得吓人，还有严重的社交媒体沉迷症，是她给我看了链接，我才知道有人发到了‘易趣网’上在拍卖。”

布雷克大声说：“我们跟你邻居同时发现的。”她有些困惑地甩甩头。“这姑娘毕业后应该来局里工作。”

尼娜咧嘴笑起来。“她一定能当上一把手。”

巴克斯顿应该是对她的解释很满意，朝一个跟他隔了几个座、身上的西服略为发皱的瘦削男子伸手示意。“这位是波士顿分局的特工督察杰伊·山村，他们团队在跟进‘易趣网’上出售的那条线索。”

尼娜很惊讶，没想到他没打视频电话，而是亲自来参会了，这也证明了联邦调查局对此次的调查非常重视。

山村放下手中装满黑咖啡的泡沫塑料杯，揉了揉眼睛。“专案组通知了我们信封竞价的信息之后，我们立刻联系了‘易趣网’。他们有严格的政策，禁止售卖非法商品和任何可能诱人犯罪的东西。我们一讲清这个信封是一起谋杀案的物证，他们马上将它下架，还把卖家的联系方式给我们了。”

“不错。”布雷克说。

“原来这个卖家住在林恩，离波士顿不算太远，”山村说，“我们昨晚去他家找了他。”

肯特举起他专属的美国海军陶瓷马克杯，对着空气干了下杯。“我赌他开门看见两名联邦探员，当场就拉在裤子上了。”

山村一时没忍住，笑了起来。

“他怎么说的？”肯特问。

“说他整周都在社交媒体上追这个案子。看见‘酒逢知己’发的答案以后，他就开车去了最近的一个T站。”

尼娜听德莱尼警探提到马萨诸塞湾交通局的快速公交系统时，就叫它“T”，他还跟她讲过，从“自由之路”起点出来，走几步就有一个T站。

“他在‘公园街站’下了车，”山村接着说，“当时想先去面包店买个蓝莓松饼，然后再去步道。他吃完松饼，溜达着走到最近的垃圾箱去扔包装纸。他是个笨蛋，所以把纸扔地上了，但他又是个环保的笨蛋，所以他俯身去把纸捡起来。于是，他就看见了粘在箱底的信封。他说信封晃来晃去的，他一眼就看见了亮蓝色的字迹。”

尼娜和会议室里的所有人都听得入了迷，这故事讲得仿佛他们都能看见当时的混乱场面一样。

“他估摸着那是一条‘密码’留下的线索，”山村说，“于是毫不意外地趁着没人发现就把它扯下来塞自己兜里了。然后他又看新闻追进展，听说‘密码’逃走了，他火速回到林恩，没有联络警方。”

会议桌四周响起了抱怨声。

“他拆开信封，调动起为数不多的脑细胞，冥思苦想了一整天，最终发现自己破解无望，于是又想出了二号计划。”

尼娜偷偷瞄了一眼巴克斯顿，他的神情比山村更疲惫，正拿一根手指头按在狂跳的左眼上。

“我们这伙计估计自己没办法破解线索赢取泽兰悬赏的百万美金，”山村说，“但还想把它卖给那些觉得自己有胜算的人，再赚点钱。”

韦德一脸嫌恶地甩甩头。“于是他就把它挂‘易趣网’上了。”他看看尼娜。“我猜你邻居的养女不太可能在下次‘门萨会议’上碰到他。”

“讯问过程中他的神态如何？”巴克斯顿问。

“没什么特别，”山村说，“他先是装傻，装不下去了就开始问捡到线索的人有没有酬金。”

尼娜愁眉苦脸地说：“这家伙脑子不太好使啊。”

山村斜眼瞄了她一下。“岂止是不好使，简直是让门夹过。”他又喝了一大口咖啡。“讨论了一番联邦监狱的住宿条件以后，我们这伙计决定上交信封……不求回报。”

“信封里装的什么？”肯特问。

“里头的信息又跟不明疑犯之前的模式不太一样。”山村指向墙上的超大屏幕，上面一闪，跳出来一张四乘六的白色索引卡特写。“这一次，他要让人猜谜语找线索。”

找出线索。

后面印了四行加粗的字。

无言静候夜复昼。
守光之人共相守。
眼见船儿去又来。
她心何向最难猜。

索引卡底下是他的时间安排。

下一个人的死期在四天后。

所有人都盯着这条信息，会议室里的气氛顿时阴郁起来。尼娜攥紧了拳头。又是一个期限，又有一个女孩危在旦夕。可他们完全不知道要怎么阻止“密码”的行动。

巴克斯顿沙哑的嗓音透着恼怒。“他妈的，答案在哪儿！”

“我们正在想办法，长官。”尼娜在密码分析组见过说话的这个女的。

“有进展吗？”

她在他的怒视之下不安地扭了扭身体。“目前还没有确切信息。我们觉得‘守光之人’可能是指灯塔看守人，他近期在波士顿活动过，所以我们在查新英格兰地区的滨海城镇，看诗里还有没有什么要素能够匹配现存的建筑。有进展了我们会第一时间向您汇报。”

巴克斯顿又转身盯着桌子另一端的一名探员。“旅客名单查得怎么样了？”

“在相关日期，这三座城市之间飞行的所有航班里一个重复的名字都没有，”他说，“但是现在我们知道了，他能办假证件，还擅长伪装，所以很可能用了不同的名字，伪装成各个身份的模样去乘飞机。”

“也可能他根本没有乘飞机。”尼娜说。

“我们既不知道人名也描述不出样貌，没办法让全国各地的执法部门去查目标或者交通检查数据。”肯特说。

坐在布雷克旁边的一个矮小结实、金色头发的女子举起一只手。“我也许可以帮忙。”

巴克斯顿向她道了谢。“有的人可能还不认识她，这位是埃米琳·贝克，痕迹物证科科长。”

科长的参会也是意料之外的，又一次显示了形势的紧张程度，以及此次调查极高的公众敏感度与时间紧迫度。

“我们明白了他在波士顿是如何假扮成其他种族的，”贝克说，“美黑喷雾，重度黑。”她对着尼娜歪歪脑袋。“从格雷拉探员的指甲中提取的样本里还有残留。”

“黑色假发，棕色隐形眼镜，深色皮肤，”韦德说，“再穿一身市政工人的制服，丢人堆里没人认得出来。”

贝克点点头。“事实证明，即便是在拥挤的场所，他一样可以在众目睽睽之下犯罪。这说明他完全目无法纪。”她给了大家一点时间消化信息，再接着说，“我这里有纤维匹配的新消息。经过我们的上一次通话讨论，我们把在特区和旧金山罪案现场以及格雷拉探员绑架案中找到的样本全都重新提交了，这一次将它们与‘首都环线跟踪狂’系列案件的那一组纤维进行了重点比照。”

“手套上的纤维吗？”尼娜问。

“这是我们仅有的完全吻合的物证，”贝克说，“只要我们知道要找的是什么，最细的丝我们也能找出来，这些丝可以给出足够的细节让我们最终确认，这三个罪案现场都能匹配上‘密码’。波士顿的案子给我们提供了突破口。跟前两次的谋杀案相比，这一次的交叉污染少了很多，身体上的刮擦也少很多。”

“所以，‘密码’跟‘首都环线跟踪狂’确定就是同一个人？”

尼娜急切地想要贝克的一句准话。他们早就讨论过这个问题，"密码"会不会是"首都环线跟踪狂"的同伙，沉寂了几年又出来单干。"你是说我们可以起诉不明疑犯涉嫌三十九起谋杀案和一起绑架案？"

贝克举起一只手。"我只能说在每一个现场都找到了相同的纤维，而且它们的来源是唯一的。科学只能告诉我们这些了。我不能站在证人席上做证说，我们此刻已有的痕迹物证可以证明所有案件的作案凶手是同一个人。"

不管贝克说什么，也不管她多精确地组织语言总结他们的发现，尼娜早已接受的事实还是在她这里得到了确认。首先，自称"密码"的这个男人就是"首都环线跟踪狂"；其次，联邦调查局两年前错把一个死去的人认作了"首都环线跟踪狂"；再次，十一年前绑架她的也是这个男人。

巴克斯顿绷紧了下巴。"今天讨论的内容绝对不能外传，明白了吗？"

尼娜有些同情他。虽然巴克斯顿早先拒绝大胆行动，很明显他也得出了同样的结论。他是犯罪行为分析三组的特工督察，在"首都环线跟踪狂"案子的调查过程中，跟分局探员和地方执法部门一起协作的侧写人员都归他管。钱德拉·布朗之死已经让犯罪行为分析组丢了脸面，很快公众就会知道，杀害布朗的凶手仍逍遥法外，甚至在更大的舞台上恣意行凶。巴克斯顿马上就要被民愤推上风口浪尖了。

他深沉的目光越过长桌，停在韦德身上。"你的 302 表格有没有什么要补充的？"

韦德本该在他们讯问了索伦蒂诺之后就提交 302 表格，这是联邦调查局用于记录调查过程的官方表格。

"没有了，"韦德说，"你收到附件里的俱乐部比赛时间表了吗？"

巴克斯顿点点头。"昨晚抄送给布雷克了。"

大家一齐看向布雷克，她一脸期待，正等着人叫她。“我有一张图表。”电脑键盘在她手指下咔嗒一阵响，接着一张图表投影到了她对面的墙上。“我们生成了一个程序，并输入了数据点，以便能够找出拳手和受害者之间的关联。”

图表左方有一个红色的光点在上下扫动，纵轴上是一列拳手的名字，底部水平的时间轴上列出了受害者的名字，交叉点都用绿点标记出来了。尼娜发现，布雷克把拳手不知去向的时间跟“首都环线跟踪狂”案件受害者的死亡时间做了对比。

“我们试着拿人名与每次谋杀案的时间做交叉参照，”布雷克说，“绿色的代表‘首都环线跟踪狂’案件的受害者。”她敲下另一个键，一个新图表弹了出来。“这张是同样的拳手时间表，匹配的是‘密码’的受害者失踪的时间。”这次全是蓝点。不用叠加两张图表，尼娜已经能看出好几百个包含两种色点的数据点了。

“我会用新的图表把他们合并到一起。”布雷克犹豫了一下，又说，“只用蓝点。”

布雷克的意思很清楚，要是有人觉得应该把这些案件分开处理，此刻就要表明态度。工作组成员相互看看，没人提出反对意见。这一刻，调查进程上了一个台阶。尼娜知道肯特心中仍有疑虑，但大家都心照不宣地认可了继续推进调查的前提：“首都环线跟踪狂”与“密码”就是同一个人。

尼娜紧紧盯着图表。一条条年轻女孩的性命，曾经充满希望也饱受痛苦，如今不过是图表上的一个个数据点。她看着那个魔鬼带来的一连串破坏，怒火在心中升腾——在他眼中，人类都是玩物，玩够了就扔，跟垃圾没什么区别。

“早一点的几起谋杀有可能死亡时间持续了几天甚至几周，”布雷克说，“所以我们只能利用窗口时间更为精确的案件，这样才能把名单精简下来。”她把小点移到屏幕底部。“有了那些限制条件，我们可以毫无疑问地划掉名单上的十七个人名。如果不考虑其他在俱乐部上班的人，只看拳手的话，我们就还剩下两百多个犯罪嫌疑人。”

“他是个拳手。”尼娜说。她也不知道为什么会这么想，但她很确定。“他的移动方式，一定是认真练过的。”

“同意，”韦德说，“有些连环凶犯在日常生活中只是欲求不满的胆小鬼，他们从受害者身上找到权力感，因为这是他们在别的地方无法获得的。”他摩挲着下巴。“但这家伙不一样。他没有用枪，因为他更喜欢直接接触。他的人格类型热衷于肉搏，尤其当他技高一筹的时候，他就能主宰并惩罚对手。他享受原始力量和血腥运动中的暴力，人群能够给他带来刺激感，有人围观是他最喜欢的。”

“那这样的行为模式转变太大了。”肯特加入讨论。“他之前一直很低调，不想引人注目，也从不挑衅执法部门。”他皱眉思索。“我们是不是太着急下结论了？能确定‘密码’就是‘首都环线跟踪狂’吗？真不是一对同伙？”

“他变了。”韦德有些兴奋，虽然还坐在椅子上，身子却往前探出来。“这是他侧写中的另一个部分，他好像就能够切换过来。”

“那他变化的动因是什么？”肯特问，“肯定需要极为有力的因素。”

“是我。”尼娜脱口而出，都没细想这样喊出来大家会有什么反应。面对满屋的困惑表情，她开始解释自从特区的案子以来，她一直埋在心底的想法。

“我们刚才已经通过一件痕迹物证确认了我的绑架案与其他全部谋杀案之间存在关联。”她说着，目光在会议桌边扫了一圈。“‘密码’是在公园袭击视频火了以后才开始跟我们打交道的，他肯定看到了视频并且认出了我。如果他不是‘首都环线跟踪狂’，那么再次见到我刺激了他，让他在沉寂十一年后又开始行动。假使他就是

‘跟踪狂’，那个视频则促使他大幅度改变了作案手法。无论他是或不是，我都是公分母。”

这个看法没人反驳。大家一致默认，尼娜就是全部案件的核心。

“怎么把这一点好好利用起来？”巴克斯顿对着韦德发问，“总该有办法扰乱他的计划，至少把他的下一次限期推迟。”

韦德若有所思地看了看尼娜，然后开口回答。“他对格雷拉的迷恋是显而易见的，但是他把跟她在一起的那些珍藏的纪念品拿出来了。”他竖起两根手指头显示物件的数量。“上帝之眼项链和视频。他可能保存了每一次谋杀的数码资料，这不稀奇，很多连环凶犯都会保留战利品，受害者的相片或者视频，日后……慢慢享受。”

他不用明说。尼娜想到“密码”一边观看她痛苦挣扎一边自慰，忍不住浑身颤抖。他会不会戴上她的项链，陶醉在幻想中？这个念头令她恶心无比。她只能全力保持着职业的漠然表情，听韦德继续分析。

“我同意格雷拉的分析，她就是触发‘密码’的动因，而且我一直相信他和‘首都环线跟踪狂’是同一个人，两年前我们接近搏击俱乐部的时候，他找了个替罪羊骗了我们。”

肯特似乎想争辩，巴克斯顿抬手让他闭嘴。“韦德探员，接着讲。”

“他在特区的罪案现场留下字条和线索，开始把威胁指向尼娜。他上了新闻以后，受到来自常规媒体和社交媒体的异常反应，于是他又改变了作案手法，开始直接面对公众，而且每一次都会受到更多关注。我们试过让格雷拉通过私信直接联络他，但他还是回到了他的公众平台上。现在全世界有数百万人在谈论他，想要破解他的神秘谜题，给他关注。这样的经历，任何人都会上头的。”他深吸一口气。“公众的狂欢能满足他的自我，我想分散他的注意力，把他拉回来。”

“怎么样才能把他拉回来？”布雷克说，“他的资料虽然已经被删了，他在社交媒体上的热度还是那么高。人们还在发帖谈论他，他也肯定还在看他们的评论。”

韦德没有直接回答她的问题，而是转向了巴克斯顿。“要想诱使他把那些都放弃，唯一的办法就是提供他更想要的东西。”他看着尼娜。“我觉得，格雷拉应该再试试直接联系他，如果她愿意的话。”

“这样做难度太大，”巴克斯顿说，“风险也很大。”

“这个风险应该由我来承担，”尼娜说，“他要说的事情我都知道，我愿意联系他。冒多大的险我都不怕。”

“我们得放开对他社交媒体平台的管控，”布雷克平静地说，“各大平台都很配合，全都把他封杀了，现在都知道他会上传更多的视频内容，他们不一定愿意对他解封。”

“如果我们不尽早放开管控，他可能找别的途径，我们就不一定控制得住了，”韦德说，“他太渴望关注了，已经对自己的游戏上瘾了。”

巴克斯顿看着自己的手机在光滑的桌面上振动。“这个方案暂时保留，我得接个电话，DNA 个案工作科的多姆·范宁打来的。”

尼娜本来觉得自己已经紧张到极限了，没想到 DNA 个案工作科的来电还能把她的神经绷得更紧。他给巴克斯顿打电话，那就说明他有了商业家谱 DNA 数据库检索的消息。

“我现在把免提打开，”巴克斯顿跟对方打过招呼后说，“我跟专案组的各位负责人在一起。”

手机扬声器里传出了范宁的声音。“两家公司都很快给出了结果。好消息是，我们找到了几个近亲匹配，有几个是同父异母或同母异父的，还有一个是同父同母的，姐姐。”

所有人都激动地交换着眼神，除了巴克斯顿。“坏消息是什么？”他问。

“两家家谱公司都签过协议，同意分享 DNA 信息和联系方式以协助调查。但结果出乎我们的意料。”

这类公司会要求参与者同意他们把数据移交警方，这一点尼娜并不意外。在“金州杀手”案中，执法机关从一家商业 DNA 数据库获取到亲属匹配，找出了疑犯，但也引发了大量疑问。媒体风波平息之后，有的公司选择让参与者签署协议，表明是否同意与执法机关分享 DNA 档案。

“全国各地共有二十七个半同胞的兄弟姐妹，”范宁说，“另外那个同胞的姐姐，住在马里兰州。”他顿了一下。“这些还只是向这两家公司提交了自己的 DNA 的。从统计学角度来说，还有更多是没提交的。”

巴克斯顿一脸蒙。“总共二十八个兄弟姐妹？”

“出现这种结果的情况只有一种：有人捐献精子。但这个案子中，很多半同胞都是通过线粒体 DNA 产生血缘关系的，说明他们是同母异父。”

“捐卵？”巴克斯顿说。

“要得到这样的结果，需要同时有捐献的卵子和精子，也就是说——”

“生育诊所。”巴克斯顿抢先说了出来。

“这只是我的猜测，”范宁说，“至少你们可以根据诊所的着床记录查出生物学父母，了解到子女的身份。建议你们从那个同胞姐姐开始查。”

“我们立刻动手。”巴克斯顿说。

“我还有消息要告诉你们团队。”范宁的声音听上去很热切，显然还有好料。

“说来听听？”巴克斯顿又给了这位 DNA 个案工作科科长时间，鼓励他继续说。

“我们在等结果的时候，利用 DNA 表型生成了一个不明疑犯的合成人像。我回头把报告的其他内容连同人像一起邮件发给你。”

形势越来越好了。尼娜知道表型过程生成的当事人图像并不百分之百精确，但她见过的几起案件中，人像已经非常接近了。特殊的软件可以通过分析一个人的DNA，推测头发和眼睛的颜色、脸型、肤色、斑点、身材等特征。他们终于能知道“密码”长什么样了。

巴克斯顿谢过范宁之后挂断电话，露出了多日以来的第一个笑容。“女士们先生们，我们的侦查终于有突破了。”

32

“需要我帮您拿包吗，先生？”出租车司机问。

“密码”总是忘记人们对老年人有多友好。人类的这个弱点，有时候还是有用的。他弓着背拄在拐杖上。“谢谢你，小伙子。”

这个胖司机把他的行李袋放进了出租车宽敞的后备箱里。“您要去哪儿啊？”

“去城里。”“密码”放慢动作，颤颤巍巍地钻进了黄色小轿车的后座。

司机开着车门站在旁边，看着“密码”哆哆嗦嗦地系上安全带。“您去哪家酒店啊，先生？”

他思考了一下，要怎么利用好这次机会。“城里有没有收容所啊？”

司机满眼戒备地打量着他。“您是要找住处吗？”

“不是、不是，我不是找住处。”他满不在乎地摆摆手，打消了司机的这个念头。“我要给收容所捐点钱。”

司机顿时放心了，这下他的车费不会落空了。“有好几家收容所，还有几家食物赈济处和施粥场。”他叹了口气。“需要帮助的人太多啦。”

“特别是妇女和儿童啊，”“密码”说，“有没有只收留无家可归的妇女、儿童的收容所啊？”

“有的，城中心就有一家。”

“麻烦你送我去离那家最近的酒店吧。”

出租车司机关上车门，小跑着绕到前面，把自己胖墩墩的身体塞进了驾驶座。他从后视镜里看着车上的乘客。“您经常捐钱做善事吗？”

“我算是个慈善家吧，”“密码”刻意哑着嗓子说，“我就是尽点儿本分。”

“您可真是好心人啊。”

“密码”微微一笑。人们总是相信自己愿意相信的事情，眼中也只能看到自己想看的东西。

出租车离开了人来人往的航站楼，他坐在后座上回想着自己的计划。他还想打听一个消息，但又不太敢冒险问这个出租车司机，不想给他留下太深的印象。不过，这家伙应该是个百事通。“你在这里生活很久了吧？”他还是决定冒个险，问他一下。

“我就是本地人啊。”

完美。他清了清嗓子。“我有点想在这里住一段时间，”他说，“城里有没有开阔一点的地方啊？”

“城里到处都很挤。您要找开阔的地方，就得往北、往南走。”

“谢谢你啦，小伙子。”

他根本没打算去住酒店。等出租车司机把他放下，他就搭公交车去最近的五金店买物资，然后租辆 RV[1]，开到郊区去做准备工作。从机场下飞机出来的老年人会变身成为另一个人，今晚他就会回到城里开始狩猎。

这个念头顿时让他心跳加速。全国的人都在找他，而他完美转移了所有人的注意力。这跟他的围笼搏击战术是一样的，向左虚晃一拳，立刻出手右攻。

没人知道他的下一拳从哪儿打过来。

1　野营车。

33

一个密码分析员匆匆跑过，撞了尼娜一下，她手上的泡沫塑料杯盛着的咖啡泼到了肯特的衣袖上。

尼娜用垫在杯底的小纸巾轻轻帮他擦拭着，不好意思地朝他笑笑。“大家都像疯了一样在到处跑。”

“没事，”肯特冲她一笑，说，“大家终于都有事做了，我觉得很开心。乱点儿是正常的。”

巴克斯顿一开完会，各个团队就冲回专案组大厅里各自的位置，开始跟进刚获得的新线索。宽敞的工作空间分成了各个专区，探员和分析人员都围着桌子、图表和电脑，在努力挖掘自己的调查任务。联邦调查局开放了充足的资源，让他们可以处理范宁发给他们的文档里的所有人名。要不了多久，他们就能掌握每个人的背景资料，甚至包括他们幼儿园老师的名字、他们的入学考试成绩以及他们住过、工作过的所有地方。

密码分析员都在大厅一角的工作区里专注地研究“密码”的那首诗，趁着他还没发布出来让那些“抓贼小分队”去分析，一心要抢先破解它、找出线索。尼娜已经读过好几遍了，还是没有任何头绪。最后，她想好了，与其继续陪“密码”玩游戏，不如抢占先机追捕他。她走向大厅的对角去看那边的探员梳理布雷克的图表，上面列着索伦蒂诺的名单上那些综合搏击拳手的名字。韦德和肯特也站在那边，正用他们的侧写技术帮探员们削减人名，尽可能保持名单人数可控，以利于后续跟进。

当然，一旦他们讯问了“密码”的兄弟姐妹，了解到给他们受孕的那家生育诊所的名称，这些图表就没什么用了。诊所的数据库里应该包含全部信息。

布雷克招手让尼娜去她桌子那边。“快来看这个。”她指着电脑显示器。“我把范宁发来的人像做了微调，加了一些从监控录像里获取的人脸数据点。”

尼娜跨近几步，迫不及待地想看昔日的魔鬼究竟长什么样。布雷克坚持让她等到差不多弄完了再看，想要给她一个近乎精确的第一印象。

“他的脸基本上都是我们抓取的静态画面拼出来的，”布雷克说，“我从这一帧抓点他的下颌轮廓，又从那一帧抓点他的颧骨高度。最后根据预期的特征全部拼到一起，就成了。”她一个花式点击鼠标，立刻出现了一张特写的男人面孔。

尼娜俯下身去，细细地看着屏幕。一个强壮的金发男子，长着一双淡蓝色的眼睛和一张轮廓分明的脸，就那样盯着她。她浑身的血液霎时变得冰凉。她有没有想象过他会那样面无表情？或许这是电脑的人像生成过程造成的？可不管怎样，那双没有灵魂的眼睛就跟他从前透过面具上的小孔凝视她的眼神一模一样。

就在这一瞬间，尼娜坠入了那不带丝毫怜悯的眼神中，仿佛永远无法挣脱。她听见自己脉搏跳动的声音，小心翼翼筑起的心墙顷刻间布满裂纹。她一动不动地盯着“密码”。她的魔鬼。那个几乎摧毁了她的男人。那个将她生生撕裂，再把她的苦痛展示给全世界的禽兽。

肯特一手搭在她肩上。“你还好吗？”

她飞快地扭头看着他。“我没事。”

她退后一步，拉开了情感和物理的距离。他那双深蓝色的眼睛仿佛能洞穿她的内心。肯特在这个领域的经验非常丰富，他深谙肢体语言包含的意义。她受不了他的精神分析，如果他知道看见“密码”的脸对她造成了多大的困扰，他很可能会告诉巴克斯顿，甚至会想要安慰她。活了这么大，被虐待、没人管、遭抛弃，这些她都应付得来，但暖意和怜悯会让她破防。

她刻意转身背对肯特，去跟布雷克说话。“我只见过他很少一部分，但错不了。”

尼娜能感到肯特沉重的目光在继续审视着她，但他没再说什么。

布雷克继续弯腰凑到显示器前去研究“密码”的图片。“图片很难捕捉到邪恶的成分，但这个家伙已经暴露无遗了。哪怕就这样看着他，你都知道他有多卑鄙。”

尼娜已经不想再多看那双冷酷残忍的眼睛。“我等不了了。他不知道躲在哪里计划着下一步行动，我们一定要先发制人。”

“我刚刚看了他姐姐的报告。”韦德已经走了过来。“她叫安娜·格拉布尔，是个奇人，她获得了一个物理学的博士学位、一个天文学的博士学位，都是在巴尔的摩的约翰·霍普金斯大学。”

真是没想到，变态杀手的姐姐酷爱研究外太空。“安娜在哪里工作？”

“这也是她奇怪的地方。她已经十五年没工作了，没结婚、没小孩，独自住在巴尔的摩郊外一块四万平方米大的地方，那还是她父母留给她的。”

“她父母什么情况呢？”

“我们收集到的信息显示，母亲没有任何生育记录，姐姐很可能是找代孕母亲做的试管婴儿，不过这一点还不能确定。”

尼娜有点想不明白。“合法领养？”

“目前看来不是。在所有找到家族DNA匹配对象的城市，巴克斯顿已经让当地分局的探员去做讯问了，”他说，“等他们向安娜问完话，我们肯定能查到更多信息。”

尼娜不愿接受“密码”唯一已知的亲姐姐竟然不是由她来讯问。让她代替当地的分局探员去执行这个任务确实不太说得通，但她全身的警察直觉都在告诉她，这是了解目标的最快路径。“我想亲自去讯问安娜·格拉布尔。我如果见到她，说不定会回想起什么来。巴尔的摩距离这里有两小时的车程，今天剩下的时间都得花在这上面了，但是我觉得亲眼看见她是值得的。”

“我想一起去，”布雷克说，“我可以从各个角度拍她头部的照片。她是最亲的同胞姐姐，她的脸部结构或许能帮忙改善图像的生成过程。”

“她是我们目前最好的线索了。”尼娜一脸坚决地望着韦德。“我要去请求巴克斯顿让我们来做讯问。”她把我们说得特别重。“我会申请一辆舰队商务车，再配一名联邦调查局警察驾驶员，这样我们就能在路上继续干活了。你愿不愿意支持我？”

驻扎在匡蒂科的联邦调查局警察通常是执行设施保护任务的，但在有需要时，也可以指派他们去完成。她是在要求韦德相信她的直觉，而且是以搭档的身份而非作为他的调查助手在要求他。他的反应比他说过的任何话都能更好地说明他们之间建立起来的工作关系。

他凝神看了她一会儿，转身朝巴克斯顿的办公室走去，他的回答越过肩头飘过来。“把你的包拿上。”

34

驱车前往马里兰州陶森市的两小时车程里，尼娜一直在紧张期待与绝望烦躁中煎熬。巴克斯顿选择留守匡蒂科，但给团队安排了一辆梅赛德斯 – 奔驰的斯宾特商用车，车上的各种技术装备很合布雷克的心意。驾驶员是一名联邦调查局警察，一直坐在前端隔断的驾驶室里，尼娜认出他平时是在匡蒂科的训练场入口进行身份查验的。驾驶员把商用车开到一片开阔地带，缓缓停到了一幢上世纪中期的牧场式平房前面，自己就在车里等着。探员们立刻下车穿过碎石铺出的车道，来到了门廊前。

尼娜刚抬起手准备敲门，门就开了，门口站着一个瘦削的女子，双眼无神，金黄的头发稀疏细长。她戴着一顶软软的针织帽子，一件超大的纯棉上衣直接罩到了膝盖上，脚上套着鲜艳的袜子和一双勃肯鞋。

尼娜举起证件。“联邦调查局尼娜·格雷拉探员。”她依次指向身后的团队成员。“韦德、肯特和布雷克探员。你是安娜·格拉布尔吗？”

团队一致同意这次的接触由尼娜来主导。从这个女子害怕的反应来看，这是个正确的决定，要是换成肯特站到她面前，她可能已经昏倒了。

她那双大而焦虑的眼睛逐一扫过各位探员。“我是安娜，我也知道各位到来的原因。”她站到一侧，示意大家进屋。

大家交换了一下困惑的眼神，依次穿过门厅走进了客厅。屋里摆着一张实木咖啡桌，旁边围着一张芥黄色的沙发和两把不搭的扶手椅，沙发靠背上搭着钩织的沙发罩，整体格调非常时髦。如果现在是 1967 年的话。

肯特和韦德都坐在沙发上，尼娜挤在他俩中间，布雷克则在一把椅子的边上轻轻坐下。

“你说你知道我们来的原因？”尼娜问。如果讯问对象主动给出了信息，她比较习惯让对方接着说。

安娜坐到剩下的那把椅子上。“你们别装了。我一直在等你们。”她再次从他们脸上逐一看过去，但这次慢了许多。“不可否认，你们都做得很好。不过，说出来你们别介意，黑西服把你们出卖了。”

“西服怎么了？”韦德问她。

安娜对他眨眨眼，一副心知肚明的样子。“你们下次应该试试牛仔裤和系扣衬衫,带格子或者羽毛图案的。这样会显得协调一点。”

尼娜隐约觉得她在自说自话。“格拉布尔女士，你究竟觉得我们是谁？”

“叫我安娜就好。你们不用装作对我一无所知。”

“安娜，”尼娜继续努力，“要不你来跟我们解释一下？假装我们真的不知道你在说什么。”

安娜重重地叹了口气。“我明白了，这是对我的测试。你们想看看我是不是真的知道情况。”她向前倾过来，一字一顿地说，“你们来自昴宿星团，我们已经见过至少十二次，但这是你们第一次在我醒着的时候造访。”她往后坐回椅子上，满意地朝着大家微笑。

尼娜飞快地瞄了韦德一眼。她又不是心理分析师，他和肯特才是。

韦德明白她的意思，换了个耐心的口气。“安娜，我们是联邦调查局探员，来自地球，不是昴宿星团来的。我们需要问你几个重要问题。”

安娜皱起眉头。“只有一个办法可以确认。”她站起来。“跟我去厨房吧，我拿把刀消消毒，然后——”

“不行，”韦德坚定地说，“你不能割我们。我们在做调查，需要你的配合。”

“做调查。”安娜说着，又坐了回去。“这是你们现在的说法了吗？”她气冲冲地说，“我不会相信你的，除非我自己做几个实验。我们来看看，你们喜不喜欢被调查。”

安娜成功拿到了两个博士学位，但她的心已经飘出了身体，不知道去哪里了。尼娜思考着“密码”的行为。这样的癫狂是不是全家都有呢？

韦德还在努力。“安娜，我们需要了解你的背景信息。你是领养的吗？”

安娜咯咯大笑起来，笑声里充满讥讽。“真能装啊，你们会不清楚吗？”

坐得最近的肯特倾身凑过去。“安娜，这个问题很重要。请你跟我们说说你父母的情况，还有你在哪儿出生的。”

她转过去看着他，会心一笑。“你们之所以会来，是因为你们跟我是一脉的。我是北欧神族的后代，你们也知道。”她把双手规规矩矩地扣在大腿上。“小灰人跟我们没关系。”

尼娜一头雾水。“安娜，你在说什么？”

她指了指肯特。“让他告诉你。”

安娜可能以为自己把情况讲清楚了，但她大错特错了。本来尼娜想到可以讯问“密码”唯一已知的亲姐姐非常激动，满以为能够问出有用的信息，然后追查到“密码”。谁知道，现在时间浪费了不少，她却在这里听这个疯女人唠叨。她不解地瞄了一眼肯特。

他似乎正在努力不让自己的白眼翻出天际。“我以前偶然了解过这个，主要是因为我的……长相。”他捏了捏厚厚的黑框眼镜压着的鼻梁。“有些人相信，有一个来自昴宿星团的外星人种，他们长得很像斯堪的纳维亚人，不明飞行物研究者称他们为‘北欧神族’。”他做了个鬼脸。“跟他们形成鲜明对比的是‘小灰人’，身材矮小，皮肤发灰，眼睛又大又黑。”

要不是此刻形势严峻，尼娜早已笑出声了。要怎样才能从安娜这里问出有用的信息呢？学院训练他们的时候，讲过不能沉迷于他人的错觉，韦德和肯特就做得很好。她决定选个略微不同的方法。

她看着安娜，摆出一脸的真诚。“你的 DNA 里可能存在非常有用的东西。我们需要了解你的起源，才能获取那个信息。我们的档案全都失踪了。”

“为什么他妈的不早说啊？”安娜说，“我的父母——显然都不是亲生的——发现自己不能生育以后，就去了博尔诊所。他们不想领养小孩，是从特区的朋友那里得知博尔医生的实验室的。”她仰头盯着天花板，努力回忆。“我不记得他们的名字了，不过我确定他们在政府机关上班。”

尼娜没想到居然能让安娜好好说话，抓紧追问有用的细节。“博尔医生是谁？”

“很有名的遗传学家啊。他可是基因工程造人的领头人物，还跟我父母说我很独特。”她放低嗓音、神神秘秘地说，“不过，他肯定没告诉他们，这个孩子有一半的外星血统。”她飞快地扫了一眼肯特。

“你知不知道他的诊所在哪里？”尼娜继续追问着，不让她的思想脱轨。

“离这儿大概一个小时的路程，就挨着——”她一根手指头戳向布雷克。“哎，你他妈的干吗呢？”

布雷克赶紧把手机收起来。“没干吗。”

“你在拍我，我看见了。”

“我只想，呃，拍几张你的头和脸的照片。”

尼娜在心里叹了口气。布雷克绝对不能、无论如何都不能当便衣。她实在太不会撒谎了。

安娜腾地一下站起来，伸直了胳膊指着前门。“出去。你们都给我出去。”

不管他们怎么向安娜保证没必要害怕，她还是非常坚决。在她心目中，他们未经允许偷偷测量她的身体，是大大地越界了。她告诉他们，她被绑架过太多次，已经患上了创伤后遗症，不能再遭受任何调查、检验、失忆了。

连珠炮似的怒骂夹着脏话一路跟着他们，直到他们爬上光滑的黑色商用车，叫驾驶员赶紧开车回匡蒂科。透过深色的车窗，尼娜看见安娜站在门廊口在朝他们比中指。

商用车掉头上了主路，尼娜望着坐在她对面长座椅上的肯特。“我还不知道你有亲戚在昴宿星团呢。”

韦德轻声笑起来。“这下好多事情就说得通了。”

“我得向母星汇报情况，”肯特面无表情地说，“不好意思，我必须抹去你们的记忆。”

“我不了解外星混血宝宝，”布雷克边按手机边说，“不过博尔医生的生育诊所开在贝塞斯达。”

“我想我们都知道接下来该去哪里了，”韦德说，“范宁说的就是那里。我们得先拿到搜查令，以防他们不让我们查看医疗记录。”

布雷克皱起眉头看着手机屏幕。“可惜，三十年前诊所就已经被烧掉了。”

“怎么回事？”尼娜问。

“这篇新闻报道说，韦兰·博尔医生创立了这家诊所，向那些想要养育优质后代的夫妇宣传他的服务。”布雷克提到“优质后代”的时候比了个空气引号。“他称之为‘博尔项目’。”

尼娜的背心一阵发凉。“优质后代？”

布雷克噘起嘴唇。“他只收集白种人捐献的精子和卵子，这些捐献者都是经过筛选、拥有最优的健康基因和天才智商的。”

“简直不可思议。”肯特说。

“当地媒体报道过这家诊所。”商务车驶上高速公路，布雷克继续读着新闻。“文章把‘博尔项目’称作现代人种改良实验。报道发布的第二天，就有人放火把楼烧了。”

“诊所有没有重开啊？”尼娜问。

“这篇新闻说，博尔医生没过多久就自杀了。诊所没再开放。”

“我们需要查看他的档案，他保留的全部记录。”韦德说。

“等等。”布雷克的手指继续下拉。“讣告里提到有个活着的儿子，现在估计四十多岁了。如果他继承了家业，他应该就在马里兰州的波托马克镇，离这里不到一小时的车程，我们回弗吉尼亚会经过那里，我们可以顺道去跟他聊聊，看看他有没有他父亲的文件资料。”

“我给巴克斯顿打个电话，”韦德跟她说，“让驾驶员朝波托马克镇开。”

35

驾驶员把商用车开上了环形的鹅卵石车道，尼娜跟韦德都还坐在一侧的长座椅上。随着汽车缓缓停下，布雷克啪嗒一声合上了笔记本电脑，肯特也解开了安全带。豪宅门口站着一个黑发男子，身穿黑色马球衫和战术裤，像是准备迎接他们。

“看来博尔先生的客人不多啊，”韦德说，“他好像也不太欢迎访客。”

他们在大门口是通过对讲机才被放行的，虽然这样就不能意外造访了，但也确认了加文·博尔在家。

门廊下面站出阅兵稍息姿势的特种兵太过年轻，不可能是博尔医生那位四十五岁的儿子，只能是他的保安人员了。

“博尔为什么会需要突击队员来看家护院？”尼娜问，“这里可是波托马克镇，都会区最富裕的郊区之一，他在担心什么？”

肯特眯起眼睛，透过车窗看着那个人。“他不是突击队员，只是装装样子。”

她知道肯特有特种部队的经历，一眼就能分辨真假。

“不过，”她边开车门边说，“加文·博尔肯定觉得人身安全正在遭受威胁。”

他们下了车，等着保镖检查了他们的证件，然后跟着他进了大宅，驾驶员还跟上次一样坐在车里等。保镖把尼娜他们领进一间像书房一样的房间，关上了身后厚重的两层木门。

跟他们打招呼的是一个瘦弱苍白的男子，白金色的头发，高高的脑门。“请坐。各位想喝点什么？”

他们没要喝的，都开始打量这陈设讲究的房间。尼娜盯着高高的书架，上面摆满了书籍，尽管她不怎么懂行，也能看出有的书非常珍贵。书架远角里有个木框，里面嵌着一个沙滩排球大小的地球仪。居然还有人有地球仪？世界各地战乱不断，尼娜甚至担心地球仪还没做好，上面的信息就已经变了，更不用说几年后出现在谁家书房里的了。

博尔刺耳的声音把她从遐想中拉了回来。“不知今天各位联邦调查局探员前来，有何贵干？”

他坐在一把鼓鼓囊囊的扶手椅上，没有起身迎接他们。他说话的样子很随意，却一直在舔嘴唇，放在大腿上的双手也在扭来扭去，看得出来他是焦虑不安的。四名联邦探员出现在家门口，也许会有这样的效果，但尼娜觉得，这个男人应该大部分时候都很紧张。他的脸色白得极不自然，眼眶发红，还微微有点驼背，整个人看上去就像一只缩在笼角的小白鼠，科学家一靠近就会瑟瑟发抖。

“我们来是想聊聊你父亲韦兰·博尔医生和他的工作。”尼娜开了口。“你能跟我们讲讲他的诊所吗？”

他的两片薄嘴唇顿时垮了下去。“那家该死的诊所。”书房中央摆着一张华丽的咖啡桌，周围是豪华的沙发和椅子，他示意他们坐下。“我好像永远无法摆脱它。”

他的反应出人意料，也让大家很好奇。尼娜想起在来的路上布雷克挖出的信息，决定赌一把。“你请私人保镖就是因为诊所吗？”

他那双小眼睛看着他们坐下，目光变得有些锐利。“还有人在叫我们‘纳粹’，纯属无稽之谈。我们根本都不是日耳曼后裔。”他扬起下巴。“我的祖先是荷兰人，‘博尔’这个姓在北欧神话里很普通，博尔是独眼神奥丁的父亲，奥丁又是托尔的父亲。”

得赶紧把他拉回正轨，否则这次的讯问又会跟安娜·格拉布尔那次一样告吹了。“博尔先生，能不能解释一下，为什么你父亲的诊所会让你担心个人安危？”

“最初是因为我父亲想帮助那些不能生育的夫妇。但是他觉得，与其接受随机捐献，不如筛选一下超高智商的健康男女。”博尔耸耸肩。“这样做有错吗？”

他这一问，让尼娜想起了自己在寄养系统里的时候，经常看着那些想领养孩子的父母从她身边走过，去夸奖别的小姑娘。“很明显，有些人不喜欢捐献者全是白种人。”

“你跟那个记者的态度是一样的，”博尔说，“就是那个记者写了报道，然后整件事就变成了丑闻。紧接着，不知道哪个死脑筋一把火烧掉了诊所，我们全家都开始收到死亡威胁。那时候我还在上中学，我父亲接受不了，就……”他的眼神变得凶狠起来。“这么多年了，还有人骚扰我们。我决不会原谅那个鬼记者，他颠倒是非，把我父亲写成了狂热的种族主义者。我父亲是一个目光远大的人，一位科学家，他是通过选择具有基因优势的后代来促进人类的发展。”

尼娜感觉自己的下巴不那么紧张了。博尔的成长经历决定了他的想法，他坚信自己说得没错。她不想在讯问开始没多久就跟他敌对起来，硬生生吞下了几乎要脱口而出的反驳，继续用问题来引导他。“诊所烧毁以后，有没有留下什么记录啊？”

“很多人都来问过记录了。这些年来，父亲的一些客户的子女在成年以后联系过我，想找他们生物学父母的信息。”博尔不屑地摆摆手。“我提醒他们，这都是三十多年前的事情了，那个时候还没有数据云。我父亲把纸质记录都放在档案盒里，再用五英寸的磁盘做了备份，可惜的是，这些档案和磁盘都存在现场。”他靠在椅子上。“多亏了那些纵火犯，他的记录被烧得精光。”

想到这一路走来，居然又走进了死胡同，尼娜完全不能接受。“什么都没留下来？他有没有把哪本笔记带回家来了？”

“没有。”

“他的诊所有没有业务伙伴或者投资人？”

“我父亲不是一位普通的科学家，因为他一直是独立做研究，找不到合作伙伴，就自己一个人建立了诊所。”

“他有没有员工？律师？会计？”

“都有，但他们完全不知道我父亲客户的身份。相信我，我找过了。我父亲应该费了不少劲，以确保捐献者和准父母的身份完全保密。过去跟现在不一样，那时候要保密，手段比现在多很多。”

尼娜努力继续思考着这个问题的严重性。“诊所开了多长时间？你至少应该知道一共出生了多少个宝宝吧？”

“诊所大概开了三年。我不太确定成功受孕的有多少例，不过他偶尔会在吃晚饭的时候谈两句，我估计大概在五十到一百个之间。孩子的养父母跟孩子之间并没有生物学联系，”博尔接着说，“胚胎都是用捐献者的精子和卵子培育出来再植入母亲体内的，有时候还是代孕母亲。”

“你还有没有什么对我们有帮助的信息？”

“我已经帮你们很多了吧，你们都还没告诉我这是怎么回事。现在轮到我提问了。”

她知道该来的躲也躲不掉。

博尔的浅色眼睛闪着光。“我在电视上看见过你们四位，你们是在调查那个连环凶犯，‘密码’。”他顿了一下，像是在等他们的反应。见他们都没反应，他又继续说，“我可不是傻子，格雷拉探员。想想你们在追查什么，再想想你们这么紧急，突然来我家打听我父亲的记录，我可以判断，你们已经有嫌疑人了，而且这个人是通过‘博尔项目’怀上的孩子。”

韦德抢在尼娜回答之前开了口。“我们不确认也不否认，博尔先生。”

博尔笑得直喘气。“我就当你们已经彻底肯定了。”他嘴角的笑容消失了。“我只有一个请求：别把诊所牵连进去。要是有消息传出去，说我父亲的实验跟这个案子有关系，我们一家又会成为社会公敌的。”

“我们不会公开调查线索的。”韦德向他保证。

“真相早晚会大白于天下的，错不了。”他伸出一根枯瘦的手指指着他们。“我希望你们明白一点。这件事会给每一个因诊所而出生的人带来麻烦。只要其中一个成了变态杀人犯，其他人都会受到质疑。他们的生活会被打乱，别人会说他们是疯子科学家的优生实验品。这样的话，我这辈子听得太多了。”

他的说话方式让尼娜突然很警觉。“你为什么会听到这些？”

他有点紧张。“我没想说的。”他飞快地说。

“你也是在诊所受孕的孩子吗？”

博尔的目光里充满了怨毒，尼娜以为他会像安娜·格拉布尔那样赶他们出去。她坐着不动，等他开口。可最后他像是泄了气。“我母亲没有生育能力，这也是我父亲开始研究生殖的原因之一。”

没想到有趣的事情还在后头。“那博尔医生不是你的亲生父亲？”

博尔坚定地摇摇头。“他用了自己的精子，但卵子的捐献者是一位国家宇航局的女科学家。她不想做母亲，但愿意贡献卵子。”他咽了一下口水。“我是第一个样品。我父亲将胚胎成功植入了我母亲体内，可惜我出生没多久她就去世了。”

“很抱歉。”

他摆摆手，收起感伤。“问题在于，有人发现了我出生的真相，有些人表现得极不友善。我父亲对我抱有很高的期望，他觉得我能当上总统、能治愈癌症、能设计城市。结果呢，他的儿子只有中上水平的智商，各方面都不出众，身体还不好。我知道，我让他失望了。”

尼娜的全身仿佛有一道电流通过，她的所有感官都紧张起来，她知道有线索出现了。“他有没有虐待过你？”

她想起了韦德早先在侧写报告中推测的，“密码”遭受过父亲身份的人的虐待。她知道博尔不是疑犯，但很想知道除了来到世界的方式一样之外，他们俩还有没有其他的共同之处。

“他都不怎么在意我，”博尔说，“我跟你们讲这些，只是因为我和其他来自诊所的人多少有些血缘关系。他们现在都已经是成年人了，应该过上了正常人的生活，不必背负过高的期望，如果最后发现‘密码’也是他们中的一员，其他人也不应该被怀疑为恶人或者神经病。”

“你说得没错，博尔先生。生物学不是天意。”韦德说，“你父亲当初筛选捐献者的时候，也许应该思考一下这个问题。”

博尔一下僵住了。“你们该走了。”他冷冰冰地说，“这里不再欢迎你们。”

“我们很感谢你的——”

“格雷戈里会送你们出去。下次再来，请带上搜查令。”

他们跟随格雷戈里穿过大宅走到前门。他挺着笔直的身板，穿着黑色的战术服装，全程一言不发，把他们领到了一直等着的商用车旁。

等到大家都坐到车里、系上安全带，尼娜才想起来，这两次从别人家里出来的时候都很不愉快，而且也没问出什么有用的东西来。联邦调查局的这一天真是不顺。

驾驶员慢慢将车从复杂的大门口驶出，汇入了车流。

“最后结束得太仓促了。”尼娜大声地说。

“我们能问的都问出来了，”韦德说，“我仔细观察了他，基本上没有隐瞒什么。”

“我也在观察他，”肯特说，“我相信他跟他父亲一样是有种族歧视的。随便他怎么骗自己，现实就是，他们的项目只选自己种族的人来做实验。”他恶心地哼了一声。“有基因优势的后代，狗屁！”

尼娜悄悄对着肯特笑了一下。他自己就是博尔医生会选中的类型，可他对医生和他所谓的项目根本不屑一顾。

肯特也心照不宣地朝她笑了笑。但她留意到，韦德正带着毫不掩饰的评判表情在观察他们之间无声的交流。

“我给巴克斯顿发了条短信。”布雷克说着，完全没注意身边发生的情节。“他来电话了。”

她把手机举起来，让大家都能听见。

“你们说话方便吗？”巴克斯顿问。

“我们很安全，”韦德说，“请讲。”

“把你们知道的信息跟我说一下。”巴克斯顿还是老样子，从不浪费时间说客套话。

韦德作为团队负责人，把他们在博尔医生的儿子那里了解到的信息大致做了汇报。听说诊所的记录都被大火烧没了，巴克斯顿气得不行，这下唯一有希望找出“密码”的线索又废掉了。

这一次，他又毫不费力地逃脱了。

“你们有没有讯问过范宁名单上的其他人？”布雷克问，“他们什么情况？”

电话里先传来一阵翻纸的声音，然后巴克斯顿才开口。“当地的分局探员联系了每一个人，有的知道‘博尔项目’，有的不知道。究竟告诉他们多少，他们的养父母应该各有各的想法。”

尼娜做了个鬼脸。“这下那些不知道的人回家可得讨论了。”

“那是肯定的，”巴克斯顿说，“你们给我们打了电话以后，我们调查了博尔医生和他的诊所。按照博尔医生的计划，这些孩子应该代表了人类质量的巨大飞跃，可我们的现场访谈和背景调查都发现，这个项目带来的孩子并没有什么特别的。也有相当聪明出色的，但其他都过着普通的生活，看上去很……一般。”

尼娜对这些结果很感兴趣。“那么博尔医生的项目根本保证不了什么。就连他自己的儿子都承认，他没有达到父亲的预期。”

“根据平均律，一百为中等智商，一定比例的人智商会高于一百，还有一定比例则会低于一百，”巴克斯顿说，“我们访谈过的那些人里面，有一个艺术家、一个牙医、好几个全职妈妈、两三个教授、一个真正的火箭专家，还有一个清洁工。”

他们的车在越来越大的车流里加速行驶着，尼娜歪在头靠上消化这些信息。“现在我们有了一个杀手，有可能智商很高，而且坚信自己比其他人更优秀？”

韦德回答了她。“如果他父母跟他讲了诊所的事，那他就会这样想。”

“这样他就更危险了。”巴克斯顿直接把正在她脑子里转的念头说了出来。“明天一早，我们情况通报会议室见。”

“其他团队进展如何，长官？”尼娜问他，满心希望他们不在的这段时间，专案组能在其他阵营取得进步。

“密码科还在研究那首诗，”巴克斯顿说，“目前仍然没有突破。这个既不是数学公式，也不是异序词或者编码，的确已经超出他们的能力范围了。你们在回来的路上可以一起再想想，说不定能有点思路。”

她一定会在通过匡蒂科检查站之前搞懂那首破诗的。

“你有没有拍到安娜·格拉布尔的照片，布雷克探员？”巴克斯顿问。

“我拍了六张，然后就被她发现了，”布雷克说，“我会把它们合进现有的电脑人像中，再用预测算法进一步改善。我们回来的时候就能有更好的人像了。”

“要不要把人像给索伦蒂诺看看？”尼娜迫不及待地想要更进一步。

韦德立刻回答了她。“这样不妥。我不相信他能保守秘密。如果他认出是谁，很可能会去勒索那个人，或者收对方的钱，给我们假消息。我也不希望让搏击俱乐部的任何人看到人像。上一次我们去打探消息，结果发生了什么，相信大家都还记得。”

他不用说出钱德拉·布朗的名字，大家都懂他的意思。

布雷克点点头表示明白。“人像应该能帮助专案组重审搏击俱乐部的线索，排除一些人。我这边完成之后立刻发给他们。这一次我的感觉比以往的都要好。”

尼娜满心都是愧疚。都怪她一心想要追查这些线索，害得大家浪费了一整天的时间。她必须要弥补自己犯下的错。“长官，我想再跟他发私信。”

她心里无比恐惧，不知道他又会说些什么。之前他的消息全都粗鄙无礼，充满挑衅意味。现在视频的前一分钟也公布了，他一定会无情地讥讽她。但她想好了，只要能更进一步，只要能让他下半辈子烂在牢里，无论他说什么，她都不怕。

没想到，巴克斯顿立刻就同意了。“我会让网络犯罪科开放他的权限，”他说，“自从发布了视频以后，他一直没有发出任何声音，这不是什么好现象，他很可能在忙着干别的什么，或者已经创建了我们不知道的新账号。”

“这不太可能，”布雷克说，“新号没有观众，他的粉丝群找不到他的，除非他公布账号迁移的消息，但是这样我们也能找到他了。”

肯特也加入了讨论。“我觉得他正在线下忙活，这对我们很不利。我同意让格雷拉主动接触他，不过要在今晚就行动，恢复他的权限。说不定他能给我们点儿线索。”

“但愿能有突破吧，”巴克斯顿说，“他给的时限正在呼啸而来。我们要是挡不住他，就要被他直接撞飞了。”

36

尼娜往后一坐，靠在商用车的软椅上，在心里感谢巴克斯顿对他们的慷慨，为他们安排了驾驶员，还派出了一辆局里最好的商务车，让他们在路上也能有地方清静地继续做调查。

“我们再充实一下侧写吧，”肯特对韦德说，“我们可以为调查综合搏击拳手的团队提供更多信息。”

“现在我们可以更确定他的年龄了，”韦德说，“根据诊所营业的年份来看，他应该在32岁到34岁之间。”

也就是说，11年前“密码”对她下手的时候，大概就是21岁到23岁的样子。她真的是他的第一个受害者吗？她没有把这个想法说出来，继续听两位侧写专家讨论。

肯特瞄了一眼坐在他身边的布雷克。“电脑根据他的DNA档案生成的人像以及格雷拉回忆的内容也证明，他是白人男性，身高大概六英尺，白皮肤，蓝眼睛。这些跟他姐姐的长相都是匹配的。”

“有什么方法能够最快锁定索伦蒂诺名单上的人？”尼娜忍不住插嘴，着急想让理论探讨转入实战信息。“有没有什么有营养的信息给专案组嚼嚼？”

韦德立刻接话。“他们只需要排除那些不属于这个年龄段、外表不符合、攻击发生时没有参加搏击的人，然后再找没有稳定情侣关系、独来独往、智商虽高但工作配不上实际能力的人。”

肯特点点头。“他的脾气会妨碍他的职场晋升。”

“他在俱乐部里非常好斗，”韦德接着说，“在更衣室里也没人敢惹。他性格傲慢，会让所有人都觉得他不可一世。人群的反应会让他感到兴奋，粉丝最喜欢的人应该是他们寻找的对象。”

“还是‘首都环线跟踪狂’的时候，他只能保持低调，”肯特说，“所以很可能通过比赛来从观众那里获得满足，但现在他改变了作案手法，不需要再躲藏。他的性格决定了他一直需要赞美声。”

“他需要赞美声？”尼娜很好奇她的敌人会有这样的一面。在她看来，他一直表现得极度自信。

“他一方面傲慢自大、不可一世，另一方面也严重缺乏安全感，”韦德说，“这就让他想要掌控身边的每个人。围笼比赛中的暴力宣泄是他向其他男性实施掌控的一种方式，但他找不到任何为世人所接受的方法去从生理上掌控女性。”他挑起眉毛。“他对女性有强烈的怒意。”

“为什么？”她不明白是什么让他这样愤怒。

“有可能他小的时候就被女孩子拒绝过，也可能他看到了他父亲虐待他母亲，以为这就是对待女性的正常方式，还有可能他母亲虐待过他。”肯特抬起一边肩膀。“不管他的家庭关系是什么状态，有一点可以确定，他跟他的养父或者养母，甚至养父母的关系是不正常的。”

两位侧写专家还在继续大开脑洞，尼娜已经跟不上也不想再更深入地共情一个虐待狂杀手了。她悄悄挪到了布雷克旁边的长座椅上，发现她已经把更新后的电脑生成人像发给了专案组，正拿着一包混合坚果在大嚼特嚼。

尼娜想起自己发过誓，要在到达之前搞懂那首诗。“能不能把那首诗调出来？我想看看我们今天发现的东西能不能给点灵感。”

“没问题。”布雷克最开心的事情可能就是开着电脑工作了。她把笔记本撑开，让尼娜也能看清，然后敲了一个桌面的图标。

尼娜又看到了那首诗。

无言静候夜复昼。

守光之人共相守。
眼见船儿去又来。
她心何向最难猜。

“不算是标准的抑扬格五音步诗。”布雷克说。

“密码科说，他们觉得第二行可能是指灯塔看守人。”尼娜想起了之前开会说的信息。“要不你用谷歌搜一下美国有哪些出名的灯塔？”

两人看着长长的清单上列出的灯塔，从华盛顿州的皮吉特湾到佛罗里达州的基韦斯特岛，数量多得让人没法细看。

“我们从东海岸开始看吧。”尼娜建议说。

几下点击之后，还剩下一大堆灯塔等着她们去看。

布雷克摇摇头。“我觉得咱们就像追线索的猎犬，鼻窦还感染了。”

尼娜明白她说得没错，但还是想继续追下去。“能不能给我吃点坚果？我快饿死了。”

布雷克把袋子递给她。“我把山核桃吃光了。只有这一样有点吃头。”

“我什么都能吃。很小的时候就知道有啥吃啥了。”从这家辗转到那家，常常都吃不饱，她挑食的毛病早就给治好了。

“我不行，我宁可挨饿。”

尼娜知道，只有从没真正挨过饿的人才会这样说。

“就拿这个来说吧。”布雷克举起一颗花生。“我老家是佐治亚州的，所以大家都觉得我爱吃花生。一个种花生的当上了总统，突然之间全州的人都得爱吃这个鬼东西了。”她不屑地哼了一声。“真正的南方人都知道，只有盐水煮的花生才好吃。要不然啊，还是先吃山核桃吧。”

“我吃过一次山核桃派，”尼娜说，“真心吃不惯。”

“你运气不好，”布雷克说，“你吃的肯定是从杂货店的冷藏柜里买来的。”她一阵哆嗦。“正宗的山核桃派一定得是现烤出来的，里头要加了波本威士忌的。”

“波本威士忌？”

“萨凡纳的人都是这样做的，我就是那儿的。要是你想吃最正宗的波本山核桃派，一定要去萨凡纳河边的‘海盗屋餐厅’，它家……”布雷克突然张大嘴，瞪大眼，声音慢慢变低。“我的老天。”

尼娜一把抓住她的胳膊。“怎么了？”

“稍等。”她一阵疯狂打字，然后把电脑推到尼娜面前，红扑扑的脸颊上绽开了灿烂的笑容。

屏幕上是一张放到最大的雕像照片。尼娜仔细看着用青铜雕铸的一个年轻姑娘和一条狗，姑娘的双臂高举过头，拉着的好像是一面迎风招展的旗。

“肯定就是这个，”布雷克小声说，“要死了，我要是把这个给忘了，我妈一定不会放过我的。”

“把什么给忘了？”韦德说。他和肯特显然听见了这边激动的声音，也想听听怎么回事。

布雷克抬头看着他们，一双绿眼睛晶晶亮。“这是弗洛伦丝·马图斯的雕像，《挥手的女孩》。”

肯特抱起双臂。“就当我们从来没听说过弗洛伦丝·马图斯，跟我们讲讲吧。”

布雷克指着第一行诗解释起来。“四十多年的时间，弗洛伦丝迎接着每一艘进入萨凡纳港的船只。白天她挥舞一块布，夜晚她就提个灯笼。”

尼娜又把第一句诗读了一遍。

无言静候夜复昼。

布雷克用手指着第二行。“她终身未嫁，一直跟她哥哥住在一起，哥哥是厄尔巴岛上的灯塔看守人。”

守光之人共相守。

尼娜读到下一行的时候，也开始跟布雷克一样激动了。

眼见船儿去又来。

“不管船只是进港还是出海，弗洛伦丝都会朝着它们挥手，”布雷克接着说，“‘船儿’就说明有大海了。”

“最后一行呢？”尼娜读完又问。

她心何向最难猜。

布雷克笑得更开心了。“人们都说弗洛伦丝终身未嫁是因为她爱上了一个水手，水手许下诺言，一定会回来找她，却一去不返。不过这个不知道是真是假了。”

“她心何向最难猜，”尼娜说，“完全对得上。”

“立刻联系专案组，”韦德说，“让萨凡纳分局立刻派人去雕塑那里。”他从兜里掏出手机递给布雷克，让她来领这个功。

“我这就给萨凡纳分局打电话，”听完布雷克开着免提连珠炮一样的解释，巴克斯顿说，“我们很快就能得到答案了，我会第一时间给你们消息的。”

他们一边等消息，一边讨论着“密码”怎么这么快就从波士顿跑到萨凡纳了。乘飞机应该是唯一的方式。大家正在争论怎样查出可能的航班和机场的时候，电话响了。

“我是韦德。”

巴克斯顿的声音非常兴奋。“猜对了。”

简单三个字让尼娜感受到了这些天以来最大的希望。“他们找到什么了？”

“我发了张图片到布雷克探员的邮箱，”巴克斯顿说，“雕塑底座下面粘着一个信封，里头有一张标准办公用纸，图片就是从纸上拍下来的。当地的证据恢复组此刻正在处理图片以便取证，同时也复制了一份给我们看。”

布雷克点开联邦调查局的私人服务器，在邮箱里打开了文档。“收到了。”她把图片拉大。

尼娜仔细看着放大的图片。卡纸上方是一个正方形，里面被带尖角的锯齿状线条分成了马赛克一样的小块，每个小块里都有打印的数字。

“密码分析人员认为，图里藏有一张图片，”巴克斯顿说，“他们正在分析，你们也可以试试在剩下的路上思考一下。”

“这不像那首诗，应该有数学的东西，他们分析起来可能会快一些，”布雷克失望地说，“线条圈出来的形状里面的数字全都不一样。”

“有好几百个数字。”巴克斯顿说。

“我们大概还有一小时才到，我们会在路上思考的。”尼娜说。

“布雷克探员说得没错，这个看起来更适合密码分析人员。”巴克斯顿斩钉截铁地说，“你们这一天已经很辛苦了。明天早晨的情况通报会上再见吧。你们都给我好好休息，保持最佳状态。”他顿了一下。“还有一件事。重新整理好随行包，明天带过来。一旦破解了密码，你们就立刻上路。”

37

尼娜刚走完最后一段楼梯，就发现比安卡又在等着她。这丫头肯定装了摄像头在监控她的停车位。她什么事都敢干的。

她照常打开门锁，关停报警系统，再把包甩到小玄关里，让它靠在墙边。比安卡跟着她进了屋。

"'密码'的全部社交媒体都又开放了，"比安卡开门见山地说，"要我说啊，这样做不明智。"

尼娜竖起一道眉毛。"我知道你不喜欢这样，小比，但是我们需要'密码'回到线上来。网络犯罪科会在有必要的时候再次封掉它们。"

她在回家的路上把"密码"的社交媒体账号全都看了一遍。他还没有发布任何线索指向萨凡纳的《挥手的女孩》雕塑。目前看来，他们还走在"抓贼小分队"前面。

"好吧，不要怪我。"比安卡把打开的笔记本电脑推到餐桌对面让她看。"他的'脸书'排行榜阅读量比以前还高。"

"等等。"尼娜凑过去一看，发现一件之前没有注意到的事。"为什么联邦调查局会在榜单上？"

她还记得布雷克最早给她看过不明疑犯的排行榜，上面列出了前五个加入他"游戏"的人或团队。这次，朱利安·泽兰还在榜首，第二是"联邦调查局"队，第三是"酒逢知己"队。"粉潮"被之前垫底的一支队伍取代了。

"我猜他想把傻子放上来，所以给你们起了个名字，把你们插进来了吧。"比安卡说。

"排第四的是谁啊？一帮乔治·华盛顿大学的学生，自称'呆子帮'。"

比安卡移开目光。“没听说过。”

“这个名字像是你跟你的小伙伴想出来的啊。”尼娜眯起眼睛。“我要是没记错的话，你就在乔治·华盛顿大学念书啊。”

“好吧，没错。”比安卡举起双手。“就是我们。”

“你们怎么登上他的排行榜的？”

“‘酒逢知己’队破解了一条线索,泽兰拿出了悬赏,”比安卡说，“榜单上的其他人基本上都是发过跟他的话题有关的帖子或者在转推的时候评论过要怎样逮住他的。”

比安卡的智商也许接近于爱因斯坦，但她绝不是变态的对手。“别管他了,”尼娜说，“他是个——”

尼娜还没来得及进入咆哮模式，一阵敲门声突然把她的话打断了。她嘴里骂了一句，站起身把门打开了。

戈麦斯夫人递过来一个盛满肉馅卷饼的玻璃焙盘。“给你做的。”她一边说着一边绕过尼娜跨进了屋里。

“戈麦斯夫人，你真是太客气啦。我都不怎么饿。”她扫了一眼戈麦斯夫人放在餐桌正中的菜。用阿斗波酱腌过的肉香气扑鼻。“就算我很饿，这一份都够一家十口人吃了。”

“她心情不好就会做菜,”比安卡说，“视频发布以后，她就成天泡在厨房里。”

戈麦斯夫人瞪了比安卡一眼，但什么也没说。

“你就收下吧,”比安卡说,“这栋楼里家家户户都收到她做的菜了。”

“你得多吃点,”戈麦斯夫人说，“吃得多才有力气。”

戈麦斯夫人指着堆满半圆形面团、冒着热气的盘子说话的时候，尼娜发现了她红肿的眼睛和黑黑的眼圈。

尼娜伸手摸摸她的胳膊。“别担心我了，戈麦斯夫人。”

“唉，亲爱的,”戈麦斯夫人颤着声音说，“我就是受不了那个混蛋那样对你。”

“跟我们一起坐会儿吧？”尼娜说。

戈麦斯夫人从围裙兜里摸出一张纸巾，擤了擤鼻涕。“我炉子上还做着菜呢。”她朝着门走了几步，又停下来回头看着尼娜。“要是吃了馅饼心情还不好——”她从另一个围裙兜里扯出一小瓶龙舌兰，往焙盘旁重重一放，“喝点这个试试。”她飙着眼泪出去了。

尼娜转头看着比安卡。“什么情况？”

“视频出来以后，我每天面对的都是这样的情况。”比安卡无奈地笑笑。“她一直把你也当养女，你知道的。”

尼娜赶紧切断在体内漾开的暖流，从母爱状态调回到她更熟悉的嫌犯审讯状态。

她看着比安卡，脸上写满“少跟我来这套”的表情。“我们刚才正在讨论你跟你的队友怎么退出这次的调查。”

“唔……不对，”比安卡说，“我们聊的是我帮了多大的忙。说真的,联邦调查局应该付我工资才对。要不然你们怎么了解得到‘密码界’里的最新情况？”

尼娜大翻白眼。真行，互联网大辞典里又多了个新词。“现在又怎么了？”

“波士顿那个傻瓜，想把他找到的那个粘在垃圾箱上的信封放到‘易趣网’上拍卖的家伙，你知道吗？”

她点点头。“还是你给我看的呢。”

“‘密码’刚刚在他的‘脸书墙’上把这条线索贴出来了，”比安卡说，“还加了条评论，说联邦调查局没有权利把它藏起来，还说这样就不是公平竞争了。”

尼娜长叹一声。他们费了那么大的劲追查“易趣网”卖家、找回信封，结果只争取到了二十个小时的先机。这些时间他们都用来寻找“密码”放在萨凡纳的图片了，而他又会等多久才把它也发到网上呢？

38

尼娜坐在拥挤的专案组办公室，面前摆着电脑显示屏，身边是网络犯罪科团队，清晨的第一杯咖啡就摆在桌上的鼠标垫旁。她满眼怒气地读着屏幕上的信息。

“密码”：你以为你可以欺骗、隐瞒我的粉丝吗？我想公开什么就公开什么，想什么时候公开就什么时候公开。不是你，女战士。

四个小时之前，天还没亮，一支“抓贼小分队”发现“密码”的那首诗指向《挥手的女孩》雕塑，很快就上线抱怨那里没有更多的线索了。几分钟后，“密码”就回应他们了。他把图片谜题在“脸书”、Ins、“推特”和“缤趣”上发了个遍。

“每次我们刚领先，这个混蛋就会破坏我们的优势。”肯特说。

“因为他需要混乱的局面，”韦德说，“他需要给他正在做的事情打掩护，只有人群能做到。如果公众没能很快想出答案，他就会在下手前后直接把图片谜题的解法发布出来，这样才能最大限度起到迷惑作用。”

“那就表示，我们需要第一个解出这破玩意儿，这样我们才能抢占先机。”肯特说。

“密码科通宵都在研究。”她看看对面的角落。“但愿他们有点头绪了。”

肯特跟着她的目光看过去。“与此同时，我们应该拖住他。”

尼娜开始打字。“这样行不行？”

联邦调查局：我们整个专案组都在追捕你。你跑不掉的。

“密码”：别让我先逮着你啦，女战士。

“他想激怒你，”肯特说，“继续聊。”

联邦调查局：你可以带着律师来自首。我们不会伤害你的。

"密码"：你以为我怕你？怕联邦调查局？杰弗里·韦德博士没有从错误中吸取教训啊。

韦德皱着眉头走近他们。"照我说的发。"

尼娜老老实实照着打字。

联邦调查局：我就是韦德博士。你说的错误是什么？

"密码"：就一个人名：钱德拉·布朗。

韦德骂了一声。"他现在开始挖苦我了。"

肯特拿胳膊肘推了一下尼娜的肩膀。"接着问他钱德拉的事情。"

她注视了两位侧写专家好一阵，然后直截了当地发了一条很短的信息。

联邦调查局：是不是你杀了她？

"密码"：我还有事要安排，没时间跟你聊了。

他没再回复任何消息。

尼娜推开键盘。"他在耍我们，浪费我们的时间。他说过下一个人的死期是四天之后，现在已经三天了。"

"我觉得很奇怪，"肯特说，"这一次的模式为什么变了？以前他的线索都是直接指向尸体的。"

"这是在分散我们的注意力，"韦德说，"他肯定需要更多的时间来为下一个受害者做准备。"

尼娜想象着"密码"在街上四处搜寻猎物的画面。他一边把他们耍得团团转，一边又在悄悄跟踪下一个女孩。想到这里，她心中顿时无比沮丧。

"线索一次比一次难，"韦德说，"第一次是个初级的替换式密码，第二次的操作原理没变，但增加了一层额外的计算，还翻转了一部分密码。接下来变成了押韵对句，风格迥然不同。而这一次，他把艺术和数学结合起来了。"

“他是在炫耀。”肯特说。

“同意。”巴克斯顿已经来到了他们身后。“我一直在看你们发的私信。他一边逗着我们玩，一边安排下一次谋杀。我们不缺人手，我们缺的是时间。既然现在我们更了解对手了，我们可以头脑风暴一下，想想怎样推进调查。”他展臂扫过巨大的会议室和各个工作区的众多人员。“我们有这么多的资源，好好用起来啊。”

“能不能换个方式搜寻‘密码’的生物学父母？”尼娜问，“‘博尔项目’找的捐献者是世界各地的都有，还是只有美国的，甚至只有特区的？”

“不知道，”肯特说，“搜寻继续不下去了。”

“如果我们让公众知道‘博尔项目’的信息，也许能获得新的线索。”布雷克也加入讨论。“但是，我们的调查到了这一步，我们应该让公众知道多少信息呢？”

巴克斯顿好像有点胃疼。“不到万不得已，我不希望泄露任何跟‘博尔项目’有关的消息。”他抬眼望着天花板。“想想那些博主、推主、阴谋论者会有什么反应。超级掠食者尾随跟踪年轻姑娘，谣言不得满天飞啊。”他摇摇头。“项目里其他已经成年的孩子本来过着完全正常的生活，他们都会无辜受害的。”

这话跟博尔医生的儿子说的差不多，尼娜也不反对，但心里总觉得信息随时可能泄露，他们的时间都像是借来的，尤其是现在全国各地的分局探员已经与“博尔项目”的所有孩子进行了访谈。

她正准备跟团队讨论一下这个问题，首席密码专家奥托·戈尔德施泰因浑身颤抖着冲了过来。

“给我点图片谜题的好消息吧。”巴克斯顿有些抓狂地说。

戈尔德施泰因满脸笑容，厚厚的金属框眼镜反射着荧光灯的亮光。“我们有答案了。”

39

联邦调查局“湾流”喷气机

美国中西部上空

尼娜挨着韦德坐在小桌旁，对面是肯特和巴克斯顿，布雷克则坐在过道那边，座椅扶手上的小桌板已经打开，笔记本电脑就摆在上面。

巴克斯顿正在按机载电视的遥控器。“全国新闻。”他嘀咕着，飞快地换台找他想看的频道。

尼娜认出了资深主播埃米·陈，她下方的滚动字幕正打出：*突发新闻。科学家认领百万美元奖金。*

“接下来报道破解密码的科学家，”陈对着镜头说，“我们的直播间里请到了已经退休的联邦调查局执行助理局长肖娜·杰克逊，请她从专业人士的角度谈谈这次风险极高的调查进展如何了。更多相关报道，稍事休息就回来。”

“肖娜先跟我一起捋了一遍，然后才答应上电视的。”巴克斯顿的声音跟餐具洗洁精的广告一起响起。“她为我们做了那么多，我不可能不让她去讲。”

加州一名科学家同意接受现场专访、提供萨凡纳谜题的解决方法以后，新闻网在一小时前联系了肖娜，请她发表评论。她同意讨论一些调查中的细节，作为交换，她要在节目中坐足一个小时，这样巴克斯顿和匡蒂科团队就能抢先赶往下一个目的地。本来巴克斯顿希望肖娜能争取拖够 24 小时，新闻频道没同意。

镜头切回到了陈，肖娜就坐在她旁边。

“与前联邦调查局执行助理局长对话之前，”陈开口了，“让我们先来听查尔斯·法恩斯沃思博士讲讲，博士在加州的实验室里研究光谱学。”屏幕分屏切入了一个高额头、大胡子的壮实男子。“法恩斯沃思博士，请您讲讲您是怎么破解线索的？答案又是什么？”

法恩斯沃思茫然地盯着镜头，两颊通红。

“法恩斯沃思博士？”

尼娜看出了他的怯场。这个男人显然刚刚才明白，十五分钟的出名时间已经到了，可他还没做好准备。

陈向他抛出了救命绳。“您可以先跟我们讲讲您的工作。”

陈已经是行业翘楚，安抚紧张的访谈对象是很在行的。

法恩斯沃思看上去放松了不少。“我主要研究物质与电磁辐射之间的相互作用。”他说。

陈貌似在强忍翻白眼的冲动。“博士，您能不能用简单的词汇解释一下呢？”

“我研究光谱。”

“那您的研究是如何帮助您破解线索的呢？”

法恩斯沃思终于开始侃侃而谈。“线条里面的三位数代表了电磁波，是用太赫兹表示的，电磁波的色彩频率间隔是肉眼可见的。”

陈眨了眨眼，耐心得有点夸张了。“博士，我们的大部分观众都不是研究光学的。您能不能讲得再直白一点啊？”

法恩斯沃思想了想。“每个数字都代表一个色调。”

“谢谢博士。”陈面带微笑结束了与科学家的技术尬聊，准备向等候多时的观众抛出重磅炸弹了。“我们把法恩斯沃思博士的发现填到图表的空格里。”分屏一闪，她又面对着观众了。“下面就是图片显示的内容。”

尼娜和全队人员一起倾身上前，看着屏幕上那张风格化的图片，蓝绿的背景衬托出一只鲜艳的橙红色的鸟，翅膀和尾巴的羽毛喷薄出黄色的火焰。

“看着像一只凤凰，”陈转身对肖娜说，“已退休的联邦调查局执行助理局长杰克逊与尼娜·格雷拉关系密切，也一直与匡蒂科的团队保持着联系。请问他们对这幅画有什么看法？”

“目前他们假设这是一只凤凰。”肖娜说。

“他们现在会采取什么行动？”

“首先，他们需要判断这指的是什么地方。亚利桑那州、伊利诺伊州、路易斯安那州、马里兰州、密歇根州、纽约州和俄勒冈州，这些州都有叫‘凤凰城’的城市，这还只是在美国境内。”

“他肯定是指的亚利桑那州，”陈皱着眉头说，“这里的凤凰城比其他几个城市都要大。”

“可能性比较大，”肖娜说，“不过我们必须全部都考虑到。”

尼娜扭头去看韦德，他也觉得亚利桑那州是可能性最大的地方。他研究过“密码”既往的模式，认为——跟陈一样——他可能更喜欢大城市，因为他可以轻松混进人群里。韦德正专注地看着肖娜，脸上挂着怅惘的笑容。

“我也觉得这条线索不太能说明杀手会在哪里动手。”陈说。

“过去，他会明确指出尸体所在的地方，”肖娜说，“这一次，他给了一座城市，而且——如果真是亚利桑那州的凤凰城——这里的城市和沙漠地带一共有五百多平方英里。”

“看来他是越来越狡诈了。要查遍这么大的区域，根本不可能。”陈对着摄像头伸出手。“联邦调查局需要公众提供什么帮助吗？”

“如遇任何可疑行为，请及时上报，”肖娜说，“我们的 800 电话已经开通。”

“这下好了，”肯特说，“科学怪咖、阴谋论者，还有能跟死去女孩的灵魂对话的灵异人士……两万个电话打进来，也许——只是也许——其中能有一条有用的线索。”

陈摸摸耳朵，一下睁大了双眼。“我们的社交媒体团队说，‘密码’的‘脸书’主页刚刚发了新帖。”陈简短地点点头，又转头对着摄像头。“我们现在就把它展示出来，画面可能会引起不适，请观众谨慎观看。”

尼娜看着那张突然占满整个屏幕的照片。上面是一个年轻姑娘攥着一张硬纸板，照片从她的脖子拍到腰，只露出了一双手和一点点肚皮。白色的纸板上，用黑色马克笔潦草地写着一串黑体的大写字母：

来救我，女战士。
我只能活两个小时。

尼娜感到飞机密闭空间里的所有目光都压到了她身上。韦德和肯特说得没错，“密码”对她的迷恋就是他的动力，他从她开始，一定会一直走下去，直到在她这里终止。他想要的不仅仅是杀她——他想要占有她、控制她，最后彻底摧毁她。

就是她，尼娜·格雷拉，女战士。

她一抬头就看见肯特眯着眼睛在看她，显然是读懂了她果决的表情。他缓缓摇头，无声地对她说别。

但她已经下定决心了。特区、旧金山、波士顿的女孩子都已经遇害了，这一次，受害者还活着，还有希望得救。无论付出什么代价，她绝不让凤凰城成为“密码”又一个杀人的地方。

40

三个小时后

亚利桑那州凤凰城应急行动中心

尼娜打量着与消防局培训学院设在一起的应急行动中心，这里配置了各种顶尖高科技。联邦调查局凤凰城分局的探员跟凤凰城警局的警探、巡逻队长、高级官员都在一起，很多文职技术人员和保障人员都在开阔的场地里来来往往——这就是典型的作战室场景，她现在再熟悉不过了。

跟在波士顿的时候一样，她跟一名当地警探编在一组。这次的警探哈维尔·佩雷斯是凤凰城警局重案组的，他穿着灰色的休闲裤和海军蓝的马球衫，运动员般的健硕身材一览无余，浓密的黑发和小麦色的皮肤跟她自己的特别搭。他跟壮实的爱尔兰警察德莱尼简直就是两个极端。

多亏了情报热线，新闻刚播完，几百个电话如潮水般涌入中心，经过人工接线员导入应急行动中心。这里筛选出相对可靠的线索，再派出大量的警探、探员和巡警去跟进。

尼娜和佩雷斯跟其他各组一样，都接到了一沓线索单。正要出门，巴克斯顿挥手拦下了她。她快速浏览了一遍他递过来的那张单子。来电人自称是住在收容所的十六岁女孩，这两条都符合“密码”的受害人标准。接着她说她的朋友跟一个陌生人上了一辆 RV，之后就失踪了。最后，她说她好像认出了举着字牌的女孩手腕上的部落文身，那跟她失踪的朋友是一样的。尼娜读到这里，后颈上的汗毛都立起来了。

“我的车就在停车场，”佩雷斯说，“出发前你还需要什么吗？”

她从桌上拿起一个皮壳文件夹。“不需要了。”

她跟在他身后往门口走，肯特突然从她面前冒出来。他压低嗓子说：“不要这样。”

“怎样？”

“你在飞机上想的那样。我看见你当时的表情了。”

“听不懂你在说什么。”

“不明疑犯就是希望你干蠢事，犯错误。”

“佩雷斯跟我正要去查线索，你跟你搭档不也一样嘛。”

他朝佩雷斯那边瞪了一眼。“我不喜欢他的样子。”

“幸好你没跟他分到一组啊。”

佩雷斯走了过来。“有问题吗？”

两个男士相互打量着。

尼娜翻了个白眼。“你俩先比比胸肌吧，我去停车场等着。”

佩雷斯在过道里追上了她。她发现他在若有所思地看她，但并没有说什么。他们一起走到停车场第一排的一辆黑色塔赫车旁。

“收容所离这里不远。”他一边说一边绕到驾驶位车门那边。

尼娜系上安全带，打开文件夹把巴克斯顿给她的那张来电记录单扯了出来。“讯问对象叫埃玛·费希尔，十六岁，目前跟母亲一起住在市中心的妇女儿童收容所。”

佩雷斯把车开到了街上。“埃玛的妈妈知不知道她打来电话提供情报？”

尼娜顺着单子往下看。“估计不知道。这上面说埃玛看了新闻，去前台说想用电话。”她抬头看着佩雷斯。“我敢打赌，她不想让她妈妈知道她昨晚出去的事。”

佩雷斯点点头。“你想怎么讯问？”

“我负责提问吧。可能跟女性沟通起来她会觉得舒服点。”

“行，”他微笑着说，“我来当沉默的壮汉。”

不到十分钟，他们就来到了一条小巷里，一栋单层的教会风格土坯楼就在面前。他们把车停在了执法部门专用车位上，然后推开门厅的玻璃门，径直来到前台。

“请问你们是警察吗？”一个敏捷的、留着波波头的老年女士问。

尼娜翻开证件。“我是格雷拉探员，这是佩雷斯警探。”

女士的双眼在方框眼镜后面睁得大大的。“格雷拉……你是尼娜·格雷拉？”她细长的一只手猛地捂住胸口。“我的天。”

尼娜浑身发烫。这位女士跟其他人一样，也在追这个事，说明她可能也看过那个视频。她扭头看了一下佩雷斯，突然意识到他也看过，顿时感到全身更烫了。这就是她要面对的新现实了。

她挺直身板。“我们想跟埃玛·费希尔单独谈谈，在哪里方便？”

女士回过神来。“我让工作人员送她去访谈室。我们这里有好几间。”她从桌上拿起了对讲机。

尼娜静静站在一旁，不想看佩雷斯的眼睛。

“你们去三号房间吧，”女士指着她的左边说，“埃玛很快就到。”

他们顺着宽敞的走廊走过去，内墙边有一排小房间。三号房间的门开着，佩雷斯跟着她走了进去。房间的陈设很简单，一边摆着一张破旧的双人沙发，另一边还有两把放着薄坐垫的椅子。

“你们好？”敞开的门口传来一个怯怯的女声。

尼娜转身看见一个女孩子，两个眼眶涂着眼影，让那张年轻的面孔多了些冷峻。“埃玛？”

女孩子点点头，尼娜示意她去坐双人沙发。“我是——”

“我认得你。”埃玛说。

尼娜又开始浑身发烫。她指了指身旁。“这是佩雷斯警探，针对你打来的电话，我们想问你几个问题。你妈妈在吗？”

埃玛坐了下来。“我妈在床上没醒。”

“好的，”尼娜说，“我们录下音，你介意吗？”

埃玛耸耸肩。

“请你大声回答，”尼娜说话的时候，佩雷斯拿出一个数字录音设备，放在了疤痕累累的橡木咖啡桌上。“是否同意录音？”

“可以，你们可以录音。”

“要不，你先跟我讲讲昨天晚上发生的事情吧？”

“特里纳跟她妈妈大吵了一架。”

“特里纳是谁？”

“特里纳·戴维森。我跟她上周才认识的，我俩经常一起玩，这里就我跟她两个女孩儿没穿纸尿布了。”

尼娜点点头。“昨晚什么时候开始吵架的？”

“差不多九点吧。一顿大吵以后，特里纳和我决定出去……唔……逛逛。”

尼娜瞄了一眼埃玛，她的指甲一点儿不整齐，已经让尼古丁熏得发黄。“你想去抽烟。”

“就算是吧。”她摆摆手。“反正我们走到了街角，但特里纳只剩一根烟了，我就去街对面的OK便利店再买一包。我在收银台排队的时候往窗外看了一眼，看见那个人朝特里纳走过去。”

“他长什么样？”

“像个机车手。”埃玛的双手在胳膊上上下滑动。“他文了两条花臂，从肩膀到手腕。头发剃光了，还留着山羊胡子。”

尼娜看了一眼佩雷斯。这跟之前的描述全都不一样。不过呢……

“他个头大不大？”尼娜问。

“又高又壮。”埃玛对着佩雷斯伸伸下巴。“跟他差不多。”

“他走近特里纳以后，又做什么了？”

“他给了她一根烟，和她说了会话。她一直在笑。我觉得她有点喜欢他。”

“然后呢？”

“收银台那个蠢女人半天都没找到我要的牌子，我又换了种烟。”

尼娜忍住没叹气。“特里纳呢？”

“哦，她啊，她跟着那个男的走到一辆房子一样的大车那里，车就停在隔壁的空停车场里的。”

“你说房车，”她问，“是不是 RV？”

“是的，那种可以开着到处跑又可以住在里头的车。整个都是黑的，连窗户都是。我吓得不行，不知道为什么。”

那是因为你的求生本能苏醒了，尼娜心里想。

“接下来呢？”她说。

“特里纳跟他上了 RV，我就回收容所了。”她的眼睛有点湿。“那是我最后一次看见她。”

“你还跟谁说过昨晚的事情吗？”

“没有。我估计特里纳真的喜欢那个家伙。我也不知道。”

“那你什么时候决定说出来的？”

“今天早上。”埃玛开始流眼泪，眼线被冲出了两道黑线，顺着脸颊往下流。“我在就餐区看电视，那个科学家说线索是只凤凰鸟，我觉得就是这里。我就知道。”她忍住抽泣。“然后我又看见那个女孩子举着牌子的照片，我认得她的文身。我知道很多人的手腕上都有部落文身，但是特里纳的跟电视上那个一模一样。我为了确认，还特意去找了她，她没去吃早饭，我又去问她妈。”

“她妈妈怎么说？”

“特里纳昨天晚上没回来，她妈觉得她反正都跑了几万次了。我什么都没跟她讲，直接就去前台借电话了。他们问我借电话干吗，我就说我要给 800 电话提供情报。”

“你昨晚有没有看见 RV 开走？”尼娜问。

“没有。我今早去停车场看过，已经开走了。”

尼娜从桌边的盒子里抽出一张纸巾递过去。“很快会有警探过来跟你了解后续情况。我很高兴你打了电话，埃玛。你做得很对。”

“不，我没有。”埃玛把纸巾抓过去。“我要是做得对，早就该打电话了。昨天晚上就该打。现在她很可能已经不在了。这都怪我。”

“你别再自责了。你已经打过电话了，这就够了。”她突然想到什么。“说到电话，特里纳有没有手机啊？”

要是运气好，他们就能定位到她的信号，找出她的位置。

“这里没人买得起手机，所以我只能去前台借电话来打给你们。”

“还能跟我们说说那个机车手吗？他那些文身你能不能画下来或者详细描述一下？你记不记得什么特别的词或图案？”

“当时很黑，我站得又远。什么都看不清。”

“RV 的车牌或者外观呢？”

“我说过了，当时很黑。”她噘起嘴唇。“我知道的都跟你们说了。你们是不是应该去找她了？”

尼娜站起身来。“我知道你很担心特里纳，我们也很担心她。我们要去跟进你说的信息了。别的警探还会来跟你、你妈妈和特里纳的妈妈了解情况的。”

“特里纳她妈会杀了我的。”埃玛抱住胳膊。“她脾气很不好。”

“没人会杀你的。我相信她能明白。”

埃玛不太相信她。“你们找到特里纳以后能不能告诉我一声？”

“我们会给你捎个信的。”

他们一再跟埃玛保证，接到报警的警察不会让特里纳的妈妈掐死她，然后才一起走了出去。佩雷斯给应急行动中心打电话汇报进展，请求跟进对埃玛和特里纳母亲的讯问和支持，尼娜就站在旁边听着。

他要求对一辆黑色 RV 进行接触式验查。“好主意。在市属停车场非法停 RV 的人，很可能还会把它停到不该停的地方。”

“说不定他已经遭了一张罚单，”佩雷斯说，“值得一试。”

尼娜赞赏地朝他点点头。“‘密码’不可能怀疑到我们在查房车。他并不知道，埃玛不仅看见了他跟特里纳说话，还看见了他把她带上 RV。”

“前提是这人就是我们要找的人乔装打扮的，”佩雷斯说，“但他也可能是其他哪个恶心的变态。”

她同样认为所有引诱未成年人的成年人都是肮脏恶心的，也知道很多女孩子都在手腕上有文身，但她觉得这个人就是“密码”。她从骨子里相信就是他。“附近有没有 RV 营地？”

“市中心周围是没有的。”

“如果你有一辆 RV，还想把人困在车里，你会开去哪里？哪里有开阔的场地，还不容易被人发觉？”

“周边城市的 RV 营地都很挤，车挨车地停在一起。”

“公园呢？”

“不允许过夜，”他说，“公园天黑就关门。”

“如果这就是不明疑犯，他一定已经计划好了。他把线索放在萨凡纳，就是为了把我们的注意力都转移到东边去，而他在西边搞事情。”

佩雷斯的手机响了，他掏出来一看。“是应急行动中心。”他一边听一边在松软的沙地上用脚尖推着一块鹅卵石。“请指示。格雷拉探员和我这就去查。”他挂断电话，朝她咧嘴一笑。“又有线索了。”

佩雷斯一边把车从市中心往外开，一边跟她说明情况。

“玛丽维尔–埃斯特雷亚辖区的巡逻组接到报告，昨晚有一辆非法停车的 RV，”佩雷斯边开车边说，“玛丽维尔受经济衰退影响很严重，很多开发商撤出的时候都留下了空地。”

“巡警看见什么了？”

“他经过一片有围栏的区域的时候，看见里面停了一辆车。他问了守夜的人，说业主跟他讲了，他允许那辆 RV 在那里停两天。巡警记下了保安的名字就走了。”

“他们正在核实信息？”

“巡警没有查到安保公司的名字。应急行动中心的人正在查业主，可能查起来会比较费事。正好我们可以去看一眼。”

佩雷斯一个急转弯，尼娜赶紧抓住车门把手。“你觉得会不会巡逻组打草惊蛇了，现在不明疑犯已经转移了呢？”

“恰好相反，”佩雷斯说，“他很可能觉得他可以在那儿停车，警察就不会再来打扰他了。这是私有产业，比起警察，他可能更怕土地规划处的人。”他耸耸肩。“等到土地规划处想起来去查他的时候，他早就已经跑了，所以他又争取到了时间，不用着急离开了。”

尼娜希望佩雷斯说的是对的。去玛丽维尔的路上，他跟她介绍了凤凰城的情况和它诡异的历史。尼娜还是头一次来太阳谷，很喜欢这座城市的西南调调。

佩雷斯把塔赫开到一条空无一人的街道上，然后在街尽头的一道铁丝网围栏前面停了下来。他说的经济衰退真是一点没夸张，这里看上去就像建筑工程刚进行到一半，建筑商就把挖土机和搅拌机开走了一样。过了这么多年，牧豆树和毛茸茸的灌木丛已经重新占领尘土覆盖的土地。

从围栏过去大概二十码都是一片棕色的荒地，上面很显眼地停着一辆硕大的黑色 RV。

尼娜看了看四周。“你有没有看见那个保安？”

“没有。他可能只上夜班。”

“这辆 RV 跟埃玛说的对得上，”尼娜说，“你怎么看？”

佩雷斯一手叉腰。“要么找到一个离家出走的十六岁女孩儿，要么就是另一个被杀害的人了。”

尼娜想起了自己立下的誓言，无论付出什么代价。她咬紧牙关，冲到围栏边，伸手在铁丝网上摸过去。“有没有看见入口啊？”

“有一扇大门，但是挂了锁。”

她使劲摇了摇围栏。“挺牢固的。”她把脚伸进去，开始把自己往上拉。

“我猜联邦调查局不太在意搜查令这样的小细节吧。”佩雷斯说。

“只是侦查一下，”她头也没回地说，“不进车里。”

他跟在她后面翻了过来，铮亮的鞋子重重地踩在她旁边，腾起了一团灰。

她猫着腰走到车旁。“车窗全都是黑的，就跟埃玛说的一样。窗帘都拉上了，而且里面好像还有什么东西挡着。”她摇摇头。“情况不妙。”她往 RV 的车门走去。

“你到底在干什么？”

“我好像听见有声音。”她喊了一声。“特里纳？”

车里先是传出一声闷闷的吼声，紧接着就是一阵规律的撞击声。

“一定是她，”尼娜说，“她肯定是在踢东西。”

佩雷斯抓起手机。“我请求支援。”

她从枪套里拔出手枪。“去他妈的。”她好像听见了被捂住的尖声哭泣，就是嘴里塞了东西的女孩子的声音。她不想再等增援了。

佩雷斯犹豫着。“格雷拉探员？”

“现在是紧急情况。”她朝着硕大的车身大步走去。“我要进去。”

“如果他也在里面，那就是人质劫持事件。我们需要战术——”

“守住后面车窗。”她冲着前方喊了一声，靠近了 RV 车门前的踏板。她一只手伸向门闩的时候，突然意识到，这就是肯特警告过、叫她千万别做的鲁莽行为。

41

尼娜使劲扯着车门上斑驳的门闩，佩雷斯在背后骂了一句。门是锁着的。“联邦调查局，开门！”

“呜呜呜呜！”

一阵呜声之后又是一顿猛撞。

尼娜抬腿对着金属车门就是一脚，踢出了一个凹印，但门没有开。“特里纳，他在不在里面？”她想到了一个沟通的办法。“如果只有你一个人，就踢两下。”

里面立刻就踢了两声。

她转头看着佩雷斯。“我让你守住后面车窗的。”

“我不会让你一个人进去的，”他说，“增援很快就到。”

“我等不了。”她对着车门一脚接一脚地踢着。

“让我来踢吧！”

她没理他，接着又是一脚。门闩松开了。尼娜一把将车门拉开，踩着两级车内踏板就冲进了车厢里。后部的睡觉区传来一阵哀号声。

“俯身。”佩雷斯低声说。

尼娜从眼角一扫，瞥见他的格洛克枪管正挨着她的头顶上方。她矮着身子向前挪动，让他在上方，以免发生交火事件。

分隔后舱的隔板是开着的，尼娜一眼就看见一张双人大床几乎填满了狭窄的空间，两条裸着的腿被拉成八字形铐在床上，镣铐用重型钢链钩固定在墙上。尼娜冲上前去，飞速确认四下无人，然后看向女孩的脸。

一张黑色印花大手帕蒙住她的眼睛，系在脑后，眼泪从手帕下面一直往外流。鼻涕从通红的鼻子里淌出来，滴在两条封住她嘴巴的银色胶带上。她的两个手腕也铐在链钩上。尼娜注意到有一条腿离内嵌的床头柜比较近，所以她能踢到它。

女孩拼命摆着头。“呜呜呜呜！”

“掩护我。”尼娜没转头，边说边把枪放回了枪套里。“你已经安全了。”她安抚着女孩，靠近床边。“我是联邦调查局尼娜·格雷拉探员。我不会再让他伤害你的。”她把手帕扯下来，然后抓住胶带刺啦一声撕了下来。

女孩的眼睛里充满恐惧。“救救我！”

尼娜先问出了最关键的问题。“他在哪儿？”

“他说他马上就回来，”女孩说，“快带我离开这里。”

警笛声越来越近。

“让他们别再鸣笛了，”尼娜对佩雷斯说，“先带她离开，再等着他回来抓住他。”

“这样不行，”佩雷斯说，“各单位都在往这里赶，附近社区的人也朝我们走过来了。再过 20 分钟，这里就该摆起小摊了。”

“密码”看见这么多人一定会悄悄溜掉。她闭上眼睛，在心里骂了一句，然后转身看着女孩。“开锁铐的钥匙在哪儿？”

“他把钥匙带走了。”

尼娜听见外面有金属撞击的尖脆响声，接警的警察正在从链式围栏上翻过来。

“看一下有没有人带了螺栓割刀。”她对佩雷斯说。

他出去以后，她轻轻抚摸着女孩的脸颊。她跟埃玛说的一样，但是尼娜还是需要确认一下。“你是特里纳·戴维森吗？”

她点点头。“我妈在哪儿？”

“她在收容所。我们离开这里以后，警方会带她来跟我们见面的。”

“你们要带我去哪儿？”

“去医院，要给你做些检查。”

特里纳开始颤抖。“能不能找东西给我裹一下？”

“没问题。”她把自己的制服脱下来披在特里纳身上，这时佩雷斯在门口探头进来了。

“救援人员来了。他们有螺栓割刀。”

他转身不见了，两名急救员踩着踏板重重地走上来，带来的装备立刻就把狭窄的空间挤满了。

“不好意思。”一名急救员拿着一把超大剪子从她身边挤过去。他刚朝特里纳的一只脚凑过去，她就尖叫了起来。

尼娜一手搭住急救员的前臂。“稍等一下。”

她从他身旁挤过去，跪在特里纳旁边的床垫上。“看着我，宝贝儿。”

特里纳盯着她的眼睛。

“他们是来救你的。我们打不开镣铐，只能把固定在墙上的金属割开。”

特里纳偷偷瞄了一眼急救员，开始低低地啜泣。

“怎么了，特里纳？”

“你能不能陪着我？”她轻声说。

“我就在这儿。你只管跟我说话，不用在意他们在干什么。我知道现在问不太合适，但还是要问你几个问题。可以吗？”

这样既可以转移特里纳的注意力，又能够以最快速度搜集到信息，发布全境通告追捕“密码”。

看到特里纳点了头，尼娜温和地开口了。“他看起来什么样子？”

“就像个普通的机车手。个头很大，特别壮，两个手臂都有文身，光头，黑山羊胡子。”

一下巨大的金属撞击声把特里纳吓得一哆嗦。链钩断成了两截。尼娜的一条腿可以活动了。

急救员又去割另一个脚踝上的镣铐，尼娜也继续问细节。“你看见他眼睛了吗？”

“看不到，”特里纳说，“他戴了墨镜。”

又是一下金属断裂的响声，特里纳赶紧把双腿并拢。急救员走到她的手腕旁边。

“他怎么讲话的？”尼娜说，“说了些什么？”

特里纳拼命摇头。“我不想重复他对我讲的那些东西。”

咔嗒一声，第三个链钩也断了。特里纳把那只能活动的手攥在胸口，紧紧拉着尼娜的制服上衣。

“抱歉，”急救员说，“我得去另一只手腕那边。”

他从特里纳身上俯过去，她立刻把自己蜷成一团躲在衣服下面。尼娜把一只手伸给她，让她死命地捏着。

“去他妈的。”急救员咕哝了一声。“这一个的角度太难弄了。对不起，我没有别的办法了。”他抬起一条腿，把特里纳夹在两膝中间撑着自己。

特里纳歇斯底里地扭了起来。

尼娜抓住急救员的胳膊把他从特里纳身上扯下来。“你想没想过自己在做什么？”

他气冲冲地说：“给她割锁链啊。”

她抓着他的胳膊没松手。“换个别的姿势。”

一块记忆碎片闪回尼娜的脑子里。男人沉重的双腿压着她、困住她。十一年前，那个魔鬼就那样骑跨在她身上让她动弹不得，逼迫她就范。他一定是铐住特里纳，然后也这样欺侮了她。

“我跟你一样，也不想那样做，”急救员说，“但我想不出别的办法来割锁链了。”他把剪子递给她。“可能你来割她能接受吧。”

她接过剪子，低头看特里纳。这姑娘已经吓得神不守舍了。她也只能像急救员那样骑跨在她身上才能割开最后一个镣铐，但那样让她仿佛从特里纳和“密码”的眼中又看到了自己遭受的攻击。尼娜努力压下了心中似曾相识的扭曲记忆。

“听我说，我想帮你解开手铐，但我需要你的配合。好好躺着别动，行吗？”

特里纳望着她，不想说话，可能也开不了口。

尼娜紧紧抓着手柄从女孩身上俯过去，用锋利的刀刃对着金属边缘猛力剪下去。费了好大一番力气之后，尼娜终于听到砰的一声响。特里纳腾地坐起来推开尼娜，从临时床上爬了下去。急救员使劲抓住她，让她愈加歇斯底里起来，对着急救员又踢又抓。

“别动！”他死死抓住她的手腕。“我们在帮你啊！”

尼娜心里像是突然断了一根弦。她回手就拿胳膊肘对着急救员的肩砸了下去。用尽全力。

他一下松开女孩，朝着尼娜吼起来。“你有毛病啊？”

她知道自己很过分，但她控制不了。看见他抓住特里纳手腕的瞬间，她条件反射地就出手了。女孩已经遭受了创伤，他的行为只会雪上加霜。他们造成的伤害是难以估量的。

特里纳搂住尼娜的脖子哭起来。尼娜知道她这会儿不可能再回答问题了。

“能不能在救护车里帮她处理一下伤口？”尼娜越过特里纳的肩头对急救员说，她知道他满脸怒气，但也顾不上照顾他的情绪了，只能让他继续做事情。“我想在她休克之前把她送去医院。”

尼娜让两个急救员退后，然后扶着特里纳慢慢站起来。她用一条胳膊搂住她的腰，接过另一名急救员递过来的毯子，像套卫衣一样仔仔细细地裹住特里纳的头，只露出一小部分脸来。

“没人看得出你是谁了。”特里纳听见她的话，点了点头。

他们走了出去，外面挤满了好奇的围观者，全都举着手机站在黄色警戒线后面。

尼娜知道好多人都看见了她，还在叫她的名字。她快步把特里纳送进等在一旁的救护车里，告诉佩雷斯自己要把她送去医院。警探答应带特里纳的母亲去急诊室跟她们见面。

关上车门以后，刚才的第二个急救员挨着尼娜在后面坐了下来。他微笑着看着特里纳，一边测量她的生命指征，一边安抚着她。

尼娜放下心来，开始思考当前的情况。今天肯定是抓不到“密码”了，但他至少没能加害到下一个人。可随着救护车在市区的路上不断颠簸，她又想到了一个问题。特里纳跑掉了，他一定会想办法报复的。

等他看见尼娜护送女孩离开 RV 的视频，他就知道该往哪里发泄怒火了。

42

应急行动中心的走廊上飘满了烤牛肉加香煎洋葱和青辣椒的香气。尼娜迎着佩雷斯的笑容，满满地咬了一口汁肉丰富的卷饼。他特意在一家叫“卡萨－克鲁兹厨房”的餐馆点了外卖，还跟她保证，这家凤凰城南部的餐厅有全城最好吃的墨西哥菜。

“再来点辣酱？”肯特问她，免得她一直关注这位帅气的重案组警探。

“不用了。”

房间的另一头，巴克斯顿正在跟凤凰城警察局长史蒂文·托拜厄斯谈话。长方形的会议桌上摊着装在外卖袋里的墨西哥菜，大家想吃什么就拿起来放到纸盘子里。

巴克斯顿转向众人，提高嗓音盖住了满屋的聊天声。“我们来复盘一下目前的情况。先听听受害人的陈述。”他向尼娜示意一下。“尼娜·格雷拉探员在医院做了讯问。”

医护人员把特里纳的轮床推进了急诊室，然后把她转移到医院的病床上，护士也来接手了。整个戳戳弄弄的检查过程尼娜都在旁边，听着她们问特里纳哪些地方受过伤，认真记下她的回答。她也尽力让女孩保持安静，让一名专门的护士来操作性侵犯罪取证套盒。最难应付的还是特里纳的母亲，她像个女鬼一样冲进急诊室，一会儿扑在女儿的床边歇斯底里地哭泣，一会儿又对着周围所有人尖叫。尼娜幸运地抓到了几分钟时间跟特里纳单独相处，又问了她几个问题，然后就将调查的接力棒传给了一名凤凰城警探。

尼娜知道大家都在等着她汇报情况，赶紧吞下嘴里的食物，拿纸巾擦干净嘴。“受害人名叫特里纳·戴维森，十七岁，暂时和母亲一起住在市中心的女性收容所。昨晚之前，她从未见过不明疑犯，也没有在任何社交媒体平台上跟他接触过。”

“她有没有说不明疑犯为什么会把她单独留在 RV 上？”巴克斯顿问。

“她跟我说了，他把她往床上铐的时候，她试图挣脱。她朝他挥了一拳，被他一下截住，结果她的拳头弹回来碰到了床头架上夹着的网络摄像头。他看到摄像头坏了，气得跟疯了似的。她觉得他是想要把杀她的过程直播出来。”

她注意到韦德正在平板上记笔记。

“他把她绑到床上以后，就出去了——特里纳猜测，但不太确定——他可能是去买新的摄像头了，”尼娜说，“她听见了摩托车走远的声音，不过之前并没有看见他骑车。”

巴克斯顿往桌子周围看了看。“有没有摩托车的消息？”

大家都在摇头。

尼娜接着讲，“RV 里有个内置迷你车库，装得下自行车或者‘黄蜂’这样的小型摩托车，但装汽车是不行的。车库是空的，但鉴定科发现里面的地板上有油滴。”

“肯定是骑的‘哈雷’。”一名凤凰城警察嘀咕了一句，旁边的警探呵呵笑了起来。

“佩雷斯警探和我出现的时候，他已经离开了半小时左右。也就是说，他很可能刚好回来遇上了警报灯和呼啸的警笛。我猜测他当场就掉转车头离开了，根本没有靠近现场。”

巴克斯顿点点头。“受害人还跟你说了疑犯的什么信息？”

“她说他全程戴着黑色皮手套。现在是十月，但凤凰城这边的室外温度大概有 29 摄氏度，他戴手套肯定不是为了御寒。”

“他肯定知道我们有了他的 DNA。”布雷克头一次开口。“戴手套是为了什么呢？”

“掩盖指纹？”佩雷斯猜测。

尼娜想了一下。“很可能罪犯数据库里有他的指纹。”

“还有很多职业都需要收集指纹。”韦德说。

“我在海军部队的时候，他们也要求收集指纹的，”肯特说，“他有可能是部队的。”

“他用的是医用胶带。”尼娜又想起一个细节。“他粘住了女孩大腿上的一处伤口。可能是不希望她在他回来之前失血过多。他会不会是战地医生或军医？”

“我们可以联系部队的熟人，看看他们能不能帮上忙，”巴克斯顿说，“不过我不抱太大希望。下面继续看看不明疑犯的侧写。有没有什么新信息？”

这个问题是问韦德的。

“我觉得这个受害人跟其他的不一样，并不在预先计划之中，”韦德说，“他穿着机车服去 RV 租车行，把摩托车骑到了停车场……可能还是骑的‘哈雷’。”他朝之前开摩托车玩笑的警察戏谑地笑笑。“是想确保摩托车能放进车里的迷你车库。我们目前还没找到那辆车，也不知道车是哪里来的，但我猜测也是租的。他没那么傻，偷了车随时可能被拦下来，也不可能从特区或者萨凡纳大老远骑过来。”

“你为什么认为他不是专门针对特里纳？”巴克斯顿问。

“我觉得最大的可能是，他计划去收容所打探情况，结果特里纳就冒出来了，”韦德说，“她又刚好在他想找的年龄段内，还跑上来自投罗网了。另一个女孩去买烟，把她一个人留下来以后，他觉得不能错失机会。”

“自恋人士可能还会觉得这是他应得的机会，”肯特说，“他机智过人，不可能被抓到。他比我等凡夫俗子要聪明百倍。”

尼娜转头看着肯特。“你觉得他为什么会这样想？”

“可能他很小的时候就有人告诉他，他跟其他人不一样，”肯特说，“他比其他人都要优秀。他渐渐就觉得一切理所当然。等到现实不如意的时候，他就会自然而然地归罪于别人。绝不可能是他不够好，一定是其他人的错。那个犯错的人必须受到惩罚。”

“摄像头又怎么解释呢？”巴克斯顿在桌子另一端问。

韦德灰白的浓眉皱得紧紧的。“他认为他的观众变多了，应该上演一出更大的戏。之前的视频没有得到他要求的 1000 个赞，接下来的 60 秒放不出来，所以他要重新录个视频来发。结果没录成。”

尼娜很感激韦德，他提到视频的时候没有点她的名。会议室里的人肯定全都看过那个视频，但此刻没必要把大家的注意力转移到她身上来。她还是端起面前的纸杯，抿了一口冷咖啡，免得被人看见她通红的脸。

“你也跟肯特探员一样，认为他要找个人来怪罪？”巴克斯顿问韦德。

“怪罪、惩罚，”韦德说，“这是他反复循环的旋律。我相信，他小时候受过非常严厉的责罚，很可能来自父亲身份的人。他在年轻女孩子身上发泄他的懊丧，那么他的青春期一定发生过很关键的事情，有可能是跟同龄的女生，也可能是跟惩罚他的父亲或者母亲。他一直困在那个成长阶段，以某种方式固着于此。”

巴克斯顿张开嘴正要再问，坐他身旁的一名探员开口吸引了他的注意。“长官，不明疑犯的‘脸书’主页又有活动了。”

托拜厄斯局长对他的一个电脑技术人员喊：“投到屏幕上去。”

技术人员十指如飞，一面挂在墙上的显示器立刻从蓝屏转到了“密码”的主页。

“调高音量。”托拜厄斯说。

一个身披斗篷的男子侧身出现在一面白墙前面，视频直播开始了。

“她自称‘女战士’。”他说。

尼娜一听到他的声音，顿时全身冰凉。

“大家都叫她英雄。可我知道真相。”

整个会议室悄无声息。所有人的眼睛都紧盯着屏幕。

“是时候让全世界都知道了。”

尼娜的心怦怦直跳。他会说什么？

“她根本没人要，连她父母都不要她。他们把她扔到垃圾桶里，连同垃圾一起扔了。”他往前凑过来。“因为尼娜·格雷拉就是个垃圾。他们很清楚。”

他低沉的轻笑声像刀子般割着她的神经。

“现在你们还觉得她是英雄吗？等着瞧吧，看看我了解的真面目。只有疼痛才能揭露一个人的本性，你们马上就能看到，她的本性只有软弱。”

尼娜拼命保持镇定，头皮都仿佛被汗水灼伤了。她知道会议室里有些目光在偷偷朝她的方向飘，只能把身板挺得笔直，两眼直直地盯着前方。

“我要给你们看看剩下的那部分视频了，”那个看不出任何特点的黑影对着摄像头说，“你们可以好好看看，你们为女儿选择的楷模究竟是个什么样子。你们会看到她苦苦求饶，为了活命，像条狗一样趴在那里。她哪里是什么英雄，不过是个吓破了胆的小丫头。”他放低声音对着镜头耳语。“一个一文不值的废物。”

直播结束，屏幕上的画面定格在了十六岁的尼娜身上。新的内容接着播放起来，就从上次停下的地方开始。那个魔鬼把烟从女孩裸露的皮肤上拿下来，让她在钢桌上边哭边喘。

尼娜的胃里一阵翻腾，不想再看下去了。整个房间仿佛都已经不见了，只剩下可怕的画面还在眼前继续播放。她的呼吸越来越急促，渐渐与曾经的自己同频，沉浸在痛苦之中。

“这才刚刚开始，”他对着女孩说，“我还给你安排了很多事情。”

他俯身又把烟头戳在她另一边的肩胛骨上，然后无比耐心地等着她痛号，看着她死命挣扎，接着又在她下背部正中烫了第三下，皮肤上烧焦的圆圈组成了一个三角形。他把烟扔到地上，退后几步，任由她连声哭喊着求他停手，只管冷漠地审视着自己的作品。看了一会儿，他又走近还在哀求的她，用戴着手套的双手箍住她的脖子，慢慢用力掐下去，一边发力一边对着摄像头讲述。

“呼吸。最原始的本能。”他不带丝毫情感地说着，就像一个解剖学教授在讨论身体机能。“这就是为什么水刑起效那么快。人体缺氧就会挣扎想要吸入更多，但又没有空气可吸，过不了多久，你就失去知觉了。”

他停止发力，她的身体立刻开始扭曲着猛力吸气，像是想把肺部填满。

“然后，你又获得了一点空气，”他说，“足够让你保持清醒……你又能完整地体验下一轮。”他又开始箍紧。“如果我一直加力，你就会开始无意识地抽搐，直到死亡。”他放开她的脖子，退后几步看着她猛烈地扭动身体。“但我还不想那样。还没到时候。”

尼娜的意识有点模糊，赶紧抓住会议桌的边沿稳住自己。她能感觉到那个魔鬼的大手圈住她的喉咙，能听见他的声音在她脑子里回响，还能感觉到他邪恶的气息紧紧将她包围。

让她无法呼吸。

尼娜一个趔趄站起来，踉踉跄跄地离开桌子。她动作有点惹眼，一眼看见肯特准备起身。韦德抓住他的胳膊，把他拽回去坐下了。

“让她去，”韦德对肯特说，“给她点儿时间。”

屏幕上还在放着视频。她转身往外跑，两条灌了铅的腿开始轻松了一点，撑着她远离屋里恐怖的表演。

她推开房门冲进了走廊，重重地靠在墙上，身体一点点往下滑落，直到最后一屁股坐在光滑的瓷砖地面上。她把头埋进手里，眼泪像决堤的洪水一样滚了下来。

她曾经立下誓言，绝不再被他弄哭。十一年前，她已经从他手上逃脱，但他还是有办法折磨她，就好像她再一次被他扒光了，叉开腿绑在他面前。强烈的无助伴随着愤怒袭回她的心里——一个魔鬼控制着她，她能不能呼吸全都由他来决定。

她开始浑身发抖。过了好一会儿，她意识到自己的颤抖不再是因为恐惧，而是因为愤怒。她不会再把自己的力量交给那个人。绝不。他这是在发泄，想要把失去的夺回来。他把他的失去归罪于尼娜，所以在惩罚她。

她觉得自己正站在分岔路口。如果她对于搏击俱乐部的材料猜得没错，那么“密码”就是一个拳手。他还会一直打击她，从各个角度向她发起进攻。就像她在电视上看见的那些综合搏击拳手一样，他会不断改变战术，运用各种技巧，直至把她打倒。

她练过柔道，习练者是利用对手的劲力来克制对手。要想打败“密码”，这也许是她能尝试的唯一办法，而她必须把自己完完全全地打开，刻意暴露出弱点，以便找到他的软肋。她又一次想起了自己暗自许下的诺言。

无论付出什么代价。

那就这样吧。她只能破釜沉舟，与他决一死战了。

43

“密码”站着把连帽雨衣扯了下来，让它在地面铺着的地毯上堆成一团。尼娜·格雷拉的演出结束了，他感到自己已经硬了。他看了一眼老式的座钟，强迫自己集中注意力，关注眼下的任务。现在还不是放纵自己的时候。他跨过餐桌旁的那具老头的尸体，朝上楼的楼梯走去。

他在半小时前来敲前门，是这个怪老头给他开的门。没想到他的眼神还挺好，只看了一眼门口的男人，就想把门关上。客厅里的电视机正在响，屏幕上有一张还算精确的电脑合成人像速写，“密码”是个画满文身的机车手模样。几记头部重击终结了老头的担心。一劳永逸。

他觉得自己选对了。他是在这个小区看了好几户人家之后，才找到一个老头的房子。本来以为要对付夫妇俩的，结果这个老头是个鳏夫。这样更方便了。他可以一直待在屋里，没人会回来。

他慢悠悠地走上楼梯看了看主卧，又转到浴室去打开了淋浴。随着水温慢慢变热，他扒下黑色的皮手套，露出了里面那双蓝色丁腈手套。他脱衣服的动作训练有素，几下脱完就走到了活动的莲蓬头下面。热水顺着他伤痕累累的后背往下冲。他拿了一条毛巾淋湿，再拧干，开始用它搓手臂。手臂上五颜六色的临时文身掉在他脚边，打着旋冲进了下水道，皮肤恢复了本色。

老年人为什么不喜欢用丝瓜络，反而要用毛巾？可能这个质感更适合他们皱巴巴的皮肤，也可能他们就是适应不了新事物。他们从小到大都用毛巾，他妈的，他们也只会用毛巾。

他拿起一块绿白相间的“爱尔兰春天”香皂在湿毛巾上抹了一

圈，又继续在身上搓起来。温水并不能让他得到放松，能够抚慰他的只有一件事。

报复。

粘上去的山羊胡子还剩一些，他捏住下巴把它们都撕掉了。然后他关掉水，满意地走到大浴室镜前检查冲洗结果。他绷紧肌肉，欣赏着多年的训练和搏击带来的成果。他的肌肉线条分明，充满力量，没有一丝赘肉，晶亮的小水珠正在他苍白的皮肤上汇成小流曲曲弯弯地往下淌。他的身体已经从头到脚剃得干干净净，就像一块空白画布，任由他把自己描绘成什么样都行。

他擦干身体，大步走到主卧里的衣柜前。老头儿已经驼背了，但个子很高。不过他比老头还高些，棕色的灯芯绒裤子遮不住他的脚踝，倒正好亮出了他的长筒弹力袜。矫形鞋小了整整一个码，这样他就会记得走路要轻微地跛脚了。在乔治城那次，他为了假扮瘸腿的送货员，还在鞋里塞了块石头，这次已经好很多了。

一想到特区，他顿时恨得牙痒痒。在爆红视频上看见她的那一刻起，他就已经开始全盘计划了。他特意选了个出走的拉美裔小姑娘，要用她来吸引尼娜入局，再让接下去的每一步都跟着他的规则走，所有的结果都听任他的支配。这么多年，他从没忘记过那个叫尼娜·埃斯佩兰萨的女孩，那个从他手上逃掉的女孩。

多亏了尼娜，现在逃脱了两个了。她两次违抗他，那就要付出双倍的代价。他要先夺走一个她亲近的人，然后再干掉她。

他对那些女孩子做过什么，她也都看到了。但她们都只是陌生人，都跟她没什么关系。这样的情况要变一变了。找谁合适呢？她既没有家，也没结婚。

他一下子停住了。在他之后，她就没跟别的男人一起过？都是因为他？他已经深刻改变了她，让她无法再忍受男人的触碰了？他们第一次私信对话的时候，他就问过她这个问题，她拒绝回答。他可以确定，自己是唯一一个亲密触碰过她的男人。一想到这里，他的欲望又抬头了，他又赶紧将它压下去。

他系好衬衫扣子，抬手从梳妆台顶上取下鸭舌帽。为什么每个老头儿都有一顶这样的破帽子？是不是装在退休协会卡的信封里一起寄过来的？他把帽子戴到光秃秃的头顶上，还是挺开心，这样可以盖住头皮，等着他茂密的金发重新长出来。

他再把老头那副大号的防蓝光眼镜架到鼻梁上，让眼睛的颜色变了一点。如果运输安全管理局那些挥着探测棒的家伙让他摘掉眼镜，他就可以借着自己有青光眼大闹一场，还能威胁起诉他们。他太喜欢装成暴脾气的老头子了。

他先前的伪装都躺在浴室地板上，就像蜕下的蛇皮。机车手不能再扮了，从亚特兰大飞到凤凰城用过的身份信息也不能再用来飞特区了，他把证件都丢在那辆 RV 上了。今天的打扮可以用一两天，不过飞去杜勒斯机场只需要五个小时，然后他就销声匿迹了。

他在梳妆台上找到了老头的钱包和车钥匙。完美。他这个八十六岁的糟老头"威廉·温切尔先生"，从来不听那些自作聪明的傻子瞎扯胡扯，他要火力全开、一路咆哮着过机场，谁要不怕还可以来尝尝他拳头的滋味。

他把钱包和车钥匙都塞进口袋里，走下楼梯去取手机跟网络摄像头。电视机还在响着，他干脆坐下来看看新闻，然后再开上温切尔先生的别克车去机场。

那个联邦调查局的女的又上电视了，她以前说过跟尼娜关系很亲密。她长得倒是不错，但明显比尼娜老得多。屏幕下方打出了她的名字，退休的联邦调查局执行助理局长肖娜·杰克逊，在局里的官衔算是很高了。尼娜很可能视她为偶像，崇拜她，希望有一天能够成为她。一个想法在他脑子里渐渐成形。他在手机上搜索她的信息，翻到她的 Ins 主页点了进去。肖娜住在特区的郊外，跟尼娜一样。

他下拉着继续看她发的帖。

不到六十秒，他的计划就变了方向。肖娜有张照片是在一个仪式上拍的，照片上尼娜在领一项社区行动奖，奖励她为一个名叫比安卡·巴比奇的女孩子带来的帮助。这个十多岁的小姑娘也在照片里，长长的黑发裹着她年轻的面孔，中间垂下来一绺蓝色头发。她也是寄养系统里的，曾经遇到过危险。

他飞速在手机上输入比安卡的名字，快得手机都差点儿没拿住。他一下就找到了她的 Ins 账号，翻回到一个月前的内容，发现她正在为乔治·华盛顿大学的秋季学期做准备。尼娜和她一起站在一栋公寓大楼前面，满面笑容。很明显，这个女孩子对尼娜很重要，是她非常在意的人。他把手机塞回衣袋里，掠食者的本能慢慢苏醒。他已经嗅到了猎物的气息。

目标锁定了。

44

“湾流”渐渐攀升到巡航高度，尼娜没有像前几次那样跟韦德、肯特和巴克斯顿一起坐在小桌周围，而是选择坐到了布雷克旁边的椅子上。布雷克的存在让她本能地觉得安心，可以躲开机舱里满满的雄性荷尔蒙。凤凰城已经被抛在身后了，但“密码”作的恶却像一团毒云悬在飞机里。

尼娜知道，几百万人都观看了那个视频，目睹了那个魔鬼不慌不忙、有条不紊、彻彻底底地摧毁了她的全部尊严，将她的肉体、意志和灵魂全部打垮。趁着这会儿没有其他人，她鼓起勇气悄悄向布雷克提出了她最最关心的问题。

“有没有全部播完？”

幸好,布雷克不需要她多做解释,立刻就明白了她在问什么。“巴克斯顿下了命令,视频播了十一分钟以后就停了,而且我们把‘密码’的全部社交媒体账号都封了。”

下次有机会,她一定要给布雷克买杯薄荷朱利酒或者别的什么,都是他们在佐治亚喝的东西。她清了清嗓子，准备听到最糟糕的答案。“有没有播到强奸的部分？”

布雷克苍白的皮肤慢慢变红，最后满脸通红。“播了。”

尼娜明白，逼着布雷克讲细节会让她非常难受，但她还是需要清楚地知道全世界都看见了哪些内容，还有哪些是没播出来的，因为她太他妈了解“密码”了，不播完他是不会罢休的。

“告诉我。”

布雷克跟她凑得很近，两人的头都快碰到一起了。“你出去以后，视频又继续播了一段，我们看到他把你掐得半死，再扇耳光把你扇到完全清醒。然后他就——”布雷克抬手捂住嘴。“噢，尼娜，你真的还要听吗？”

“要听。”她的心怦怦直跳，但她强迫自己继续听。

布雷克仿佛恨不得找个地缝钻下去。想了好一会儿，她终于挺直肩膀，面对面地看着尼娜。

“他就开始打你。”布雷克的声音因过于激动而紧绷着。“打得特别狠。全身上下都打。而且他逼你一直说话，让你向他求饶。”她已经泪流满面。“然后，他背对着摄像头，从前面解开了斗篷，但是他的身体全都被黑布挡着，连脑袋后面都用兜帽遮着，除了手和脚，别的都没露出来。接着他就爬到桌上，趴在你背上……一边强暴你，一边从背后掐你的脖子，还在你耳边一直说话。”她到最后已经泣不成声。“我们就在那个时候把这个混蛋关停了。”

尼娜的头皮上、手心里全是汗，那些画面一股脑涌回她的脑子里。她努力压下恶心的感觉，把注意力放到布雷克提到的一件事情上。“密码”跟她说过话。她不记得有这个细节。“你们听见他跟我说了什么吗？”

布雷克摇摇头。“声音太低，麦克风收不到。你还记得他说了什么吗？重要吗？”

“我不太确定。‘视频鉴证’能不能把音量加大？”

“绝对可以。”布雷克松了一口气，终于可以做点有建设性的事情了。她把笔记本电脑拿出来摆在座椅扶手的小桌板上。等电脑开机的时候，她转头把手轻轻放到尼娜的胳膊上。“你要不要到后面去眯一下？杜勒斯机场还有点远。”

布雷克是在建议她抽身离开。这时候她是有绝佳借口的，毕竟她经历了这么多次横穿全国的飞行，有时差反应再正常不过了；而视频播出后她又已经心力交瘁，没人会怪她。她只需要简单说一句“需要休息”，就可以径直去飞机尾部的私人休息室躲上几个小时，谁也不见，一个人好好整理心情。

她实在太想那样去做了，可她又确实不该那样做。外面还有太多特里纳那样的女孩子，如果她要拯救她们，就不能有丝毫懈怠。

她伸手捂住布雷克的手，飞快地捏了一下然后松开。“没事，我可以继续干活。”

她起身大步走到另一张桌子旁边，目光依次从这几名男士脸上慢慢扫过。肯特,她一离开凤凰城的会议室,他就追到走廊里找到她，一直跟着她，就连她进洗手间，他也在门外给她站岗，她走到哪儿，他就跟到哪儿，过度保护、如影随形。此刻，他就坐在椅子上默默地看着她。

韦德，他跟她聊过几句，主动提出为她提供咨询，在她婉拒之后便不再多说。当她去了并不懂心理学的布雷克那边时，他既没觉得吃惊，也没觉得面子挂不住。

巴克斯顿，他出奇地安静，一直没有发表意见。她深信上司已经跟他的上级讨论过最新的情况。救下特里纳时的激动情绪已经散去，“密码”的报复来势汹汹，沉重地打击了整个团队，以及整个联邦调查局。

她一站起来，他们就没再说话了，都看着她慢慢走近。“我准备好了。”她直截了当地说。

韦德注视着她。“准备好什么？”

这些年来，她一直在努力筑起心墙，走法律程序改名也说明她早已放弃了希望。她的整个童年都在孤立无援中度过，从没有谁对她伸出援手。最终，那个崩坏的体制也给不了她希望。从那时起，她已经下定决心要为自己战斗。如今，长大成人的她也为他人战斗，所有的经历教会了她一点：只能相信自己。也许现在应该尝试一下新的方式了。

“准备好不惜一切代价抓住那个混蛋，”她说，“很明显，‘密码’

抓走我之前就已经对我很了解了。还有一点很清楚，很多细节我想不起来了，这些细节可能会给我们指明正确的方向。”她指了指韦德和肯特，准备好要做一件从没做过的事情。“我想请你们帮助我，我需要回忆。”

两位侧写专家交换了一下眼神。

“你想从哪里开始？”韦德问她。

他们没有问她想没想好、要不要再等等，这让她心里轻松了许多。她想了一下，也许他们也感到了时间紧迫。“我也不知道。比绑架早一点吧。”

“他对你背上的伤痕很着迷，”肯特说，“要不我们就从这里开始？”

她小心翼翼地挨着韦德坐下，对面的肯特和巴克斯顿没有说话。她问肯特：“你是想知道这些伤口怎么来的吗？”

韦德不安地换了个坐姿，他看过她的档案，知道具体情况。她觉得这也是他质疑她能否胜任联邦探员工作的原因之一。那段经历并不精彩，也让她的形象非常难看。

肯特点点头。“鉴于‘密码’对你伤口的评价，我认为从它们开始最合适。”

尼娜也没有更好的建议了。她默默地往回翻着记忆，挖出了深埋的痛楚，准备讲述一段生命中最糟糕的经历。“我十六岁的时候，”她开始讲起来，“儿童保护服务处把我交到一家没有孩子的夫妻那里寄养。他们的年纪有点大，快五十了，所以机构让他们领养了一个中学生。我当时觉得他们都是老古董了。”

“你受伤那天发生了什么事情？”肯特不让她跑题。

“我放学回家以后，看到屋里有个陌生男人，以前没见过的。他浑身发臭，就像一周没洗过澡一样，头发又长又油，个头很大，毛发浓密，看着像头灰熊。他对着丹尼——我的养父——大喊大叫，好像还打了他好几拳。我的养母当时没在家，不知道去哪儿了。”

随着她的讲述，往事变得越来越清晰。

“‘灰熊’看了我一眼，说他知道丹尼该怎么还债了。”

肯特的目光冷得像两片蓝色的寒冰。

“丹尼叫我跟‘灰熊’一起去卧室，我没答应，想跑，被他们抓住了。‘灰熊’说他要好好教我识时务，让丹尼把我按住，然后拿出一把刀把我的T恤和胸衣都割开了。”

她注意到巴克斯顿把攥紧的拳头收到了桌子底下。

“丹尼把我死死按住，让我裸露的背对着‘灰熊’。‘灰熊’解下皮带，是那种皮编的，他扬言要把我打晕再拖进卧室，或者打到我愿意跟他进卧室为止。他开始打我，但我没屈服，于是他把皮带换了个方向，用皮带扣那头来打。那些很深的伤口就是这么来的。”

肯特气得想捶东西，但他没有打断她。

“最后，我说我会听他的话。”她接着讲，声音平静得自己都吃惊。“‘灰熊’把我拖走之前，我把一只手伸进了丹尼的一个衣袋里。我知道他放了一把折叠刀在里头，只要那个混蛋单独靠近我，我就把刀扎进他喉咙里。可惜，我伸错了口袋，只抓到了丹尼的打火机。

“‘灰熊’抓着我的手腕，把我从走廊一路拖进了卧室。我跟他说我来例假了，他不听。我说我想小便，他还是不听。我又说我要吐了，接着开始干呕，他才让我去了浴室。”

虽然年纪不大，她已经跟很多比自己个头大的人打过交道，早就学会了随机应变。

“我进了浴室就到处找武器。没有剪刀，什么锋利的东西都没有。然后我看见一罐我养母的发胶。我站好位置，拿喷嘴对着门，又打燃了丹尼的打火机，把火苗放在罐子的喷嘴下面。‘灰熊’一开门，我就按下喷嘴，燃烧的发胶直接烧到了他恶心多毛的脸。他的胡子着了火，在那儿转着圈地尖叫，使劲拍脸想把火拍灭。我赶紧就跑了。”

她想到这里，微微露出了笑容。

“我经过丹尼的时候，他正从走廊过来看发生了什么事。我一直跑，跑到了街上的人行横道。我回家以后就是小学的放学时间，所以我知道那里会有一个交通协管员。”

“交通协管员做了什么？”肯特问。

“她把背心裹在我身上，帮我报了警。我一直没穿衣服。不到五分钟，警察就来了，还有一辆救护车。协管员跟紧急调度员讲了，我流血流得挺厉害。”

“警察又做了什么？”

“警察问了很多问题。我跟他们讲整个过程的时候，有一个医护人员在我背上放了什么，火辣辣地疼。应该是抗菌剂。但我当时没有多想，条件反射就转身使出全力给了那个家伙一拳。他个子很大，应该也没把他打疼，不过他抓住了我的手腕。我知道他只是想阻止我接着打他，但他的大手箍着我的手腕，我一下就失控了，对着他狂踢，还用另一只手拼命打他。”

“他又是怎么做的？”

“他壮实得要命，反应也很快，抓住我的两只手臂把我拉过去，让我没法踢他的下体，本来我正打算踢过去的。另一个医护人员和两名警察也过来了，他们四个人一起才算把我制住。最后他们稍稍松开了一点，给我涂抗菌剂的家伙叫我安静。他那样一说，我就彻底发狂了。他紧紧地抓住我的一只胳膊，紧得都抓出了瘀伤，然后他看着我的脸，叫我……”

她一个激灵，直起身来，转身看着韦德，无声地吐出了几个字。

他眉头紧皱。“什么？”

“特里纳。”她费劲地说。

“特里纳怎么了？”肯特满脸不解。

一连串的往事扑面而来，驱散了迷雾，让她眼前一片明朗。“凤凰城那个赶到现场的急救员，他需要把特里纳的镣铐割开才能让她脱身。她一直在抓狂，最后他抓住了她的手腕。”尼娜偏过头去，为自己当时的过激反应感到羞愧。“他那样做的时候，我有些失控了。”

她没提自己用手肘撞医疗人员的事。巴克斯顿很快就会从她的302表格里了解到的，不管局里给她什么惩戒她都认。

“这跟急救员有什么关系？”肯特问。

“他说的话。”她从记忆的各个角落里翻出碎片，把它们拼在一起。“他对着特里纳喊，跟她说我们在帮她。”

“我不明白这句话有什么意义。”肯特说。

“我之所以对他反应过激，就是因为这句话。”她激动得浑身颤抖。“费尔法克斯的急救员看着我的脸，对我说的就是他们在帮我。他说我得学着做我自己的主宰。”

“做你自己的主宰？”肯特开始有点明白了。“这个词用得很奇怪。”

他们终于发现问题了，她一下如释重负。“没错。”

韦德听得满额头都是皱纹。“重点在哪里？”

她全都想起来了。他沉重的身体砸在她的背上，把她压在桌上无法动弹，他汗水里的麝香味，还有他在她耳边说话时喷出的热气。

“‘密码’一直在我耳边悄悄说的就是这句话。”

45

尼娜从“湾流”的超大通道冲过来，把一直埋头于电脑的布雷克吓了一跳。

尼娜一屁股坐在布雷克身边的空位上，满脸都是掩饰不住的激动。“我们找到线索了。”见布雷克没再看她，她又一巴掌拍在桌上。“千真万确、如假包换、货真价实的线索。”

她感觉到韦德站到了她背后。

“十一年前给她的后背处理伤口的医护人员。”他解释道。

接下来的十分钟，她和韦德把她如何豁然开朗的过程讲给布雷克和团队的其他成员听，时不时地回答他们提出的问题。她本该已经心力交瘁，此刻却觉得自己精神抖擞，而且她的激动情绪感染了所有人。半小时前还沉浸在萎靡状态中的团队已经士气大振。

巴克斯顿取出皮壳文件夹，抓起飞机上的卫星电话。“我这就给专案组打电话。”

他们的上司一气呵成地给各个分局探员和分析人员组成的团队分配了任务，仿佛全美最大的执法机构都在屏息等待这一刻的到来。这是他们第二次获得了切实可查的线索，巴克斯顿还跟上次一样，雷厉风行地调动起了所有资源。

尼娜听见他安排其中一个团队去查交通协管员拨打 911 电话以后接警的警察和救援人员提交的报告。她最想看到的就是这一组的调查结果。

“很多东西都说得通了，”肯特说，“包括医用胶带的残留，还有不固定的工作时间，因为两次轮班之间会有很长的休息时间。”

“我会安排人手比对轮班时间和绑架、谋杀的日期。”巴克斯顿用手捂住话筒说完，又继续讲电话。

布雷克又开始埋头敲电脑。“医护人员很了解罪案现场，知道如何掩盖痕迹、躲过物证分析。”她的手指在键盘上敲得噼里啪啦的。“他很可能有权限查看市政府的电脑，还能在系统里找目标。”

韦德放松地坐到过道对面的椅子上。“我还是不清楚他是怎么挑选受害人的，不过情况慢慢就会变明朗。他可能改变了作案手法，这样就说得通了，毕竟这些案件的其他方面关联都不大。”

不到一刻钟，巴克斯顿过来打断了他们的讨论，告诉了他们最新的情况。“查出警记录的团队发现警察没有把那两个医护人员的名字列进报告里。不过，因为报警电话提到有受州政府监护的未成年人受伤，费尔法克斯县消防局也留了记录。”

“查到人名了吗？”尼娜问。

“那两个出警的急救员，一个叫哈尔博德·福尔克，另一个叫布赖恩·达格特，都还在职。福尔克调去了弗朗科尼亚的消防站，达格特还在斯普林菲尔德的消防站上班。”

查到了两个可能的人名，联邦调查局团队距离真相的距离比那天上午近多了。

巴克斯顿朝布雷克点点头。“他们在专案组数据库里上传了这两名急救员的员工照。你登录文档，把照片调出来让我们看看？”

布雷克点击了联邦调查局秘密服务器上的一个链接，移动鼠标点开了一个专案组的文件夹。尼娜等着第一张人像打开，一颗心猛撞着，仿佛要炸开了一样。

那个男人的脸一出现，她都没意识到自己憋着的一口气一下子吐出来了。

达格特是白皮肤、金色头发、蓝眼睛，跟 DNA 预测人像程序里的样子差不多。是他吗？她不太确定。

布雷克一拉可触屏幕，拖出了另一张照片。这就是公布真相的时刻了。如果福尔克与预测的描述不匹配，那就一定是达格特了。

一张男人像出现在屏幕上，尼娜看着又一个金发蓝眼的男人，“啊”的一声倒吸了一口凉气。福尔克跟达格特就像表兄弟一样。她凑到屏幕前面，鼻尖都快碰上去了，仔仔细细地看着眼睛的位置，这是她见过的“密码”脸上唯一没有伪装的部位。

“是哪一个呢？”大家都在观察尼娜的反应，肯特打破了沉默。

她本来以为自己会像看见表型生成人像的时候那样有发自肺腑的反应，可她竟然没有。是因为这两个男人长得太像了吗？

“妈的，我不确定。”她突然有了主意，扭头看着布雷克。“你能看看索伦蒂诺给我们的名单吗？”

布雷克笑得很灿烂。“看好了。”

所有人都原地不动，看着布雷克的鼠标在桌面上点来点去，打开了一堆文档。

“找到了。”她边说边把屏幕转过来给尼娜看。“我把这些名字都输到 Excel 表单里，然后按字母顺序直接搜索。”

韦德从尼娜的肩头上看过来。“我发誓，要是这俩家伙都在搏击俱乐部比赛，我们就把他俩都铐回去，之后再慢慢找。”

“这也是个办法。”巴克斯顿说。

几下点击之后，表单有了变化，重新做了纵向排列。只有一个匹配的人名。只有一名嫌疑人。尼娜长长地舒了一口气。

要抓的人是哈尔博德·福尔克。

巴克斯顿一直单手捂着卫星电话的话筒，立刻又把它放到耳边开始发出密集的指令。

一只温暖的大手放到了尼娜的肩上，她抬头一看，肯特正目不转睛地看着她。

“你还好吧？”

她有点吃惊，他的碰触居然没有让自己立刻想要弹开。“我没事，谢谢。”

她真的觉得没事。她已经战胜心魔，找回了他们需要的记忆碎片。她转身看着韦德。“也谢谢你。”

她觉得自己真的成了他的搭档了。过去，她以为他是个冷酷无情的人，试图阻挠她加入联邦调查局，如今，她视他为盟友和伙伴。

“重活儿都是你干的。”韦德有点脸红，又补了一句，“我过去那样对你，你还愿意信任我，谢谢你。”

肯特对着两人看来看去，想读懂他们的潜台词。“你过去怎么对她了，韦德？”

尼娜替韦德回答了他。“他只是做了当时他觉得……该做的事。”她深深地看了一眼肯特，让他知道，那些都过去了。

布雷克激动地尖叫了一声。“说出来你们都不会信。”她抬头望着他们。“猜猜他的搏击名叫什么？”

韦德叹了口气。“别告诉我是‘密码’，那我就——”

“奥丁，”布雷克说，“北欧神话里的神。”

尼娜有了新联系，又是一惊。“博尔医生的儿子提到过奥丁。”

“博尔是奥丁的父亲，”韦德说，“非常合理。福尔克应该是把博尔医生当作亲生父亲的。毕竟是这个男人创造了他。妈的，他很可能真的是福尔克的生物学父亲，如果他想再用一次自己的DNA的话。”

尼娜的脑子顺着这个思路继续狂转。“福尔克可能也对博尔医生那套人种改良哲学深信不疑。即便福尔克还很小的时候博尔就已经死了，他仍然有可能读到过关于他的消息。”

“博尔的儿子是不是说过奥丁是独眼的神？”肯特向大家发问。

“说过的，”韦德对他那套北欧神话很熟悉。“传说他献出了一只眼睛，这样就能无所不见、无所不知了。”

尼娜打了一个寒战。“我那条上帝之眼项链，”她吸了口气，一只手条件反射地伸向脖子，去摸以前挂项链的地方，“还有我们私信对话的时候，他说他时刻都在观察。”

“我都可以写一篇关于这家伙的论文了。”韦德嘀咕了一句。

接下来的二十分钟，他们凑在一起，从一个全新的角度重新分析了之前的案件。

“有报告回来了。”巴克斯顿喊了一声，打断了他们。“目前只有初步信息，等他们弄完，我们连这家伙的幼儿园老师娘家姓什么都能查出来。”

局里能在一小时内整合各种资源、汇集如此之多的信息，真是吓人。

“他考进急救员项目的分数高得离谱，”巴克斯顿开始念，“我们也听说了,他是个很厉害的拳手。”他的一根手指顺着笔记往下滑。“他喜欢独来独往，一个人住在费尔法克斯县西边的一套单户住宅里。我们正在申请搜查令，今晚应该就能执行。”

“他今天上班吗？”肯特问。

“他正在休假，”巴克斯顿说，“他跟上级说的是需要去博伊西市照顾生病的姨妈。”

“我猜猜，”尼娜翻着白眼说，“根本没有姨妈？”

“猜对啦！”

“他的轮班时间呢？”布雷克问。

“他们那组是上两天班、休息两天，再上两天班、休息四天。”巴克斯顿难得地露出了微笑。“日期完全对得上。绑架全都发生在两天休息或者四天休息开始的时候。”

“他们往回查了多远？”韦德问，“有没有查到格雷拉被绑架的时候？”

“那个时候他才返岗，之前因为违反纪律被停了职，”巴克斯顿说，“在消防站的更衣室里跟一名消防队员打了一架，把人家的鼻子打断了。”

韦德点了点头。“那可能就是刺激因素。工作难保，他会感到压力。”

“我敢打赌，他就是从那时候开始打围笼比赛的，”肯特说，“不管他有没有意识到，他是在为他的攻击性找一个出口。”

又一块拼图到位了，尼娜一阵激动。“所以我的案子里有那个痕迹物证。如果他在停职期间开始去俱乐部打比赛，他就需要买综合搏击手套。索伦蒂诺肯定卖了一副给他。”

她感觉到一股水到渠成的势头，案子开始立体起来了。

“还有没有他个人生活的情况？”韦德问。

巴克斯顿又看了看笔记。“未婚，无子。父母双亡。他五岁的时候，母亲死于动脉瘤。二十一岁的时候，父亲从家里的楼梯上摔了下来。”巴克斯顿拧起一道眉毛。“当时就他俩在家。判定为意外事故。”

韦德十分肯定地说：“我百分之百确定，他父亲虐待过他，是福尔克亲手把老头子推下楼梯的。”

“他继承了房产，”巴克斯顿说，“不过他在单位附近买了套房子。”

尼娜竖起一根手指。“等等。”这个时间线又让她想起了什么。“如果福尔克现在三十二岁，那他十一年前就是二十一岁。”

“那要看具体日期，”巴克斯顿说，“你想说什么，格雷拉探员？”

“他父亲究竟哪一天死的？”

巴克斯顿又埋头看笔记。“9月28号。”

“六天以后，福尔克处理了我的伤。”她的心狂跳着。“也许那是他在葬礼之后第一天回来上班。”她看了一眼韦德。“他的违纪停职，可能就是他回家跟父亲在一起的原因。后面的一切就顺势发生了。”

“又一个刺激因素。”韦德兴奋起来，声音一下高了。“如果福尔克杀害的第一个人是他父亲，他一定很紧张，担心被人发现是他干的。”

“从掠食者第一次把幻想付诸行动开始，一切就都不一样了，”肯特接着韦德的话头继续说，“他挠了一下发痒的地方，它还会继续痒，又只能接着挠。我猜他已经幻想了很多年如何谋杀自己的父亲，最后终于下手了。”

韦德那双灰色的眼睛盯着尼娜的双眼。“他遇见你的时候，正承受着极度的工作和生活压力。他发现你遭受过虐待，就把你归到了受害人的行列。他给你处理伤势的时候，你反抗了他，一下触发了他。被他视为低等生物的人竟然不尊重他，这是他不能容忍的。”

她试着从福尔克的角度来思考。“后来我还逃跑了，他也接受不了。他的优越感是全方位的，我根本就不应该违背他的意志。”

韦德点点头。“这是对他的整个信念体系的挑战。他必须把你放回属于你的位置上，掌控你方方面面的人生，包括死亡，这样才能拨乱反正。”

她想到了一个令人作呕的结论。“所以，所有那些女孩子……”

“都是替代品。”韦德替她说完了结论。“直到他再次找到你。”

她想要尖叫，想要大声抗议这一切的不公平。那一天，她从一个地狱逃脱，却又陷入了另一个地狱，她当时并不知道自己开启了什么，但此刻她的灵魂已不堪重负。那么多条鲜活的生命被他摧毁。那么多的疼痛与折磨。

“我们一定要找到这个混蛋，”她说，“我们必须要阻止他。”他们在这么短的时间内就收集到如此多的信息，她有点担心。“这么多触角同时伸出去，他很可能会有所察觉。我们不能打草惊蛇了。”

“他们打听的时候都非常低调，”巴克斯顿说，“他没理由知道我们已经认出他了。”

“我们现在能逮捕他吗？”布雷克问。

巴克斯顿摇摇头。“司法部要求有 DNA 匹配结果。”

“也就是说，我们需要搜查令才能采集到的他的口腔拭子。”尼娜说。

“专案组已经有探员在写书面证词了，”巴克斯顿说，“就算加急，也还要一两个小时才能办完文件手续，然后才能找联邦法官签发搜查令。严格来讲，我们还得等三四个小时才能拿到。”

“这还得是运气好的情况下。”尼娜忍不住发了句牢骚。“运气不好就要等到明天早上了。”

“我会想办法的，”巴克斯顿说，“我们等消息的时候，我已经联系了人质救援队，他们会派一队人手来执行搜查令。”

尼娜大受震撼。人质救援队跟他们一样，也驻扎在匡蒂科学院，他们在其他多次战术任务中执行过高风险的逮捕和监视行动。在这个关键时刻让他们出马，证明了联邦调查局誓要抓住“密码”的决心。巴克斯顿显然不敢掉以轻心。尼娜头一次觉得这起案件对他的职业生涯带来了巨大影响是件好事情，从局长往下，局里每个人都在看着他。怪不得他满脸都是疲惫和压力。

“希望今晚就能执行搜查令，在他家里逮到他，”巴克斯顿又说，“接着就带他去审问，同时给他做口腔拭子、检查 DNA。”

“要不要提醒公众？”韦德说，“不能让他再绑架女孩子了。”

“一旦我们定位到他，人质救援队就会对他进行持续监控，直到我们拿到搜查令为止。”巴克斯顿抬了抬肩膀。“我也不想这样，但我们还没有拿到搜查令，目前也只能如此了。”

“我们都不知道他此刻在哪儿？”肯特问。

巴克斯顿摇头。“两天前他就应该回来上班了。没在搏击俱乐部。博伊西市也没有姨妈。”他取下阅读眼镜，揉了揉鼻梁。“他是个幽灵。”

尼娜怒火中烧。她好不容易找出了宿敌的名字，却抓不到他。

他在哪里？更重要的是，他正在干什么？

“我们还有不到一小时就落地了。”巴克斯顿的声音打断了她的思绪。“我要你们全都回家，换好突袭装备。搜查令一旦签发，我立刻把指挥所的位置短信发给你们，你们火速赶去跟人质救援队做行前情况通报。这次要发动全面攻势，各位。今晚一定要抓住这个混蛋。”

尽管特工督察说得斩钉截铁，尼娜心里却升起了一丝不祥的预感。满腔怒火的福尔克此刻不知道身在何处，也不知道他的灵魂被什么样的恶魔控制着。她坚信他正在搜寻猎物。他们能不能在他找到下一个目标之前找到他呢？

46

尼娜一回到公寓就飞快地冲了个澡，不过在这之前，她还是先去卧室把装备拿出来摆好。她非常娴熟地把一件黑色的战术衬衫、一条裤子、一双靴子放到一起，又在床边摆上了她的联邦调查局突袭夹克、她的格洛克手枪和两本杂志。一切准备就绪，巴克斯顿的短信一到，她只需要两分钟就能出门。

她正坐在餐桌旁边喝咖啡边看电脑，等着头发晾干，比安卡的标志性敲门声又响了起来。她系紧短浴袍的腰带，轻轻走过去打开门,她年轻的邻居就站在门外。她抱起胳膊。“怎么这么久才来啊？”

比安卡也抱起胳膊，一撅屁股就开始提要求。“我要听调查的进展情况。”

“调查是我的事情，”尼娜说，“跟你没关系。”

“这是所有人的事情了。”比安卡从她身旁跨过去，拉出一把厨房椅子坐了下来。“只要那个疯子还逍遥法外，就没有一个人是安全的。从我目前了解到的情况来看,你们跟上周比并没有什么进展。”她伸出一根手指头，从厚厚的陶瓷马克杯上的“联邦调查局”几个字上划过。“还有咖啡吗？”

“小比，现在不是喝咖啡的时候。我正在等老大的短信。短信一到，我就得走。”

“没问题。你走我就走。这会儿帮我倒杯咖啡吧。”

尼娜拗不过她。“那你只能喝黑咖啡了，我这儿没有牛奶了。”

“随便啦。”比安卡大大咧咧地摆摆手。“有咖啡因就行。”

尼娜转到吧台边，从咖啡机里拿出了咖啡壶，又打开橱柜找起了马克杯。

“你什么时候开始看综合搏击的围笼比赛啦？”比安卡很好奇。

她转过身来就看见比安卡正盯着她打开的笔记本电脑，赶紧冲到桌边，伸手按住电脑盖子把它关上了。

比安卡扬起一道戴眉钉的眉毛。“哈尔博德·福尔克是谁？”

尼娜紧紧闭上眼睛。这丫头太爱打听了，还聪明过了头。“谁也不是，小比。直接忘掉这个人。”

不久就会真相大白了，比安卡也会很快知道他究竟是谁。但不是从她这里知道。

比安卡眯起眼睛。“他跟这个案子有关系，对吗？”

比安卡的超大号脑子开始转了起来，就像在玩魔方一样，并且，她总能很快把它还原。

“别管了，小比。”

比安卡在椅子上坐直了身体，两眼放光。“我的老天。哈尔博德·福尔克就是‘密码’。”她双手捂嘴。“你们是要去逮捕他，对吧？所以你要出去，你等的就是老大的这个短信。”

尼娜呻吟了一声。“我既不承认也不否认——”

“是的，没错。”比安卡做了个噤声的动作。“快去穿好装备。我要来看看这个视频。”她又把笔记本电脑打开。“我保证不会跟任何人讲。”她在胸口比画了个“十”。

她完全可以夺走电脑，把它带进卧室去，但比安卡还是会在手机上用谷歌搜索福尔克，继续看视频。尼娜叹了口气，气咻咻地走进浴室，拿起浴巾开始擦头发。

“妈的，尼娜。”比安卡在厨房里喊她。“快来看看这个。”

尼娜湿漉漉的头发还搭在额头上，赶紧把浴巾挂到架子上，光着脚就跑过去了。比安卡正瞪大双眼盯着电脑。

“什么情况？”

“这场比赛你看了多久？”

“刚看了两秒钟，你就来敲门了。”

比安卡的声音带着惊恐变低了。“你看他的背。”

尼娜坐到另一把椅子上，把身体凑过去看笔记本电脑。“给我看看。”

这个视频应该是观战席里的某个人坐在金属围笼的一边偷拍的。就在本来面向观众的两个对手转身进入对峙状态的时候，比安卡暂停了视频。福尔克宽阔的背部正好对着镜头。

他庞大的上半身有一个非常独特的文身，设计巧妙的几何图形从他整个背部一直往下延伸到腰部。

“是三个交扣的三角形。”尼娜说。

“还有还有——”比安卡的声音都在抖。“我这样拉一下，你再看。”她伸出拇指和食指把触摸屏上的图片放大，又拖到肩胛骨的文身上。

尼娜眯起眼睛看着图片渐渐变模糊。

比安卡敲了几个键。“你现在看看。”

图片又变清晰了，尼娜发现自己的下巴放松了些。在文身交错的黑色印记中间，她发现有几个圆形的伤疤。

“烟头烫的。”她大喘了一口气，有点消化不了眼前的图像。“一共是三个。”她努力想象着它们出现在她脑子里的那个魔鬼身上。他不可能自己烫自己，文身底下那些早已愈合的伤疤都是被人折磨留下的。

“它们在他背上构成了一个三角形，”比安卡说，“只不过被文身盖住了。”

“那个记号有什么意义？”尼娜嘀咕着。

“正在查。”比安卡拿着手机，拇指正在小键盘上忙活着。“那是奥丁的标志，北欧之神。”

“怪不得，”尼娜脑子里一片混乱。“所以他会在我背上弄一个三角形，因为他自认为是博尔之子奥丁。”

“因为他是个疯子。”比安卡把图像调回正常焦距。“看看他接着干了些什么。”她点击一下画面中心的箭头图标，又开始播放视频。

福尔克的对手对他一阵猛攻，一套组合拳直接把他打翻在地。福尔克又站直身体，做好准备迎接下一轮攻击。

“他根本不躲，”尼娜皱起眉头说，“就想挨打。”

“他好像是在引对方上钩，”比安卡说，“他就站那儿让对方把他打趴了几次。完全不闪躲，就那样……挨打。”

“像是在接受惩罚。”尼娜心里有谱了。“这场比赛是什么时候的？”

“四天前。”

“就在波士顿谋杀案之后，”尼娜说，“他在惩罚他自己，因为我们抢占了先机，而他还不够强大。”

比安卡继续看着比赛。“现在他站起来，不到二十秒就击垮了对手。”她摇摇头。“这家伙疯到了极点，还冷血无情。”

福尔克先让一个技术远不如自己的对手伤害自己，之后才反击。这能说明“密码”什么呢？韦德猜测过，他年轻的时候曾被一个权威人物——很可能是父亲——狠狠地惩罚过。多年以前，他一定受过折磨，那些烫伤就是证据。所以他要仿效博尔医生，因为他视他为偶像，把他当作父亲的替身。

尼娜觉得自己有点了解他的心理状态了，但又没能真正搞懂。那些侧写专家会怎么理解呢？

“我要去穿装备了。”她突然很想赶在搜索令行动的预备会前到达匡蒂科。“你要是愿意，可以待到我走的时候再走。”

“那当然啦。我要再看几场他的比赛。这家伙已经不能用吓人来形容了。”

“你还没见识过真正的他呢。”尼娜小声嘀咕了一句。

她回浴室拿电吹风来把头发吹干。那些小卷卷不需要怎么打理就能弄出她喜欢的蓬松状态。她关掉吹风机，放下梳子，对着镜子检查成效。

厨房里有声音传过来，吸引了她的注意。她能认出比安卡柔和的嗓音，但不知道那个跟她讲话的男中音是谁。海梅的声音不那样。

“谁在跟你说话啊，小比？”她喊了一声。

“泰勒探员，”比安卡说，“说你们老大让他来的。”

尼娜把薄薄的浴袍拉紧，然后走进客厅。一身蓝衣服的高个子男人站在厨房里，他的黑头发修得整整齐齐，脸刮得干干净净，还戴着黑框眼镜，标准的探员形象。他的整个气质，包括雪白笔挺的衣领，都在大叫“政务要事”。

“谁派你来的？”尼娜问他。

“特工督察巴克斯顿。”他掏出证件打开。他的口音有点奇怪，她听不出是哪里的。

她走上前去看了一下他的联邦证件。他分在华盛顿分局，但她不认识他。也不奇怪，华盛顿分局总共大概有 1700 名联邦员工。

但有种感觉怪怪的。“巴克斯顿干吗不直接给我发短信？”她问他。“我一直在看手机短信。”

“他一直想联系你，”泰勒说，“一定是你的手机出问题了。我接到命令过来接你，‘密码’的案子出现了重要进展。”他瞄了一眼比安卡，她还没来得及掩饰脸上强烈的好奇。他又说：“我在路上跟你细说。”

“小比，我回头再跟你聊，”她边说边转身向泰勒摊开一只手。“能借你的手机用用吗？我想跟巴克斯顿说两句。”

“我手机放车上了，”泰勒说，“你待会儿在路上再给他打电话吧。”

奇怪的感觉挥之不去。尼娜努力想理清情况。如果巴克斯顿不能给她发短信或打电话，但又需要她去执行关键行动，他会怎么做？她没有座机，所以他可能从最近的分局派一名探员来找她，给她带话。但为什么他会让这个探员开车送她去集合点？这样说不通。她得找个隐蔽的方式来试探一下泰勒。

“我这就去准备，”她平静地说，“不能让特工督察等久了。你知道他们怎么说的，绝不能让……”她刻意停下来，满含深意地看着泰勒。

“上级蒙羞。”他迟疑了一下，接下她的话。

“没错。”她对着他笑得很灿烂，努力掩饰着刻骨铭心的恐惧。没有哪个联邦探员不知道，这句话是“绝不能让联邦调查局蒙羞”。

泰勒是假冒的。

她的注意力转到了还没离开的比安卡身上。尼娜不能让泰勒怀疑她已经识破了他，于是继续配合着拖延时间。

“我去穿衣服，稍等一下。”

第一步，让比安卡出去。第二步，去卧室拿枪。她转身看着比安卡。“回家去吧，小比。”

“可我——”

“别说了。”尼娜的声音比预想的更严厉一点。

要不要想办法传递一个危险信号给比安卡？这丫头是个天才，又喜欢玩解码。她能不能读懂暗示，一回家就打求助电话呢？

尼娜刚想到这点，立刻就放弃了。假如面前这个男人就是她想的那个，比安卡就必须尽快离开。一旦他起疑这丫头收到了什么信号，就绝对不会放她走了。尼娜十分坚决地指着门，没理睬比安卡哀求的表情。

比安卡噘着嘴走出去，重重地摔上了身后的门。

“这是什么？”泰勒在厨房里说。

他弯着腰盯着餐桌上打开的电脑。

“没什么。”她从玄关跑过去，心跳开始加速。去卧室需要穿过厨房和客厅，泰勒就在中间挡着。

他全身紧绷着站直了。“你喜欢看综合搏击？”

“一般吧。”她三大步跨上前去，一下合上了电脑。“做点儿调查。”

他把黑框眼镜从鼻子上取下来，低头用一双蓝眼睛盯着她。这一次，他没再假装口音，一开口就是令她毛骨悚然的声音。“骗子。”

47

打斗的刺激感让福尔克的反应更加敏捷。那个婊子还没反应过来，他已经挥出一只手，用手指箍住了她纤细的脖子。他全身都在咆哮着想要大打一场。她光着脚朝他的股四头肌外侧踢过去，他轻易就预判了这个动作，扭身让她踢了个空。

“别再踢了。”他手上加力，看着她瞪大了那双漂亮的棕色眼睛，眼里都是惊慌。她拼命扭动着身体，每一次的抽搐挣扎都透着恐惧。

她根本不是他的对手，体能上、精神上都不是。她可以拼尽全力跟他斗，但他们的双人舞最终只会有一个结果，他们都清楚结果是什么。

十分钟前，他只想来抓比安卡，可命运出手一搅和，改变了他的计划。这些年来他一直可以走后门访问费尔法克斯县的市政服务器，这是消防局的系统漏洞带给他的捷径。他从家里的电脑上登录，不到四分钟就找到了比安卡的地址。

看看比安卡的网上发帖就知道她有多崇拜尼娜·格雷拉，扮成联邦探员应该能轻易获取她的信任，如果他告诉她，是尼娜让他来接她的，她会愿意跟他走的。他本来还打算编点儿跟肖娜·杰克逊有关的事情来增加可信度。骗个十七岁的姑娘能有多难？他都不知道骗了多少回了。

他一身探员装束敲开比安卡的门以后，戈麦斯夫人告诉他，比安卡就在隔壁屋里，跟她在一块儿的不是别人，正是尼娜·格雷拉。

命运啊。缘分啊。随你怎么说。那一刻，一切都变了。联邦调查局一直很小心地隐藏着探员们的家庭住址，可尼娜就这样掉进了他的掌心。

他想过先离开，半夜再回来悄悄带走尼娜，但又怕戈麦斯夫人告诉比安卡，有个探员来找过她，如果她去问尼娜，那计划就泡汤了。他只能立刻行动，否则就会错失良机。

本来他的新计划是把她俩一块儿带走。这两个女的加一起都没有他重，他要制服她俩很容易。他知道不能让“女战士”有机会接近他的睾丸。他可以攻其不备，先解决她，接下来小比安卡就是囊中之物了。

命运又一次改变了他的行动轨迹。他一进厨房就看见了那台破电脑。尼娜在看他的比赛视频，原因只可能是一个。

联邦调查局已经知道他是谁了。

信息还没有公开——这一点他很肯定。这就表示，他必须在全国范围的大追捕开始之前实施一项应急预案。谜题、线索都不需要了。这一次就是游戏的终局，尼娜·格雷拉才是他要抓的人。

他不再管比安卡了。等到联邦调查局发现他们最出名的探员不见了的时候，比安卡就算告诉他们有个泰勒探员去接她，也没关系了。福尔克早就跑了，游戏的大奖都是他一个人的。

不过，他得先结束眼下的打斗。他虽然很享受逗她玩，但时间宝贵，浪费不起。

尼娜已经被他掐得没力了，他稍稍松手让空气进到她缺氧的大脑里。现在杀了她可不行。他贴近她，迫不及待地想听到她的呼吸声，感觉到她的气息吹进他耳朵里。

她毫无预警地一掌劈向他的喉结。他立刻反应过来，身子往后一倒，以减轻这一掌劈下来的威力。

她抓住他分神的机会，另一只手的掌根猛地砸向他的胸口。他一松手，她马上侧身一跨，弹了出去，让他伸手也够不着了。

他踉踉跄跄地去追她，她已经跑到了吧台边。他看见她从刀架上扯出一把切肉刀，转过身来就开始在面前挥舞，他赶紧停了下来。

“没用的，小家伙，”他说，“你这样只是在拖延时间。”

“去死吧你。”

“真是口齿伶俐啊，我就知道，废物只会说这种话。”

她的眼睛眯成了两条缝，他立刻知道自己的奚落达到目的了。他就是要让她愤怒到失去理智。围笼比赛的经验告诉他，一旦对手心中充满兽性的怒火，他就无法进行更高层次的思考，战略、反攻、技巧，全都处理不了了。蛮力可以助你一臂之力，但冰冷的逻辑和冷酷的控制力才是赢得比赛的真正武器。

“还记得我们在一起的时光吗，‘女战士’？”他边说边弓身躲过了她挥过来的刀刃。“我每天晚上都在回忆，有时候我还会看看视频。”他的嘴角挂上一丝笑容。“只要听见你求饶的声音，我都不用摸自己就满足了。”

目的达到了。她手中刀光一闪，冲着他的脑袋猛扑过去。他按兵不动，直到最后一瞬才伸出右手抓住她的前臂，同时用左手拽住了她的浴袍。

他把她的手腕一拧，切肉刀哐当一声掉在瓷砖地上。她猛地将手臂从他掌中抽出，纤细的身子顺势转个小圈冲了出去。趁他拿着浴袍还没反应过来，她光着身子就朝卧室冲了过去。

他知道她是要去拿枪，很可能就摆在床头柜上。他的肾上腺激素已经跑遍全身，紧跟着就扑了上去。

她一摔卧室门想把它关上，他大步蹿上来，停也没停就把它踹开了。就在她几乎要够到床头柜的时候，他飞身向她撞去，压着她带着惯性一起倒在了床边的地毯上。他用自己的大块头把她牢牢压在地上，让她动弹不得。她这是犯了战术性的错误。他优越的体型让他在各种地面打斗中占尽优势。

尽管失败已成定局，她还是像中了邪一样在反抗。她必须要知道她失败了之后，等待她的会是什么，她决不能认输。

他在她身体上挪动着，直到自己完完全全把她覆盖住，两人的脸近得只隔了一英寸的距离，都在喘着粗气。

“这是我试过的最佳前戏了，”他在她耳边轻轻说，“谢谢你啦，‘女战士’。”

自从他俩的战争打响以来，这还是他第一次在她的眼里读到了原始的恐惧。她放弃了抵抗，张嘴开始呼救。这是他不能接受的。

他抽回一只手，使出全力扇了她一耳光。她的头偏到一旁，整个人都不动了。

他从西服外套的胸前口袋里摸出一支皮下注射针，里面是他给比安卡配的药。幸好这两个女的都是小个子。要是拿正常体型的女子的剂量给尼娜注射，那会要了她的命。

她又开始挣扎，但是动作极不协调，他知道她刚才头部受击还没有恢复。只要他动作快一点，就不用再击打她的头部，整得她脑震荡了。这种氯胺酮溶液需要肌肉注射。他把针扎到她大腿上，再把药水推了进去。

她睁了一下眼睛，然后就不再扭动了，眼皮也颤抖着合上了。她微微张开的双唇呼出了一声沉重的叹息，身子在他身下一动不动。

他张嘴含住了她的嘴，尝到一丝血腥味。一定是他打她的时候，她的牙齿撞破了脸颊内侧。他深深地吻了下去，忍不住愉悦又期待地呻吟了一声。她的味道比他记忆中的更美。

他硬生生让自己停了下来，慢慢起身。他端详着仰躺在脚边的她，小麦色的皮肤上闪着汗水的亮光。他恨不得此时此刻就要了她，但他需要耐心，先要把她带走。等他们安全到达藏身之处，他就可以尽情地享用她了。

全世界也将有一场好戏看了。

48

韦德环顾漆黑的萨博班车内部。“还是没人能联系上格雷拉吗？”

大家的回复跟之前一样，没人联系得上她。

“她这次不参与，我挺高兴的。”巴克斯顿说着，踩下油门跟上联邦调查局的车队，一路向福尔克的房子驶去。“她要是来了，我倒是可能不让她参与行动。”

四十五分钟前，格雷拉给巴克斯顿发短信说她食物中毒了，暂时来不了，只有继续等通知。之后她就没消息了。

韦德觉得不太对劲。整个联邦调查局里最想抓住福尔克的人，他排第二，尼娜·格雷拉排第一。如果他食物中毒了，就算拎着呕吐袋子他也要过来执行搜查令。他坚信她也是一样的心情。

“不能派个人去她公寓，看看她什么情况吗？”

巴克斯顿摇摇头。“这次行动是全员出动，没有多余的人手了。”

肯特就挨着韦德坐在后排。“当地警局呢？”他说，“叫辆附近的警车去看看她的健康状况。她两年前还在费尔法克斯县当警察，他们肯定没意见。”

巴克斯顿眼神深邃地从后视镜里看着他俩。“我们不可能叫警察去帮我们看望肠胃不适的探员。”

“你们俩有没有想过，可能她就是不想来呢？”坐在前排乘客座位的布雷克说，“很可能‘食物中毒’——”她比了个空气引号，“只是她的借口。”

“做什么的借口？”韦德说。

“你跟我们一起看了视频的剩下部分吧？”布雷克说，“她可能再也不想跟那个混蛋身处同一个房间了。”她浑身一抖。“我不会怪她的。”

“所以你觉得，她是为了避开福尔克才想出来这样一个保存颜面的借口？”肯特说，“我不接受。”

“我们马上就到福尔克家了，”巴克斯顿说，“如果我们这边处理完了都还没有她的消息，我就让当地警察去她那里看看。”他扭头瞪了韦德和肯特一眼。“满意了？”

不算太满意，但也只能这样了。

巴克斯顿点了一下耳机。“什么时候？”他说，“我会通知全队。”他一打方向盘，在高速公路的一个弯道超了一辆开得慢的车。“不，我们不会中止行动。”

他又点了一下耳机，结束了通话，扭头看着布雷克。“打开iPad。福尔克搞了个网站，准备直播一条消息。”

布雷克翻开平板盖子。“网址是什么？”

“他的‘推特’账号上有链接，”巴克斯顿说，“又开放上线了。”

“他在家吗？”韦德说，“能不能定位到他？”

“正在努力。”巴克斯顿说。

布雷克把iPad举到面前，点击图片进入了全屏模式。“你们看得见吗？”

她是在问韦德和肯特。巴克斯顿一直看着路。搜查令的执行不会因为任何事情停下的。

韦德点头回应，同时看见一个穿着黑色斗篷的男性走到了镜头前。

“我就是你们叫‘密码’的那个人，”他说，“欢迎来到我的密室。”

“我太希望他在家了，”肯特说，“就想看他跟人质救援队来一次亲密接触。”他脸上写满了渴望，看得出来他多想为今晚的行动做那个踢开房门的人。

韦德全神贯注地看着福尔克。这个男人气定神闲的样子非常地让人不安。如果一个有反社会人格的人表现得很放松、很愉悦，那么一定有人正在受折磨。福尔克肯定是想引起轰动，要不然不会费力气建个网站。韦德不自觉地屏住了呼吸。

“我带你们转转。”福尔克边说边把摄像头从之前的某个固定的台子上拿起来。镜头里看不见他人了，只见他结实的手臂从宽大的衣袖里伸出来指向对面的墙壁。“这个是我自己搭的，”他说，“完全符合我的需求。”

墙上覆了一层浅绿色、带纹理的泡沫材料。“隔音的，”福尔克把摄像头凑过去以便能让人看得更清楚。“干板墙也能隔音。今晚完全不会有人来打扰我们。”

荧光灯从上方照下来，整个场景都沐浴着异样的光芒。韦德判断那是一个长款的工业风长方形灯具。场地比较像一幢预制装配式的建筑，内部大概是一个可容两车的车库大小。

影院真人秀还在继续，福尔克已经转了一圈，把四面墙都展示了一遍。“现在，重头戏来了。”他把摄像头放回支架上，头一次让镜头朝下。

“不！”

韦德的脑子还没来得及消化眼前的画面，耳朵里传来了肯特的一声怒吼。

尼娜·格雷拉被“大”字形摊开在屋中央的一张木桌上。跟前一次的视频不同，这次她是仰面躺着的，一动不动，看不出是死是活。

“怎么回事？”巴克斯顿开着越野车绕过了一辆货柜车。

“福尔克抓到了格雷拉。”韦德的喉头一阵绞痛，费了好大劲才说出这句话。听见上司的咒骂，韦德紧紧攥起双拳，手指甲把手掌扎得生痛。

福尔克大步走到格雷拉身边，继续对着看不见的观众讲话。“我今晚有一位特别的客人。”他的嗓音有些沙哑。“等她醒了以后，全世界都会看见‘女战士’的遭遇。”

“开快点，”他对巴克斯顿说，“我们必须在他对她下手之前赶到。”

“不过，我先来个大揭秘。”福尔克抬手扯掉了他的斗篷兜帽，露出头皮，上面是刚长了一天的金黄色头发楂子。他继续把斗篷往下拉，一张轮廓分明的脸上，一双湛蓝的眼睛正盯着观众。“不再有伪装了。”他任由厚厚的外衣落到地上。“我叫哈尔博德·福尔克。”他的脸上露出了不羁的笑容。“我就是人类的未来。”

福尔克只把衣服脱到了腰部，下半身穿着蓝色牛仔裤，肌肉发达的躯干上还有才打斗过的伤痕。格雷拉跟他有过一场恶斗。

“不用再操心 DNA 的问题了。”福尔克说着，离尼娜更近了。他弯下腰，伸出舌头慢慢地从她脸颊上舔过。

韦德凑近了去辨认覆在福尔克鼓起的背阔肌上那几个交扣的三角形，心里庆幸着尼娜还没苏醒。搜查令的执行情况通报会上，大家都看到了福尔克在综合搏击比赛时的照片。韦德查过他的文身图案，确认了他们对福尔克的上帝情结判断无误，这个文身标志着他是一个强大的神祇，凌驾于卑微的凡人正义之上。

“丁腈手套也不需要了，”福尔克又说，“这一次，我们坦诚相见。”他慢慢走到桌子另一头，不让自己庞大的身体挡住视线，然后伸手去抚摸格雷拉的喉部。她的身体一动不动，他的指尖就点着中线悠悠地往下滑。滑到她纤细的腰部，他停了下来，张开大手盖住她整个腹部，指尖能伸到她左右两髋。“这么小。”他吸了口气，一只大手无耻地滑向她叉开的两腿之间。

“把你的脏手拿开！”肯特冷冰冰地吼着。他扭头直勾勾地看着韦德。“我一定要不惜一切代价抓到那个混蛋。”他低低的声音只有韦德能听见。“抓到他，我会慢慢地折磨死他。”

韦德完全理解肯特的心情。钱德拉·布朗的案子像潮水一样涌回他的记忆里，钱德拉的最后几个小时一定也是这样痛不欲生的。如果当初他听了她的话，她就不会死了。而现在，格雷拉陷入了同样的困境，就是因为他又一次没能正确分析情况。他是个训练有素的侧写人员啊。他总以为还有时间，总以为可以先发制人。他早该料到福尔克今天晚上会向格雷拉下手，当时就该坚持去看看她怎么回事。他不会原谅自己的。

他轻轻在肯特耳边立下誓言。“我会帮你入土。”

49

尼娜眨了眨眼睛，不明白为什么四肢像灌了铅一样沉重，嘴像棉花一样没力气。

"'女战士'终于醒了吗？"

那个声音。一连串的画面裹着巨浪般的恐惧涌回她的脑海里。在她公寓里的打斗，狠狠扇在她脸上的耳光，撞在一起的牙齿和眼前乱蹦的金星。还有一根扎进她大腿里的针。

这个魔鬼抓住她了。

肾上腺素重新回到她的血液中，帮她冲开了眼前的迷雾，尼娜一下把眼睛睁开。她想要坐起来，脑子里的理智终于上线了，身体的各个部分也开始苏醒。脚踝和手腕很痛，她偏起脑袋往上看，发现自己被黑色的塑料扎带绑在了钢链钩上，链钩另一端被钻在了一张粗糙的木头工作台面上。她想要弯一下胳膊，但被他绑得太紧，根本没法动弹。

"这一次你逃不掉了。"福尔克追着她的目光。"你们那帮联邦调查局的探员估计很快就会砸开我家的前门。不过，我们并不在那里。没人知道我们在哪儿。"他抱起胳膊，低头用那双冷漠无情的眼睛看着她，轻轻地说，"没人会来救你。"

他俯身挡住了顶上的荧光灯。"你违抗了我两次，废物小姑娘。你要受别人两倍的罪。"他把一个手掌覆到她的左胸上。"你的心跳很快啊。"他呻吟了一声，闭上眼睛像是在享受这种感觉。"你一定是吓坏了。"他俯身用自己的嘴唇去摩擦她的。"这就对了。"

这样的碰触比她挨过的所有打更让她难受。他滚烫的呼吸喷在她的皮肤上，隐约有一点薄荷味。他身上还带着一股香皂的气息，肯定是冲了澡，把联邦调查局探员的伪装连同黑假发全都冲掉了。

福尔克站起来，拿开了手。“为了再次拥有你，我已经等了太久。”他挑起一道眉毛。“你不想跟我说点儿什么吗？”

她狠狠地瞪着他，绝不配合他玩游戏。

“你的那些粉丝呢？”他指了指右边。“你没什么要对他们说的？”

她偏过头去，看见屋角立着的三脚架上有一个小摄像头。镜头正对着桌子，一个小红灯亮着。她倒吸了一口气。这个魔鬼一直在录像，不知道他还有什么恶心的幻想要付诸行动。

“我是在直播，”他说，“全世界都会看见你向我求饶，但我决不会轻饶你的。再过一会儿，你会求我让你去死，可惜我不满意，你就死不了。”

尼娜的心里只剩下恐惧，所有的希望都消失殆尽。巴克斯顿和专案组的其他人都会去福尔克的家，但他已经料到这一步了。他把她带到了别的地方，她彻底孤立无援了，还落在了这个疯子的手上。

“一切都在我的掌控之中，明白吗？”他握起拳头捶了捶自己赤裸的胸膛。“你什么时候死、怎么死，都由我来决定。我就是你的神。”

她仰脸看着他，魁梧、强壮、一心要毁掉她。他的生物学构造就比她优越。

而她恰恰相反，没有继承到任何特质，没有任何家世背景。能够撑到今天，她靠的是强大的意志力和冲破所有束缚的愿望。接受了现实，尼娜顿时坦然决绝了。她活不过今晚，甚至有可能活不到下一个小时，她唯一的选择就是照自己的意愿去死。

“密码”想让她对他摇尾乞怜，想要彻头彻尾地剥夺她的尊严。她绝不会让他如愿。到他把她折磨够了的时候，他可以把她的一切连同生命一起夺走，但他夺不走她的人性。

她下定决心之后，情况就变得简单了。她的焦点也变清晰了。她要竭尽全力逃跑，睁大眼睛，不放过一丝机会。万一逃不掉，她也要跟他对抗到死，绝不求饶。

福尔克弯腰从地上拿起一个黑色的工具箱，挨着她放到桌上。她只能偏过头去看他的动作。

他打开两个锁扣。“我来给你看看，接下来几个小时我可以用些什么。”他掀开盖子，在箱子里掏来掏去，然后把物件一个接一个地拿出来，整整齐齐地在她身边摆成一排。一把钳子、一根锥子、鳄鱼夹、一把凿子、一个老虎钳。

他每往桌上放一样工具，她脑子里就出现更多的恐怖画面，终于，她的胃里开始翻江倒海。他之前给她注射的乱七八糟的东西，再加上她满脑子的恐惧，直接让一股胆汁翻涌到了她的喉头。

她感觉到一阵恶心，赶紧把头偏到一侧。他把她绑得太紧，她根本没办法起身。去他妈的。她要被自己的呕吐物噎死了。

至少她不会死在他手上，命运还是给了她另一条出路。第一波反胃袭来，她没有去忍。

福尔克放下钳子。“不许呕吐。”

她直犯恶心，嘴里全是酸水。

他眯起眼睛。“停下。”

更多酸水涌上来，她全身都开始抽搐。

他骂骂咧咧地在工具箱里摸来摸去，最后扯出一把铁皮剪，凑过来把绑在她右腕上的扎带剪开了，然后伸手到她脖子后面把她往前拉，试图把她的脑袋抬起来翻到一侧。

左臂还是绑着的，她的身体只能抬起来一两英寸。有几滴酸水已经滴到了她身边的桌面上，不过她嘴里还包着一大口。

“快停下，否则你会吸到肺里的。”

她唯一的反应是又一阵抽搐。

“该死的。”他探手到她的左侧，剪开了另一条扎带。等她两手都解放了，他一把推起她的上半身，让她坐直，一只大手使劲在她伤痕累累的后背拍打。

她一阵咳嗽，胃里剩下的东西全都喷出来了。她的脑子清醒了一些，突然意识到福尔克自动就响应了他受过的急救员训练。她任由他处理着她的身体状况，集中注意力审视着自己的形势。现在两只手都松开了，新的选择出现了。

她只有几秒钟时间来制订计划，而且必须一击制胜。她又用力咳了几下来拖延时间，眼睛迅速地打量着周围最近的地方。她绝不会躺在桌上任由这个魔鬼为所欲为。

她又装出一阵猛烈的干咳，蜷起身体，使劲按住肚皮。他把一只手放在她大腿上，另一只手搭在她背上。她假装又噎住了，不出所料，他又开始用力拍她的后背。她借着他拍打的力道上半身顺势趴了下去，伸出双手似乎是想要撑起身体，一只手已经抓到了锥子。不等他反应过来，她一把将锥尖扎进了他胃部的中心位置。

他跌跌撞撞地后退了几步，低头一看流血的伤口，忍不住骂了一句，紧接着，他以迅雷不及掩耳之势伸出一只手钳住了她的手腕。

她想把胳膊抽出来，但两人力量悬殊。

“臭婊子。”他咬牙切齿地说。他强壮的前臂一曲，把她的手一拧，工具直接从她手中掉地上了。

她必须想办法转移他的注意力，否则他会把她摔到桌上，重新绑上。她回想起他们发现“密码”的身份之前，韦德给他做侧写的时候跟她说过的话，当时的信息跟她在比赛视频里看见的景象合在了一起。

“你爸爸多久打你一次啊，福尔克？”

他一顿，抓着她的手腕停住了。

“所以你才会折磨小姑娘吧？是不是爸爸把你打坏了，你想要硬起来只能靠——”

“闭嘴。”他继续单手按住她，另一只手握紧拳头抽回去，朝她脸上打去。

她转动着手掌上割开的扎带，让有齿的那边像美工刀的刀刃一样突出来。就在他的指关节快要挨着她鼻子的瞬间，她一拳把扎带的齿边砸进了他一只冒着怒火的冰蓝色眼睛里。

他怒号一声放开她，双手捂住受伤的眼睛。她抓起铁皮剪，飞快地俯身解放了两个脚踝。她手忙脚乱地从桌对面爬下去，而他像一头受伤的公牛在屋里乱转，大吼大叫。

她一手抓着锋利的塑料，一手握着剪子，隔着桌子站在他对面。他伸手想抓她，她退后躲闪开。

“今天晚上我一定要活剥了你的皮，”他说，“然后再把你操到死。”

她打量着屋子，发现他身后有一扇门。屋里没有窗户，也没有其他的出路。他比她强壮，比她高大，比她聪明。但她一定会用好她的低等基因，拿手头的一切资源跟他拼命。

她向左移动，把他往她的方向引，让他一点点靠近。鲜血从他紧紧捂住眼睛的指缝间渗出来。此刻的他，危险程度丝毫不亚于一头受伤的野兽。

她等待着，他几乎进入了攻击距离时突然向她猛扑过来，她立刻向右跃出。他太他妈的快了。综合搏击比赛已经把他的反应磨砺到了极致。她低估了他。如果不是因为一只眼睛受伤、损坏了他的深度感知，他就已经抓住她的胳膊了。幸好，他的手就停在她刚刚的地方。

他沮丧地咆哮着，口不择言地辱骂她。她对他的话充耳不闻，全神贯注地盯着他的身体动作。他紧绷的肌肉稍一起伏，就预示了他的下一次移动，也在生死攸关的时刻给了她一瞬间的优势。她继续在桌子一侧慢慢移动，趁他扑过来的时候又冲到另一侧。一点点地，房门就在她的身后了。

“锁着的，”他说，“想都别想了。”

她的心蓦地一沉。她千辛万苦挪到了这里，结果却是白费功夫。她还能把这个距离维持多久？她瞄了一眼桌面。现在她离很多工具都更近了。最有用的那一样她已经看好了。

“文身也盖不住你背上那些烟头烫出的伤疤，福尔克。是爸爸给你烫的吧？他的基因工程儿子让他失望了吗？”

福尔克一声狂啸，整个人朝桌子扑过来。尼娜抓起凿子举起来，刃口对着他。他的巨大冲力拉着他的胸膛钉到了凿子锋利的刃口上。

他俩一起砰地倒在地上，他庞大的身体重重地压住了她。只听他闷哼一声，晕了过去。

凿子的塑料手柄扎进了她紧紧攥着的掌心里，其他部分全都刺进了福尔克胸腔下面的上半身。被他庞大的身体压在下面，尼娜几乎没法呼吸，肺里都要空了。

她松开手柄，想把他推下去。他一动不动。去他妈的，她拼了命活下来，居然是为了让这个死人把自己闷死。

绝——对——不——行！

她又推，他还是没动。从他胸口渗出的血在两人的身体中间形成了一片滑膜。她说不定可以从他下面滑出去。她扭动身体，让血铺展开，然后开始一点点地往边上挪。有几英寸的成效了。她支起腿做杠杆，再继续推。慢慢地，她的身体终于摆脱了他的重压。

她躺在地上，大口呼吸着空气。

他的一条壮实的胳膊毫无预兆地砸到她胸口上，把她朝他拖过去。

“你……是……我的。”他哑着嗓子费力地说。

她两腿一弯，狠狠地用脚掌踹向他的髋部。“不可能。”她把自己蹬远了一些。

他一翻身，趴着向她爬过来，她手脚并用，仓皇地撑着浸满鲜血的地面往后退。他伸出一只手朝她抓过来，她一弯膝盖，瞄准他的鼻梁把脚跟砸了下去。这一砸她使出了全身的力气，只听咔嚓一声，他的鼻中隔直接插进了他的大脑里。

这一下重击把他的头往后一挫，带着他的身体跌到了地上。他抽搐了几下，躺着不动了。

她重重地躺回地面，大口喘着气。

房门猛地打开，一列全副武装的人质救援队行动人员高喊着命令冲了进来。几分钟前的一片沉寂霎时被雷霆般的脚步声和嘈杂的人声打破了。战术行动队扇形铺开，几秒钟就控制住了整间屋子。

一名行动人员用枪指着福尔克的脑袋，另一名人员跪在他身边检查他的生命体征。尼娜知道他们不会发现任何生命迹象。但凡福尔克还有一口气在，他一定会先杀死她再认输。

一名行动人员蹲在她身边。“你哪里受伤了，格雷拉探员？”

她想起来自己可能是一副什么模样。“都是福尔克的血。”

就在她回答的时候，第二个人在她另一侧跪了下来。“尼娜。”他的声音里饱含深情。

她扭头看见肯特正在看着她，他轮廓分明的脸都绷紧了，可她辨认不出这是什么表情。

“我没事，真的。”她没说真话，但很享受此刻的疼痛。

这让她知道，她还活着。

50

两天后

华盛顿特区约翰·埃德加·胡佛大楼

尼娜坐在联邦调查局局长宽敞的办公室里，她在离局长比较远的一角挨着铮亮的圆桌坐下，十指交叉夹在两腿之间，免得自己又去拧手指。托马斯·富兰克林局长她就见过一次，还是在从匡蒂科学院毕业的时候。

他的表情非常严肃，不过也从来没有人见他笑过。局里的人都说，这个人只谈公事，连他的睡衣都是笔挺的。

他往后靠在黑色皮椅上，眼里浮现出些许倦意。“我从来没有开过这么长的记者招待会。”他摇摇满头银发的脑袋。“全世界的记者都来了。好像地球人都在跟进这件事。”

她不知道该说什么，就没有接话。她已经害他少睡了太多觉，多用了太多资源。

“他们最好奇的是，我们是怎么追查到‘密码’的，”他接着说，“我很欣慰，团队发现他家没人以后，立刻改变了计划。”

她做完体检之后，团队就跟她见面，把情况讲给她听了。发现福尔克家里空无一人之后，他们决定去搜查他小时候住的地方。卫星照片上看得到，房子最边上有个棚子，周围全是树。

“首先，这次调查过程中你的表现非常出色，你被迫面对这一切非人的事情，而且是在全世界实时看着你的情况下。”

听到他又提起，尼娜不安地动了动身体。人们会在他们以为她不知道的时候偷偷看她，当她走进房间的时候所有人都会安静下来，这些她都还很不习惯。

“你在面对哈尔博德·福尔克的时候，显示了傲人的勇气，尤其是过去他曾经那样对待过你。”富兰克林又说。

“谢谢长官。”

“你的勇气值得褒奖，”富兰克林说，“我会在下周的正式仪式上为你颁发‘勇敢之盾’。”

尼娜呆住了。富兰克林局长是要授予她联邦调查局的最高荣誉。“勇敢之盾”都是奖励给特别行动队、卧底行动，或者处理局里最高优先级别的案件相关的严重情况或危机应对时的英勇行为的。这一次的案子好像符合全部条件。

但她还是觉得受之有愧。“长官，我做的一切都是为了活下来。换了别的探员，他们也会这么做的。”

“你不仅仅是活了下来，”他说，“你在极端的监禁条件下战胜了个人的精神创伤，发挥你的才智，运用你的技术阻止了一个杀人凶犯继续害人。”他关切地皱起眉头。“不，格雷拉探员，别的探员破不了这个案子。非你不可。”

尼娜的脸一直红到了脖子根，她只好埋头去整理裤子上的褶子，给自己一个借口避开局长深邃的目光。

“我找你来，还有一个原因。”他大发慈悲地换了个话题。“特工督察巴克斯顿请求延长你在犯罪行为分析组的临时任务。”

她一下抬起头。“我在犯罪行为分析组还能帮上什么忙呢，长官？”

“近几个月在华盛顿市区出现了一系列绑架案。华盛顿分局在负责调查。我相信你对详细情况很熟悉？”

尼娜跟他们太熟悉了。“我的团队正在带头调查。”

“目前没有太大进展，”富兰克林说，“特工督察巴克斯顿认为，你们四个可以从全新的视角分析一下，把你们在福尔克一案中用过的技术应用起来。”

“我们四个？”

“你、肯特、韦德还有布雷克。”他把指尖合拢。“要是一切顺利，你们小队就可以固定下来。”

这个可能性太诱人了。她现在的华盛顿分局上司、特工督察康纳对她不守常规的办案方式很不认可。巴克斯顿恰恰相反，他能够接受她之前的执法经验和生活经历，不会只把她当菜鸟。

富兰克林打断了她的思绪。“鉴于你最近经历的种种情况，我不想在你的上级面前提到这一点。不过你的情况特殊，我也可以把你调去其他……压力小一点的部门。你不会有那么高的曝光度。”

“您觉得我不适合出外勤？”

“我没有这样觉得，”他说，“我是让你做选择。”

她可以在匡蒂科协助绑架案的调查，可以回到之前在华盛顿分局的岗位，也可以申请转去做文职。好吧。

她挺起胸膛。“请您转告特工督察巴克斯顿，我明天一早就去匡蒂科报到。”

富兰克林深深地看了她一会儿，朝她略略点了下头，些微地翘起了嘴角。

局里的人可能都在瞎说，他真的笑了。

“还有最后一项议程。”他的表情又变严肃了。“专案组搜集了大量你的背景信息。我们得知福尔克了解你的出生情况之后，巴克斯顿派出多支小队，通过各种可能的渠道进行调查。专案组成员找到的证词包括捡到婴儿时的你的那个垃圾清运工的，给你起名字的那位社工的，每一户领养过你的寄养家庭的，大部分教过你的老师的，还有你整个童年时期接诊过你的每一位急诊医生的。”

她瞠目结舌地坐在那里，满脑子都是她的探员同事们出现在费尔法克斯县的大街小巷，寻找所有给她的人生带来影响的人的画面。“看来大家找得非常深入。”

“有些信息没有出现在任何正式报告中，”富兰克林说，“我估计你对大部分内容都毫不知情。”他顿了一下，像是在选择合适的字眼。“我觉得你有权了解我们搜集到的内容。毕竟，这些都是你十七岁自立前的人生故事。”

她的人生故事。完全不适合作为小朋友的睡前故事。

“这里有一份完整的复印件。”富兰克林边说边把他手边一个厚厚的马尼拉纸质文件夹推过来。“这一份交给你保管。”

“谢谢长官。”她拿起厚厚的文件抱在胸前。

“祝你好运，格雷拉探员。”

她知道自己可以走了，起立朝门走去。走过门外的等候区时，行政助理向她点头致意。

她走在宽敞的走廊上，踩在瓷砖地面上的每一步都能听见回响。这个区域难得这么清静，她正好可以思考局长说的档案的事。文件夹此刻像千斤重担压在她的手臂上、心上。

文件夹里装着她童年的点点滴滴，每一分痛楚、每一次屈辱、每一场虐待，全都仔仔细细、平淡冷静地记在纸上了。里头的报告追随着她的成长轨迹：从弃儿到“女战士”，她跋涉过漫长的黑暗才终于见到光明。现在，她可以带着成年后的视角，重走这条道路，重新认识那些曾经左右过她人生的人。他们的动机、他们的算计、他们的秘密都是什么？他们为什么要折磨她？童年时候的她苦苦渴求的答案，都在她手中的这一沓文件里。

她走过文印室，突然停下脚步，又后退几步走了进去，在复印机旁边看到了她想找的机器。这里一个人也没有。

她犹豫了一会儿才下定决心，然后走到对面，背对复印机停下来。她把文件夹放在左手边的小桌上，接着打开，抽出几页理齐。全部做完可要费点时间了。

她深吸一口气，把几页纸一起塞进了碎纸机，往事终于粉碎了。

51

黄砖道

匡蒂科联邦调查局学院

见过局长后的第二天一早，尼娜的双脚就重重地踩上了崎岖不平的蜿蜒砖道。清晨的阳光透过弗吉尼亚的大树星星点点地洒在路面上。她其实应该再等些天，让身体能够从福尔克带来的创伤中好好恢复。不过这趟路程不是为了她的身体，而是为了她的心灵。这一次，她要走完黄砖道全程。

她算好了时间，来得特别早，先完成砖道，再去更衣室冲个澡，然后去巴克斯顿那里报到，开第一次情况通报会。可是跑了几英里之后，她有点吃不消了，全身上下到处是瘀伤，每踏出一步都会痛。

她在下一道障碍前停了下来。这条沟足有二十五英尺长、六英尺宽，教练为了不让它太乏味，还总是让沟里积满了泥水。一连串的木杆交错支撑，形成了头顶上方的低空障碍，跑步的人只能匍匐通过。她要想继续往前，就必须心甘情愿地泡到淤泥里去。

"女士优先。"

她抬头一看，韦德正迎面跑过来。

"你在这儿干吗？"

"有个教练说你今天一早就过来了。我想着上次我们没来得及跑完全程，干脆就来跟你一起跑。"

他又跟上次一样从终点跑过来的，障碍全都没管，直接过来跟她碰头。

"你还没回答我的问题。"

“我们要做搭档了，”他说，“搭档就要相互扶持。”

“你没必要这样做的。”

“很有必要。”

尼娜轻轻摇了摇头，踩进了泥沟里，冰冷的水让她浑身一激灵。黏滑的沟底吸着她的脚，她拔出腿，一步步向前走，然后俯下去把半个身子都泡进淤泥里，手脚并用地匍匐前进。

韦德跳下来落在她身旁，脏水溅得他满脸都是，有几滴还流进了他嘴里。他啐了几口，继续前进。

他俩爬完泥沟再爬出来的时候，尼娜已经又冷又累、浑身发抖了。韦德朝她笑笑，满是污泥的脸上一排牙齿又白又亮。

她已经爬出了淤泥，但并非毫发无损。她已满身是泥，但她并不孤单，全程都有韦德陪在她身边。

她鼓起勇气，努力迈开腿往前跑，下定决心不放弃。磨难之后，舒服的淋浴在等着她，待她好好把自己从头到脚搓一遍，也许就会觉得自己又变干净了。

一抬头，挡在眼前的是那堵墙。

对尼娜来说，这堵墙一直是砖道上最大的挑战。她个子太矮，差不多才五英尺高，在警队的学员班和联邦调查局的培训班里都是个头最小的，拖累了她很长时间，后面她才学会了运用别的方式来打斗和弥补。

即便她训练再辛苦、技巧再娴熟，福尔克还是差一点就手刃了她。从力量上看，她绝无可能胜过他，只有脑子转得快才能拯救她。

她打量着面前的障碍。

“你是打算在那儿站着，看它一上午吗？”

她一转身，看见肯特就在身后几码开外，正全速向他们冲过来。肯特是特种部队出来的，估计他跑完两圈的时间只够她完成一圈。

她转回来望着韦德。“你是把全科室的人都叫上了？”

他一脸的理所当然。“我就发了一两条短信吧。”

她翻了个白眼，没理肯特，又继续盯着那堵墙。紧接着，她不管两位男士怎么想，一下蹦起来，用手指去抓障碍的顶部，结果手指一滑，整个人摔下来坐在泥地上。

“你能行的。”肯特低头对她一笑。“下次后退一些，助跑起跳，用脚蹬住墙，再往上跃起。我给你示范一下。”他大步朝障碍跑过去，单脚起跳，一脚踩在墙上，把身体往上一顶，双手扣住顶部，有力的双臂再一曲，就把上半身拉过去了。紧接着，他两腿一摆，整个人行云流水般翻到墙对面去了。

他绕过来指着耸立的障碍。“一定要用技巧。”

“身高六英尺四，当然没问题。”她说。

“加油，格雷拉，”肯特说，“让我看看你的能耐。”

肯定会很狼狈的。她冲到墙边，用脚一蹬，这次总算是稳稳抓住了墙顶。她使劲把身体往上拽，一条胳膊搭了上去，尽量不让自己掉下去。

障碍突然摇晃起来，肯特突然以引体向上的姿势悬在了她身旁，离她几英尺给她指点。“用脚。”

她用运动鞋对着墙踢上去，靠着足够的蹬力把身体顶高了一截，然后忍着肌肉的酸痛把自己往上拉，直到上半身越过墙顶。剩下的动作就交给地心引力来完成了。

她重重地落在了墙后面，不到一秒就看见肯特轻巧地落在她身边，接着韦德也跳了下来。

只剩几个障碍了。他们继续往前跑，肯特和韦德边跑边聊，她在旁边调整呼吸，准备迎接下一关挑战。

布雷克朝他们跑来，鲜红的头发非常抢眼。她显然跟韦德一样，是从终点跑过来的。

尼娜抬头望着她的新搭档。“真的吗，韦德？”

“你终于在最后两英里露面啦。”韦德戏谑地对布雷克喊。

布雷克没理睬他的嘲弄，跑到尼娜身边，调整步伐跟她保持一样的节奏。“我的姑娘还好吧？”

尼娜跑到这会儿，估计整个人就是一个大写的“惨”字了。她全身的每一寸肌肉都在呼喊叫停，她已经满身伤痛、精疲力竭。“好得不得了。”

布雷克难以置信地盯了她一眼。“亲爱的，你现在整个人都是灰头土脸的啊。”

韦德列出了一串观察结果。“你左腿发力多一些，每次使用右臂都会龇牙咧嘴，表现很糟糕。”

“这些都不要紧，”她说，“我一定要跑完。”

“那我们就陪你一起跑完。”肯特说。

她明白，他们需要她接受他们的帮助。如果她想要成为这个特别团队的一分子，就一定要改变自己的行事方式。这些年来，她已经学会了不依靠任何人，其他人辜负了她太多次。现在，她必须学会如何成为一名团队成员。

就在她想着跑在她左右的三个人的时候，他们离砖道的终点越来越近了。一种她不熟悉的感觉从心底升起，赋予了她新的力量。他们一起，就能做到。冲过终点线的那一刻，她明白了那是什么感觉。

信任。

她想起了多年以前那位法官在她的自立听证会上说过的话，那一次听证会不仅更改了她的名字，也改变了她的人生轨迹。“成长的环境让你年纪轻轻就非常独立了，埃斯佩兰萨女士，可是当你需要帮助的时候，请允许别人来帮你。记住了。”

这段话她一直没忘，可直到此刻，她才终于明白了法官想告诉她什么。这也是她在黄砖道上学到的一课。

她已经成为一名不必再孤军作战的战士。